たかが殺人じゃないか

辻　真先

目指している風早勝利は、名古屋市内の新制高校3年生になった。学制改革による、たった1年だけの男女共学の高校生活。そんな中、顧問の勧めで勝利たち推理小説研究会は、映画研究会と合同で夏休み中の一泊旅行を計画する。顧問と男女生徒5名で湯谷温泉へ、中止となった修学旅行代わりの旅だった。そこで巻き込まれた密室殺人。さらにキティ台風が襲来する8月31日の夜に、学校隣の廃墟で首切り殺人にも巻き込まれる！　二つの不可解な事件に遭遇した少年少女たちは果たして……。戦後日本の混乱期と、青春の日日をみずみずしく描き出す——。各方面から絶賛を浴びた長編、待望の文庫化。

登場人物

風早《かざはや》勝利《かつとし》（17歳）……東名《とうめい》学園高校三年生　あだ名は『カツ丼』
咲原《さきはら》鏡子《きょうこ》（17歳）……東名学園高校三年生　あだ名は『クーニャン』
大杉《おおすぎ》日出夫《ひでお》（18歳）……東名学園高校三年生　あだ名は『トースト』
薬師寺《やくしじ》弥生《やよい》（17歳）……東名学園高校三年生　あだ名は『姫』
神北《かみきた》礼子《れいこ》（18歳）……東名学園高校三年生　あだ名は『級長』
別宮《べつく》　操《みさお》（28歳）……東名学園高校代用教員　あだ名は『巴御前《ともえごぜん》』
那珂《なか》一兵《いっぺい》（26歳）……映画館看板絵描き
徳永《とくなが》信太郎《しんたろう》（68歳）……評論家
郡司《ぐんじ》英輔《えいすけ》（50歳）……設楽《したら》市会議員
用宗《もちむね》恭司《きょうじ》（51歳）……東名学園高校校長
恩地《おんち》芳介《ほうすけ》（38歳）……設楽市民病院院長

犬飼《いぬかい》刑事（42歳）……………………愛知県警に奉職

ハヤト・ロビンソン（37歳）……米国陸軍少佐

たかが殺人じゃないか

昭和24年の推理小説

辻　真先

創元推理文庫

ISN'T IT ONLY MURDER?

by

Masaki Tsuji

2020

目次

たかが殺人じゃないか

昭和24年の推理小説

序章　推理小説を書きだした

「犯人はお前だ！」

鉄筆の先端で、廊下に面した戸を指したとたん。

タイミングよくその戸が開いたから、驚いた。部室にはいろうとした別宮操《べっくみさお》先生も、目をまるくして立っている。

「へエ、私が犯人？」

——戦争が終わって四年たてば女性の誰もがモンペをスカートに穿《は》き替えていたが、この先生は活動的なズボン姿だ。上半身を桜色の薄手なブラウスで包んでいた。

七月も半ばを越えて窓は開け放しだ。廊下から風が流れてきたが、ジーワジーワというセミの騒がしさもひとしおである。

彼女は短い髪を軽くふった。生徒から最高に評判のいい教員だ。キリリと締まった美貌は男女を問わず魅力的であった。口紅なぞつけなくてもほんのり赤い唇を綻《ほころ》ばせて、背後の少女をふりむいた。

「それともこの咲原《さきはら》さん？　なんの犯人なのよ」

「あ、いえ、違います！」

あわてた風早勝利《かざはやかつとし》は、黒板を拭き消すような勢いで鉄筆をふった。

「推理小説の面白さをこいつに話してたんです。埋めこまれた伏線をたどって、謎解きする醍醐味を。そしたらトーストの奴……」

小柄な童顔が口を尖らせると、隣に掛けていた大杉日出夫《おおすぎひでお》は浅黒い顔を崩した。クラスでも一、二の長身だが、顎が張っていて三枚目風でもある。

「その伏線てヤツが面倒臭いんだよ。一〇〇ページも二〇〇ページも読者に道草させてから、やっと犯人をばらすなんて、民主的じゃねえ」

「関係ないだろ。それだけ時間をかけたから、読者は快感をおぼえるんだよ、『お前が犯人だ！』って探偵の口上に」

「はい、そこまで」

パンと小気味よい音をたてて、別宮先生は手を鳴らした。

「その前に、入部希望の彼女を紹介させてくれる？　咲原鏡子《きょうこ》さん。前に出て頂戴」

「ハイ……」

咲原と呼ばれたセーラー服の少女が、風といっしょにはいってきた。はじめて見る顔なので、大杉をふり返ると彼も知らないらしい。

黒くて長い髪がふわっと翻《ひるがえ》るのを見て、勝利はドキリとした。それっきり彼女は俯《うつむ》いてしまったので白い額しか見えなくなった。気のせいか胸苦しくなったが、意味不明でおかしいなと思っただけだ。

別宮先生が苦笑した。

「心配しなくても、この連中はあなたをとって食やしないわ。ガリ版を切っているのが風早くんで、推理小説研究部の部長よ」

少女がチラと上目を遣ったが、顔はよく見えないまま、声だけ聞こえた。気持よく澄んだ声だった。

「推理……小説ですか?」

「そう。こないだまで探偵小説といってたけど、当用漢字表に『偵』の字がなくってね。だから最近は推理小説と呼ばれてる。えっと、その隣ののっぽは……」

「大杉日出夫、映研の部長だよ。ビング・クロスビーに似てるだろ、俺」

「ボブ・ホープだ、顔が四角いから」

「うるせえ、カツ丼」

鏡子が目をパチパチさせ、それでやっと勝利は彼女の顔をちゃんと見ることができた。眉毛も瞳もくっきりしていて、小ぶりな唇は濡れたように赤い。心地よく通った鼻筋が、思わずつまみたくなるほど愛らしかった。

——というのは後からつなぎ合わせた印象で、このときの勝利はそっと目をそらすのが精一杯だ。それに引き換え大杉は、遠慮のない視線を少女にそそいでいた。

家は広小路《ひろこうじ》の老舗《しにせ》オースギベーカリーだが、B29が四八〇機の翼を連ねた空襲で、きれいさっぱり瓦礫《がれき》の山となった。四年前の五月一四日、名古屋城が焼け落ちたのとおなじ日だ。去年の秋に復興開店してからずっと店頭販売を手伝っていて、女性と口をきくのは手慣れたものだ。顎が張って色黒の少年のあだ名は焼きすぎのトーストで、これは一目瞭然であったが、

「あのう、カツ丼ってなんですか」

まじめな顔で鏡子が尋ねたから、操先生が吹き出した。

「彼のあだ名よ」

「こいつの家は料亭でさ。名古屋で戦後はじめてカツ丼を客に出したんだ」

本人に代わって大杉が解説したが、鏡子はまだ小首をかしげている。

「料亭でカツ丼ですか」

「なるほど、懐石料理の献立にカツ丼はないな」別宮操は豪快な笑い声をあげた。

「庶民にもはいれるカウンター割烹《かっぽう》を併設して、そこで提供してるんだ。安いたって私のサラリーでは行けないがね」

「先生が客なら親父に奮発させますよ」

鉄筆の先で顎をかきながら、勝利が笑顔になる。小柄で生っ白い少年は、いまだに女生徒と口をきくのが億劫だった。

中心街栄町《さかえまち》に稀な焼け残りの勝風荘《しょうふうそう》が彼の生家である。空襲では広い庭園の緑に守られ、散発的なボヤだけですんでいた。

料亭だから女っ気はある。戦時中は軍人や軍需産業のお歴々、戦後は進駐軍の上級将校と日

本人の高級官僚が客層だったから、出入りの芸者をはじめ接待係の女たちが白粉《おしろい》臭をふりまいているが、生まれついてずっとの風景なので女と意識したこともない。

そんな彼が十七歳になって、だしぬけに女子と机を並べる羽目になった。

「進駐軍の命により」といえば占領下の日本では、首相も天皇も飛び越えて泣く子も黙る至上命令である。新しい教育制度は粛々《しゅくしゅく》と施行されようとした。

少年少女にとって降って湧いたような共学だから、三カ月たっても異性にどう接していいかわからない者が多い。今も勝利は咲原鏡子を見ただけで上気して、鑢盤《やすりばん》にのせたロウ原紙へ視線をそらせている。

この時代、謄写版《とうしゃばん》はもっとも簡便な印刷装置であった。自作の推理小説をプリントするため、勝利は部室で原紙を切る作業に励んでいた。

第一章　男女共学がはじまった

1

この時代——というのは昭和二四年。

太平洋戦争下、零戦《ぜろせん》や新司偵《しんしてい》を生産して日本の造兵廠《ぞうへいしょう》とうたわれた名古屋は、人口ひとりあたりの被弾量で日本最悪の空爆に晒《さら》され焦土と化した。かつて勝利や大杉が通学した松坂屋裏の国民学校なぞ、二〇〇〇人いた学童が敗戦時には一〇人に減少していた。

西面した勝風荘の庭から見て、左（というのは南の方向だが）にポツンと残るのは千代田生命と松坂屋の炎を浴びて黒ずんだビル、右手には遠く愛知県庁と名古屋市役所の迷彩色の建物が望まれるが、威容を誇った名古屋城は影も形もない。市心の栄町一帯では赤茶けた焼跡のところどころに土蔵が残り、左右の建物を失った耐火壁だけポツネンと立っていた。かつて市電の交差点を睥睨《へいげい》していた煉瓦造りの日本銀行も、木造の栄屋百貨店も三階分の耐火壁だけ残して、姿を消した。それより西、広小路と御幸本町《みゆきほんまち》の十字路に残る徴兵保険ビルには、進駐軍占拠の証として星条旗が翻《ひるがえ》っている。

最盛期の昼間人口一五〇万人を数えた軍需都市名古屋も、敗戦直後には六〇万をきる有様であったが、翌年の人口調査では早くも七二万近くまで回復しており、焼野原の復興はようやく緒につこうとしていた。


軍国日本を民主日本に染め直そうと躍起《やっき》の進駐軍は、昭和二三年に学制改革に手をつけ、新制高校を誕生させた。中学三年までが義務教育、その後に三年間の高校を置き、大学へのステップとする。通称六三三の学制になったけれど、これまで中学校・女学校は五年で卒業していたから、過渡期にある勝利たちは就学期間が一年不足する。やむなく彼ら旧制中学の卒業生は高校三年に編入され、一年ぶん追加で履修することとなった。

一度聞いただけではややこしくて、風早家では両親もひとりいる姉まで理解を放棄した。

並行してスタートしたのが男女共学の大号令である。

戦前の公共教育は、小学校のちの国民学校の三年生を境に男女別学であったから、多くの子どもは異性に免疫がない。時代が殺気だっていた戦時中なぞ、幼なじみの女の子と口をきいただけで軟弱だと殴られた。勝利もそのひとりで、その都度口の中がきれて血の味を堪能させられた。

そんな躾《しつ》けを受けてきた少年少女に、おなじ教室で男女机を並べろというのが進駐軍の命令だったから、思春期の子どもたちは天地をひっくり返された。明治以来男女七歳にして席をおなじくしなかった教育者たちだって、困惑したに違いない。

勝利が通っていた中学校も女学生を収容せねばならず、そこは日本的な大人の智恵で、奇数のフロアに男子を偶数のフロアに女子の教室をつくり、これを「男女併学」と称した（！）が、進駐軍軍政部の鶴の一声で沙汰止みとなる。こんな調子の右往左往で昭和二三年は空転した。

ほかの町で共学をどう進めたか少年は知らないが、教育者の姑息さに焦れた進駐軍は大鉈を揮《ふる》いはじめた。まず、共学の実をあげるべく中学校と女学校を合併させるのに、学校のランクをあっさりと無視した。愛知一中だの県一高女だのナンバースクールの存在を否定したかったのだと、勝利は推測する。釣り合わぬを承知の学校同士の縁結びだから、生徒たちも反発した。格下の女学校合併をきらって教室を消火器の泡まみれにした中学もあるらしい。

後代の教育史は「昭和二三年男女共学開始」と記載して、笑顔で登校する少年少女の写真ぞあしらうだろうが、渦中にあった勝利たちの実情からはほど遠い。

そこへ小学校なみに学区制が採用されると聞いて、従順だった勝利さえ「勝手にしろ」という気分になった。

ぼくたちはモルモットかよ！

頭を冷やして考えれば、戦前の帝国主義教育が開戦から敗戦への道を辿らせたのだと、みんな骨身にしみて知っている。だから教育改革の必要性もわかっていた。わかっていたが、しかし、である。

新生日本の教育を推進するべき人員の不足は、目を覆いたい惨状なのだ。優秀な若者たちは戦争が根こそぎ掠《さら》っていった。やっと生き残った教師層に、未来の日本を支える少年少女育成を任せられるのか。

そんなことまで勝利にわかるはずがない。それでも彼は姉の撫子《なでしこ》に愚痴った。「屋上の、わざわざ人気のないところへ男生徒だけ集めてさ、性教育をはじめたぜ。桜の花びらをぼくたちに見せて、『オシベがコレで、メシベがこっちで……』と大真面目に講義するんだ、こないだまで軍事教練で怒鳴っていた虎鬚《とらひげ》の教官が」

傍《そば》にいた大杉も、呆れ顔の撫子に男女併学のエピソードをしゃべった。

「教室は別だが校庭に並ぶときは、男女が隣同士になれというんです。もちろん俺や風早は列の先頭に立ちましたよ。すると俺たちの隣に女がこない。俺たちの後ろに男もいない。男同士、女同士でグチャグチャッと後ろに固まっているんです。たまたま塀の向こうをジープが走ってきてね。とたんに全員アッという間に男女隣合わせに並びました。情けねえ……今までヤンキーゴーホームなんて威張ってた奴まで」

はっきりいって共学の現場は、ドタバタ喜劇であった。

風早勝利たちが通学している東名《とうめい》学園とは、そんな混乱からヒョイと産みだされた鬼っ子だ。戦前に興亜《こうあ》中学・貞淑《ていしゅく》女学院と名乗っていた私立校が合併、その四年・五年を新制高校の一年・二年にした。高校といっても三年生がひとりもいないから、市内一円の中学五年生に呼びかけた。

憧れていた学校の校名が変わり、あるいは学園そのものが消滅したり、さらに学区制の施行で希望の公立校に通えなくなった等の理由で、高校三年をどこで履修するか迷う者が多いだろう。そんな若者に救いの手をのばそうというのが建前であった。

東名学園高校の校長に納まった用宗恭司《もちむねきょうじ》という人物のことは知らないが、学制をいじられてうんざりしていた勝利は、一年くらい私立に通おうと思い立ち、小学校からの友人大杉を誘って、東名学園できたての高校三年になった。

登校をはじめた勝利は、たちまち期待を裏切られた。新三年生が余計者だったことをまざまざと思い知らされたからだ。

学園の目論見は外れて、一年期限つきで入学したのは、進学希望の学園生徒をひっくるめて、四〇名足らずだ。もとから在籍している一年生・二年生は新築した校舎に納まったが、当て外れの三年生は旧興亜中学の古ぼけた校舎に押し込まれた。

栄町から市電で一直線という触れ込みの学園の敷地も、名古屋市の最東端という辺鄙《へんぴ》な場所だ。市電の終点東山《ひがしやま》公園からバスで二〇分、更に正門まで歩いて一五分。

運動部や文化部は新校舎に割り込ませてもらったが、新しくできた推研や映研となると身の置き場がなく、旧校舎の一室をもらうのが関の山であった。

今その部室中央の大型テーブルでは、鑢盤《やすりばん》に向かった勝利がガリ切りをつづけている。バーグマンやクーパー、ケイリー・グラントたち、映画雑誌の切り抜きの写真が張り巡らされた壁の下には、スプリングの飛び出たソファーがへたっている。大杉が腰を下ろしたとたん、歯の浮くような金属音を伴ってモワァと白い煙があがった。

「これでも私がかけもちで顧問を務めている部室なんだ。どうぞ」

操にすすめられた少女は、小学校みたいな木の椅子にチョコンとお尻を乗せた。

「上海《シャンハイ》からの引揚者よ。咲原鏡子さん」

「あ、どうも、こんちわ」

慣れた口調の大杉に対して、したたる汗を手拭いでぬぐって作業中の勝利は、口の中でムニャムニャ唱えただけだ。


男言葉を使い慣れた操先生だが、それがひき締まった顔だちにぴったりで、「水《みず》の江《え》滝子《たきこ》みたい」と囁《ささや》く女生徒もいた。ターキーは松竹少女歌劇ストライキの先頭に立った伝説の大スターだが、別宮操はそれ以上に行動的な女性のようだ。新三年生スタートの四月に、彼女は生徒と教師全員の前で自己紹介した。

「別宮操。別の宮に節操の操と書いてミサオと読む」

ニコリともせず告げた女性教師に、三年の男子から質問が飛んだ。大杉日出夫だ。

「特技はなんですか」

「武道一般。私は強いぞ」

即答されたときは、大杉も呆気にとられた。制定されたばかりの教育職員免許法だが、人材不足のため従来の代用教員にも臨時免許状が付されていた。だから別宮操は正式には助教諭の身分でしかない。

その数日後、剣道四段が自慢の夏木《なつき》という若い体育教師が、からかい半分で操を道場に誘った。野次馬のひとりとして見物した大杉は、舌をまいて勝利に報告した。

「たてつづけに面小手を入れられて、四段形無しだったぞ」

たちまち別宮操のあだ名は巴御前《ともえごぜん》に決定した。彼女の代々の家系は尾張徳川《おわりとくがわ》家の別式女《べっしきめ》であった。

「ベッシキメ？　トースト、知ってるか」

「知らん」

男子ふたりに知識はなかったが、推理小説研究部略して推研もうひとりの部員、神北礼子《かみきたれいこ》が傍にいた。

「江戸時代には殿様や高禄《こうろく》の武士の護衛を、男装した女性の武芸者が務めていたの。尾張徳川には別式女の家柄が六派もつづいていたそうよ」

幕府が瓦解した後まで別式女の座を守ったのが、操の実母であったという。

「巴先生」

大杉に呼ばれた操は苦笑した。「私のことか」

「諦めてください、もう定着してます。……で、先生が連れてきたってことは、咲原さんは入部希望なんでしょう」

「そう。推理小説も映画も好きらしい」

「おっ」「へぇ」

部長ふたり、同時に色めきたった。

「推理小説って、どんなの読んでる?」間髪をいれずに勝利が尋ねる。

「ヴァン・ダイン? エラリー・クイーン? アガサ・クリスティ?」

ふだんは口が重いのに、話題が推理小説になると別人のように軽くなるのだ。鏡子は小さな声で答えた。

「小栗虫太郎《おぐりむしたろう》……」

これにはたまげた。

「『黒死館殺人事件』読んだんですか!」

思わず敬語になると、鏡子は恥ずかしそうに髪をふった。

「途中で挫折したわ。『完全犯罪』は短いから最後まで」

小栗の処女作で、苗《びょう》族共産軍の将校が探偵役として登場する。キョウサンという言葉の響だけで、勝利は背筋が寒くなり読むのをやめていた。皇国教育に忠実な少年であった。

「それと、バーナビー・ロスを原書で読みました」

男同士ゲッという顔を見合わせた。

「そんなものどこで手に……」

入れたのか聞くつもりだったが、愚問と気がついた。彼女は上海から帰国したばかりだ。戦時中の日本では望めなくても、大陸なら英語の書物も流通していただろう。それにしても原書で読んだとは……。

　大杉が声を高くした。

「じゃあ映画も見たの、『風と共に去りぬ』とか」

「はい、見ました。私、ファンなの」

「ヴィヴィアン・リーの！」

　これは口惜しい。大杉が声を高めたのは、彼女の主演で大ヒットした『哀愁』を、この春に見て彼もファンだったからだ。

　時系列と関係なく無秩序に外国映画が配給される世相であったが、『風』は独立プロのセルズニック作品だったためか、日本ではまだ封切られていなかった。

「そうです。ヴィクター・フレミング監督で、クラーク・ゲーブルやオリヴィア・デ・ハビランドも出ましたわ」

　戦前からアメリカを代表するスターたちだ。

「日本語の字幕なんてなかっただろ」

「でも私、英語のヒヤリングできますから」

　ぎゃふんという顔で、大杉が髪の伸びかけた頭に手をあてた。

　このあたりで勝利は、やっと鏡子をつぶさに観察することができたのだが――とたんにハッとした。

　理由は不明だが、はじめて会った気がしないのだ。確かにぼくは、彼女をどこかで見た気がする。大陸帰りというのなら、初対面に決まっているのに。

「お、きたきた」

大杉が声をあげたのは、廊下をスリッパの足音がふたつ近づいたからだ。

ひとつは威勢よくひとつはつつましく。つつましいのはメガネの神北礼子だが、もうひとりははけたたましい薬師寺《やくしじ》弥生《やよい》に違いない。

「トースト、遅くなってごめーん！」

「遅いぞ、姫」

「だから謝ってるの！　ありゃ、巴御前もいた」

ひと睨みされて訂正した。

「巴先生、ではなくて別宮顧問もおいでだったんですか。……あれっ、まだ誰かいる」

「誰かとはなんだ」大杉が叱った。

「咲原鏡子さんだ。わが映画研究部にはいってくださる。大切に扱え」

「キャ、本当なの！」

〝姫〟とあだ名されるだけあって、京人形のように愛くるしい顔かたちだが、そう聞いたとたん満面に笑みをはじけさせた。おしとやかな印象がガラリと変わって、今にも鏡子に抱きつきそうな勢いだったから、勝利があわてた。

「違うぞ、彼女は推研希望だよ」

「あらまあ、よかったこと」

メガネの中の目を細くして穏やかに笑った神北礼子は、地味めな女の子だ。いつも微笑を絶やさないが、愛想と裏腹に一学期の中間テストの成績はトップで、男どもをなぎ倒した。あだ名は〝級長〟である。

毎週一度のホームルームでは、共学に慣れず浮足だつ男女生徒を無難にさばいて、議事進行させている。本来は委員長と呼ぶべきだが、労働組合のリーダーみたいでみんなの耳に馴染みがないから、級長呼ばわりされていた。

「よくいらっしゃいました、推研に」

「いいえ。映研よね、咲原さんは」

級長と姫に挟まれた鏡子は、サンドイッチのハムみたいに身を細らせている。ちなみに大杉の店では魚肉でなく豚を使ったハムを出す。この春から外食店の営業が自由になったばかりで、四年前の飢餓を思うと僅《わず》かながら食糧事情は緩和されていた。

困り顔の鏡子を見やって、巴先生が裁定をくだした。

「いいから両方にお入り。どうせおなじ部屋だしおなじ顧問だし。どう、咲原さん」

鏡子はホッとしていた。

「はい、そうします」

「素直でよろしい。では両方の部員全員が集まったところで、話がある」

ひきつけた椅子に腰を落した。全員といっても五人だけで、以前から学園にいた一、二年生たちにはみごとに無視されていた。職員室では当の別宮先生もはみだし気味で、もとからの中学閥、女学校閥のいがみあいが生徒の間で囁かれている情勢であった。

「聞いてるね、修学旅行のこと」

大杉が顔をしかめた。

「中止なんでしょう」

「あら、東名学園て修学旅行しないんですか」

残念そうな鏡子の口ぶりは、期待していたに違いない。転入の手続きは終わっているが、授業に加わるのは明日からで、まだ右も左もわからない様子だ。

大杉が舌打ちした。「しないんじゃなくて、やらないんだ。男と女が大勢で外泊するなんて卑猥《ひわい》な真似は許せない。そういう婆アの教員がいた」

「私たち、国民学校でも修学旅行に行けなかったわ」

礼子が不平を漏らすと、弥生が手をあげた。

「私は行きました」

「お、さすがお姫さまの学校だな。どこへ行った。京都とか奈良とか」

大杉が羨ましげにいうと、姫は笑った。

「伊勢《いせ》大神宮よ。一泊してから朝五時起きで神域を清掃したの。帰りに赤福を買うのが楽しみだったけど、統制が厳しくなって買えなかったわ。あーあ」

戦時中の修学旅行なぞせいぜいそんな程度だ。戦局があやしくなってからは、修学旅行どころか子供たちは集団疎開、それも飛行機増産に死に物狂いの名古屋では校舎丸ごと兵器工場にされた中学まであって、疎開どころではなくなっていた。

「教育委員会でも、本音は修学旅行させたくないんだよ」

操がそれとなく雰囲気を伝えてくれた。

「経済的な余裕がなくて行けない生徒がいるでしょう。行ける者だけ行くというのは、民主的じゃないと仰《おっしゃ》る先生がいてね」

「本音は違うんじゃないですか」大杉がニヤリとした。

「なんだよ、本音って」

勝利にはピンとこないので、大杉が解説してやった。

「坊ちゃんにはわからないか。年頃の男女が集まれば、することは決まってるだろうが。それが先生たちは怖いんだ」

「キャーッ、キスするとか」

突拍子もない声で姫が笑った。

「私、見ましたのよ！『はたちの青春』！」

日本映画史上最初の接吻映画である。それまでの映画のキスシーンは、和洋を問わずすべて内務省の役人がカットしていたから、誰ひとり見たことがない。

「俺も見たぞ『或る夜の接吻』」

「アラ、だってあのキスシーンは、傘に隠れて見えなかったじゃありませんか。まるで『淑女とサーカス』の轟《とどろき》夕起子《ゆきこ》が……」

「えっ、そんな大スターでもキスしたのか」

「イヤな男に唇を奪われるんですけど、そこは画面の外で見せないんです」

「なんだよ」

「画面にもどってから、ガラガラペッとうがいをする場面でお客は大笑い。監督のマキノ正博《まさひろ》は轟の旦那さまですものねえ」

「はい、脱線禁止」

苦笑しながら、操がまた手を叩いた。

「そこで提案するんだが、われわれで修学旅行の代わりをやらないか」

「どういうことですか」級長が代表して質問する。

「夏休みになったら、ふたつの部が共同で合宿しようというんだ」

「えっ。この五人で……先生もいれて六人で？」

「そんなこと、できるんですか！」

「合宿って、行先のアテはありますの？」

てんでにぶつけてくる質問を、操は余裕で受け止めた。

「もちろんあるさ。奥三河《おくみかわ》に別宮家代々の墓があってね、その関係で近くの湯谷《ゆや》温泉に行きつけの宿がある。鳳来寺《ほうらいじ》山の入り口といえばわかるかな」

「ブッポウソウって鳴く鳥のいる山ですね」

「ああ、あれか。きれいな青い羽の」

「それは仏法僧という名前の鳥でしょ。でも実際にブッポウ……ブッポウ……と鳴くのはコノハズクよ」

「仏教の三宝を口ずさむなら形も美しいに違いないと、人間の勝手な思い込みで名付けたけど、本当の声の主は小型のフクロウだったんだ」

鳳来寺はおなじ愛知県の名所だったから、みんなひと通りの知識を備えている。

「で、どうする」操が五人の意向をたしかめた。

「宿泊代は勉強してもらうし、県内だから交通費も大したことはないだろう……どうだい。特に女性たちは外泊のお許しが出るかな?」

「はいっ」

「行きます!」

男どもはもちろんで、神北礼子も即座に手をあげた。

わずかにためらったのは薬師寺弥生だったが、ひと息遅れて大声で力んだ。

「行きたい……絶対に行っちゃいます!」

「無理しなくてもいいよ。もし親御さんが心配するようなら、私がじかにお話しする」

「ありがとう、先生。でも大丈夫です! あ、咲原さんも行きますわね」

つつましやかな笑顔で、鏡子がうなずいた。

「湯谷温泉なら、大陸へ行く前に住んでいた場所だもの」

これは意外だった。操まで目をまるくした。

「そこの旅館の『旅荘ゆや』で、母が働いていたんです」

初耳だったらしい。巴先生はいっそう驚いていた。

「そうなのか、きみの母上が『旅荘ゆや』に……。実はみんなを連れて行こうというのがその宿だよ」

「まあ!」今度は鏡子がびっくりした。

「嬉しい……ずっとご無沙汰なんだもの。また女将《おかみ》さんにお目にかかれる!」

口走ってから、急いで説明した。

「その母が亡くなって行き場をなくして、大陸に渡ったんです。父が上海で仕事していたので」

確認するように操が尋ねた。

「すると咲原さんは、湯谷温泉から女学校に通っていたんだね」

「はい。設楽《したら》高等女学校です」

「そう……」

操の声に重い響があったが、勝利はまったく別なことを考えていた。

(カン違いじゃなかった……　やはりぼくは、咲原さんを見ているんだ!)

——少年にとって、それは強烈な思い出である。

あの夏の日、勝利は料亭の板前や女たちといっしょに、湯谷温泉へ遊びに出かけていた。白昼から酒を飲み始めた大人たちに飽きて、ひとり離れた川岸で本を読んでいた。岸といってもかなり勾配のある斜面だが、一面スギやヒバときにシダレザクラが枝をのばして、緑濃い木陰をつくっている。

図書館で借りた新潮文庫の『モンテ・クリスト伯』だ。六冊組の第三巻のページを一心に繰っていた。そんなころから内向的な本好きの少年だった。滑り落ちる清流の水音も、対岸へ絹糸を張るようなヒグラシの声も無視して、活字に熱中していた。その耳にキャラキャラと女の子の歓声がふたり分聞こえた。

驚いた彼の目に飛び込んだのは、少女たちの白い体であった。

小さな温泉街の、それも外れだ。人の目が届くはずはないと高をくくったのだろう。眼下の川床で裸ン坊がふたり、うつ伏せで全身をひたしていた。

正しい名は宇連川《うれがわ》だが、川底には凝灰岩がまるで板のように敷き詰められ、清流がかぶさって泡を嚙んでいるから通称板敷川《いたじきがわ》という。そこに寝そべった裸体が、水の流れと日差しを跳ね返して鮮やかに輝いている。

勝利は茫然《ぼうぜん》と息を呑んでいた。

彼と同年配のまだ幼い肉体であったが、健康的なのびのびとした肢体でもある。最後まで木陰の勝利に気づかなかったふたりは、やがてしぶきを蹴って川上に去って行った。

そのひとりが咲原鏡子だったのである。

2

旧校舎を一歩出たとたん、もわあっと暑気が全身に纏《まと》わりついた。凝った肩をほぐそうと、勝利はぐるっと右腕を回した。ガリ切り作業は四〇〇字詰原稿換算で四枚終えている。筆慣らしのつもりでいた掌編が予想外にスムーズに書き終わり、偉そうなことをいえば物足りないほどだ。

よし、一気に長編執筆のスタートだ！

張り切ったのはいいが、実は細かな設定もトリックも手探り状態だ。

新校舎越しに冴えた打球の音があがり、男女の歓声が流れてきた。女子の声も三割はまじっている。

進駐軍さん、安心していいよ。男女共学の実はあがりつつあるらしいぜ。

夏空を米軍機の爆音が渡ってゆく。小牧《こまき》に基地のある戦闘機だろう。四年前まではあの音を聞くと腹這いになって、目と耳を塞いだものだが。

強烈な西日をかいくぐり卵坂に面した校門を出る、たったそれだけの間に、開襟シャツは濡れ雑巾になった。坊主頭から吹き出た汗が、つっかけた下駄まで滴《したた》り落ちる。鞄代わりの風呂敷包みを抱えた少年を、赤松林からセミが大合唱で歓迎した。うわ……よけい暑くなる、やめてくれ。

無駄に広くて長い坂を下って行くと、背後から足音が近づき、女の子の澄んだ声に呼び止められた。

「あの……えっと、風早さん」

ふり返ると咲原鏡子が立っていて、勝利はそっと唾を呑み込んだ。正面から日を浴びた彼女は頰を茜色に染めている。肌理《きめ》の細かな肌に汗の玉が輝いて見えた。

「図書室へ行くんじゃなかったの?」

本を返すという礼子たちに同行したと思っていた。鏡子が小さく笑った。

「この学校の図書室って遠いんですね、やめちゃった」

「ああ、新校舎にあるから。歩いて五分はかかる。おまけにこの暑さだ」

勝利も笑った。生徒たちは三年の教室がある正門寄りのI字形の棟を『旧校舎』、運動場を囲むように建つH字形の棟を『新校舎』と呼んでいた。

「旧校舎にあるのは、教室とぼくたちの部室……あとは物置でさ。校長室や職員室、図書室はみんな新校舎なんだ」

「ひどい待遇ですね」

「他の高校へ替わりたくなった?」

「そんなことありません。東名学園の校長先生と父が古い友達だったから」

「ふうん。用宗先生のコネなのか」

言ってすぐ後悔した。編入したばかりの女の子に、ぶっきらぼうすぎると思ったのだ。一瞬でも裸を見せてくれた彼女だというのに。むろんそんなことはおくびにも出さない。

それっきり黙って下りてゆく勝利に、臙脂《えんじ》の縞模様の袋を提げた鏡子は人懐こかった。

「学校へ通じているだけなのに、ずいぶん広い道ね」

「卵坂」

「え、タマゴ？」

「坂の上から下まで、大きな養鶏所があったんだ」

「ああ、名古屋コーチンですね」

「その土地を歩兵第六聯隊《れんたい》が買った。坂の上を練兵場にして、このへんは営繕《えいぜん》棟。大型の倉庫を併設していたんだ、弾薬とか歩兵銃とか」

「卵坂というのは？」

「陸軍の威光で坂がピカピカに舗装されたんだ。生卵を転がしても割れずに下まで届きそうなほど。だから通称卵坂」

「今はガタガタだけど」

「軍の重いトラックが往復したから。でも終戦直前に爆撃されて、営繕棟はオシャカになった……ここから見えるだろ」

傾いた板塀の向こうに三階建ての廃墟が望まれた。屋上にのった四角な望楼《ぼうろう》は無事らしいが、壁にはいたるところ亀裂が走り、二階の北面なぞは無残な崩壊ぶりだ。剝《む》き出しにされたコンクリの壁が、烈日に晒されていた。

「市街戦の跡みたいだわ」

「練兵場につづいて、ここも東名学園が買ってるよ。取り壊して校舎を建てるらしい」

「でもそれができる前に、私たちは卒業ね」

「ああ。ぼくたちは一年こっきりの貧乏籤《くじ》さ」

話している間に勝利は二度転びそうになった。下駄の歯が半欠けの舗装に挟まるのだ。ひび割れがひどい上に雨が降ると、網の目のように水が流れる。卵なら浮いて流れて坂下まできっと無事に届くだろう。

背中を炙っていたセミの合唱が遠ざかると、ささやかな商店街がはじまり、とっつきにバスの停留所があった。東山公園からのバスは、この東名学園前が終点だ。もともとは営繕部前だったから、訂正のベニヤ板が打ちつけられたままだ。

ペンキを塗った広告の壁が、バス停のトタン屋根を支えていた。禿げちょろけの〈花柳病《かりゅうびょう》専門〉の文字が読めた。日本舞踊の家元かと思い家に帰って姉に聞いたら叱られた。「性病のことだよっ」

日陰で汗を拭いていると、ダイヤに三分遅れでボンネットバスが到着した。さすがにもう木炭バスではない。世にも制服の似合わないおばさん車掌に急かされて乗ると、またすぐに汗が吹き出した。

風がソヨとも吹かない日だけれど、窓は全開してあるから走り出せば涼しい。勝利は目を細めたが、鏡子は自分の髪を纏めるのに苦労していた。

「ごめんなさい」

謝ったのは流れる髪が勝利の顔に戯《たわむ》れたからだ。

「別に」

素っ気なく応じた勝利は、鏡子の髪留めに気づいた。見たことのある意匠は、ポパイの恋人オリーブ・オイルだろう。大杉ならこのネタひとつで一時間は座をもたせると思い、少年は少し口惜しかった。

横顔に視線をそそいでいたので、東山公園の電停で市電を待つ間に心配げに囁かれた。

「耳の下……残ってた?」

「なにが」

「今朝、ちゃんと落せなかったかと思って……」

なんのことだろう。反問する前に、鏡子はハッとしたように口を噤《つぐ》み、折り返し線を渡ってきた市電の一四〇〇形がふたりの前に停車した。客は時間のせいか少なく、動物園帰りの子供たちの麦わら帽が目につくくらいだ。ポールで集電するタイプの黄と緑のボギー車で、戦前の平和博覧会のとき新造された車両だ。背後に広がる緑の綜合公園はその年に完成している。市電の方向幕に記された〈名古屋駅〉もおなじ昭和一二年の建築だった。

それからたった八年で、名古屋は焼跡にされた。

仙花紙《せんかし》のペラペラなテキスト『平家物語』の冒頭を思い出した。

祇園精舎の鐘の声　諸行無常の響あり……

まだ十代のぼくが考えることじゃないな。勝利が心の中で呟くと、動物園の正門を遠望していた鏡子が呟いた。

「戦争中でも象を殺さなかったのは、ここなのね」

「ああ」

例によって無愛想な答えを返したとき、市電が動き出した。

空襲下の脱走を恐れた東京の上野《うえの》動物園では、猛獣や大型獣を皆殺しにしている。だが東山では戦争が終わるまで、二頭の象を生かしていた。吉村公三郎《よしむらこうざぶろう》監督の松竹映画『象を喰った連中』のロケが名古屋でできたのはそのおかげだ。

密着しすぎたような気がして、勝利はもぞもぞと体を離した。時間帯によっては少年少女が座っていると、わざわざすり寄ってきて「いいな、いいな、紹介してよオ」などと囃《はや》したてる男どもがいるが、今日の客は幼児連れのお母さんたちだけで、勝利たちアベックは見向きもされない。ここまで完全に無視されるのも癪《しゃく》にさわった。

こんな可愛い女の子と肩を並べているんだぞ、ひとりくらいこっちに目を向けろよ。

一四〇〇形はゆるやかに坂を下り、ゆるやかにカーブを切っていた。道を行き交う車は少ない。トラックやオート三輪の横を、スクーターのラビットが駆け抜けて行った。

濃尾《のうび》平野に広がる名古屋市街はおおむね平坦だが、それでも東部には古代の礫層《れきそう》を載せた丘陵が集まっている。市電の東山線は丘陵のひとつ覚王山《かくおうざん》を越えた。池下《いけした》・仲田《なかた》と家並みが増えて行ったが、ビルらしいビルが現れたのは、今池《いまいけ》交差点に建つ千種《ちくさ》郵便局がはじめてだ。今池はこの一帯の核になる盛り場だった。

「下ります」

鏡子が立ち上がると気のせいかいい香りがして、勝利は急いで尋ねた。

「咲原さんの家はどこ」

「大曽根《おおぞね》です」

「それでトロバスに乗り換えるんだ」

トロリーバスをそう呼んだからか、鏡子は笑顔をのこして車内を小走りに駆け、手提袋の臙脂の縞を躍らせて、姿を消した。

人の目を憚《はばか》りながら腰を浮かすと、郵便局の前を渡って停留所へ向かう鏡子のセーラー服を見ることができた。

桜山《さくらやま》方面からきたトロバスこと無軌条電車のまるっこい車体は東大曽根行きだ。彼女が住む町の至近距離である。市電の前の視界をさえぎって右に走って行く。鏡子はあれに乗るのだろう。目で追うのを諦めた勝利が席に落ち着くと、開いた窓から『憧れのハワイ航路』の歌声が轟《とどろ》いた。新開店のパチンコ屋だ。首を回すと、戦後最初に今池にできた国際劇場の絵看板が、チラと目にはいった。ヴィヴィアン・リーだったが、いつか見たバーグマンよりずっと似ている。

ゴトゴトと車体が揺れるリズムに乗って、勝利は考えはじめた。さっき咲原さんはなんといったのか。

『今朝、ちゃんと落せなかったかと思って』

ちゃんと落すとは、なんのことだろう。推理小説が好きな少年は、考えるのが好きだ。めったに犯人もトリックも当たらないが、クイズ番組じゃないからかまわない。黙って頭の中で、ひとつことをこねくり回すのが好みなのだ。

「落す」とはなんだ。それも「今朝」？

髪留めを落す。手提袋を落す。テストの点を落す。そんなもの、朝になって落すかよ。朝、ぼくだったらなにを落すか？　顔を洗って汚れを落す。ウーン、ピンとこなかった。

女の子が朝になって、なにを落したというんだろう。それも落しきれなかったかと不安になって――お化粧か？

そんなはずはない。自分ですぐ否定した。

彼女がそんな、濃い化粧をするだろうか。それも朝まで化粧していたことになる。

やはり違う……もう一度考え直そうとしたとき、灰色ののっぽなビルが目の隅を横切った。東新町《とうしんちょう》の角に立つ戦前からの睦《むつみ》ビルだ。勝風荘へは次の武平町《ぶへいちょう》電停が最寄りだったから、少年は風呂敷包みを抱えて立ち上がった。

3

名古屋の中心は広小路と大津《おおつ》通りが交差する栄町の一帯で、勝利の家はその東端にあるからひとつ前、武平町の電停で下りる。中心街といいながらあたりの復興は遅れていた。

西南の一角には、急ごしらえの日活スタジアムができていた。スタジアムといえば立派だが、実際には屋根をかける資材も資金もなく、人集めの施設として露天に階段状の椅子席を設置した程度だから、いずれ本格的なビルが建つはずだ。

戦前は東南に栄小路と呼ぶ路地があって、おでんの『辻かん』や小間物屋の老舗『針亀』、甘味処の『津くば祢《ね》や』などが軒を連ねていたが、強制疎開で空き地にされた。江戸時代でいう火除地《ひよけち》の工夫だったが、現代の空襲には無力で、栄町どころか栄区まるまるが炎の海となった。

新聞記事によると大規模な都市計画が施行され、一〇〇メートル幅の道路がこのへんを南北に縦断するそうだ。これまでの日本は都市計画も尺貫法だった。〝広〟小路と名付けられた市電が走る幹線道路ですら十三間幅だ。やはり昭和一二年開通の桜通りが、名古屋一の広い道で二十四間であったが、一〇〇メートルなら五十五間道路ということになる。話を聞いて勝利は呆れた。

「そんなに広い道を造ったら、信号一度では渡りきれないや」

法螺《ほら》話と思っていたが、どうやら本当らしい。

父親と顔なじみの市の役人が、勝風荘で真剣に額を寄せている姿を見た。ひそひそ話を小耳に挟むと、料亭が一〇〇メートル道路の予定地にひっかかっており、計画変更の余地はないというのだ。

なるほど店の周囲は雑草まじりの焼跡がつづき、復興の兆しはまったくない。焼け残った勝風荘を除き、被災地はすべて都市計画に縛られて、民間人は手をつけることができなくなったらしい。

二代目で楽天的な父親は、そんな夢みたいな計画は先送りになると胡座《あぐら》をかいていたが、尻に火がついた昨今になって反対運動に駆け回っていた。

現実家の母は悲観的だった。八代将軍吉宗《よしむね》の弾圧で当主の宗春《むねはる》が蟄居《ちっきょ》させられて以来、尾張名古屋はお上の意向を忖度《そんたく》する伝統で生きのびていた。立ち退かないために都市計画が遅れれば、勝風荘は市民から目の仇にされる。それより立ち退き料を奮発してもらってよそで店をはじめればいい。そう考えていたのだ。

店が動けば、庭を隔てて離れで暮らす勝利も引っ越すわけだが、そんな状況を真剣に考えたこともないひとり息子であった。

勝風荘のがっちりした大棟門《おおむねもん》をよそ目に、腰板塀に沿って裏口へ回ろうとしたら、打ち水をしている梅子《うめこ》に呼び止められた。下働きに雇った三河出身の娘だが、器量良しで機転がきくので接待役に重宝されている。

「かっちゃん、会いたいって人がおいでですよ」

「ぼくに？　勝風荘のお客さんが？」

これは珍しい。料亭の客なら若くても四十五十の年代で、それなりの役職についている。十代の少年に接点があるとは考えられなかった。

「設楽市の議員さんだって」

「シタラシ？」

「私の地元に近い町だわ。湯谷温泉ってわかる？」

少年がちょっと目を大きくした。今日その名を聞くのは二度目だ。

「町村合併してついこの間、設楽市になったのね。……顔を見たいだけだって」

「なんかいやだな。断ってよ」

作家然として、長編の構想を練るつもりでいた。下駄を鳴らして背を向けたら、梅子に風呂敷包みを取り上げられた。

「ダーメ。取り次がないと私が叱られる。ホンのちょっとでいいんだって」

年下だが押しの強い女の子で、勝利には苦手の部類だ。風呂敷を人質にされしぶしぶ梅子にしたがった。

門をはいるとすぐ石を畳んだ道が二手に分かれる。右は料亭の本屋だが、左を辿って藍染めの暖簾《のれん》の前に出た。もと人力車の車夫控え所だったスペースに、スタンド割烹ができていた。

座敷にあがることを考えれば値段は半額以下ですむ。

勝利を追い越した梅子が腰高障子を開けると、いい香りが少年を迎えた。とっつきに据えられた鉢の月下美人が、今夜にも花を開くのだろう。

「郡司《ぐんじ》先生、お連れしました」

頭を下げたと思うと、梅子はもうそそくさと背を向けている。今度はプンと酒のにおいが鼻をついた。客がひとりでお銚子を傾けていた。

「やあやあやあ」

カウンターに向かって六脚ならんだ椅子は背が高く、そのひとつに尻を乗せた客は、あいにく足が短かった。ぶきっちょな動きで椅子から下りた白い麻のスーツ姿が、内ポケットから名刺を突き出した。高校生に渡してどうすると思ったが素直に頂戴した。

不必要なほど大きな清朝の活字で〈設楽市会議員　郡司英輔《えいすけ》〉とあった。どう反応していいかわからない。

「すみません。ぼくは名刺がないんですが」

「わははは」

郡司は大仰に笑った。丸っこい体型に乗った丸っこい顔が丸っこいメガネをかけている。

「もらわなくても知ってるよ。勝風荘の御曹司で風早勝利くん。東名学園高校三年だ。そうだね」

「はい」

「その勝利くんに、ちょっと聞きたくてね」

「はい？」

「咲原鏡子という女生徒を知ってるかい」

愕然《がくぜん》としていると、念を押された。

「知ってるね」

「はあ……」

それがどうしたというのだろう。

「なにかその……評判を聞いているかな」

「あの、仰る意味がわかりませんが」

相手は首をかしげた。「あんたのクラスなんだろう？」

「はい。……でも今日はじめて顔を出したクラスメートですから、よく知りません」

「なんだ、今日からか」

がっかりした様子だ。

「それでは知らんわけだ」にわかに木で鼻をくくった調子になる。

「はい、知りません」

ふだん腰の低い勝利だが、少しばかりムッとした。

「郡司さん……」言いなおした。

「郡司先生は、咲原さんをご存じなんですか」

「……まあ、ね」

フフッと意味ありげに笑う。気に入らない笑い方だ。

「今日顔を見たばかりでは仕方がない。同年配のあんたに聞きたかったんだが」

会ったばかりのおっさんにあんた呼ばわりされたくないし、まして彼女の評判を話す義理もなかった。

「えーと。先生は咲原さんのご親族かなにかですか」

「くくっ」と先生はまた笑った。

「ご親族ね。……まあそれに近いんだが」

なにかいおうとしたとき、奥にかかった縄暖簾を分けて、和服の女性が盆を捧げて顔を見せた。

「先生、おひとりにしてごめんなさい」

「おお、なっちゃんか。構わないよ。営業時間より早くきたのは、私の都合だから」

そのころになって気がついた。

「姉ちゃんかよ……」

淡い空色の絽《ろ》を着て接客に現れたのは、姉の撫子である。通っていた女学校が丸焼けになると、本人も両親も通学の意欲をなくしていた。もともと勉強嫌いで通っていた姉だ。勝風荘が営業を再開するとなし崩しに店で働きはじめ、今ではいっぱしの戦力らしいが、現場をまのあたりにしたことはなかった。

そうか、撫子だから「なっちゃん」か。「デコちゃん」と呼ぶ客もいるそうだが、姉はいやがっていた。

「高峰秀子《たかみねひでこ》と比べられては堪《たま》らない」そうだ。

弟には見向きもせず、「ウニ豆腐でございます……どうぞ」

優雅な所作で小鉢をすすめ客の酒杯を満たすと、スルスルとカウンターから滑り出て勝利の手首を摑んだ。

「さっさとお帰り。ここは子供のくる店じゃないの」

「だって」

「だってもあさってもあるか……郡司先生、失礼いたします」

般若《はんにゃ》の面をお多福に取り替えて愛想をふりまき、姉は弟をひきずって庭へ出た。花柳病のときみたいに叱られるかと思ったら、違っていた。

「助かったわ、かっちゃん」

石畳に下駄の音を転がして離れまでついてくる。

「え、なんだったの」

「あんたのおかげで、イヤな客から逃げ出せた」

「あ……」あのセンセイか。

「あんなイモに口説かれてたまるか。あの議員さん、女と見るとすぐ押し倒したがるの」

「ふぇー」反射的に口をすぼめた。

「ああいう人種に限って、世の中どんなに変わってもスイスイ泳ぎ回るのね。戦争に負けたチャンスに、警防団長から市会議員の先生よ」

「そんな簡単になれるもの？」

「有力者はみんな政府お声がかりの大政翼賛会だったもの、ひとり勝ちよ」

戦争に協力した政治家は片端から進駐軍に追放され、後釜に座ろうとズブの素人《しろうと》がタケノコみたいに生えた時代だった。郡司議員もタケノコの一本に違いない。

「それで、センセイの御用はなんだったの」

「同級生になったんだ、咲原鏡子って子が。その評判を聞きたいって……意味がわからない」

「咲原鏡子！」

だしぬけに撫子は顔をしかめた。

「あんた、その子ともう口をきいたの」

尖《とが》った姉の様子を見て、反射的に誤魔化した。

「まだだよ。顔を見たのは今日がはじめてだぜ」

「そう……それならいいけど」

離れの玄関にはいって勝利がふりむいたときは、もういつもの姉にもどって笑顔で手をふってくれた。

勝利の居室は二階にある。四畳半のもと布団《ふとん》部屋で窓は西向きだ。この季節は少々辛いけど、六畳・四畳半の戦災者用住宅に、両親と姉妹四人が押し合いへし合いする神北礼子の家に比べれば、天国みたいな住環境だ。天国にしては畳も座机も書棚も湯気が出るほど暖まっていたが、文句はいえない。

早くも汗ばむおでこを手拭いで押さえて庭を見下ろすと、姉が枯れ木のような老人にしきりと頭を下げていた。小さくしなびた爺さんは、撫子を見下して笑顔ひとつ見せない。杖を片手に尊大で国士めいた風貌は、いつぞや父親がヘイコラしていた、徳永信太郎《とくながしんたろう》という評論家であった。

戦前から中央で活躍している名士だが、出身が三河なのでたびたび名古屋のジャーナリズムに招かれて、勝風荘の常連だった。郡司議員が待ち合わせた相手は、きっと彼だ。

撫子に先導させた老人は、似合わないほど太い杖をふり、肩で風を切って行く。繰り返し頭を下げる姉を見るのが辛くて、勝利は机の前の座布団に座り込んだ。

風呂敷からうすっぺらな教科書数冊と、メモ帳にしている原稿用紙を取り出した。紙はまだ潤沢といえないから、店のポスターを八つ切りにして、裏に罫線《けいせん》を謄写版で印刷したお手製だ。4Bの鉛筆を使ったので文字がこすれ、紙一面が黒ずんでいた。

メモには心覚えのアイデアが走り書きしてある。長編の内容はまだ不透明だが舞台だけ決めて向こう見ずに書き出していた。戦争で忘れ去られた廃園だ。寂れたロマンがあっていいとほくそ笑んでいる。実はモデルの遊園地が湯谷の奥にあったので、その点でも巴先生の修学旅行の提案は、大歓迎なのだ。

登場人物は——さあどうしようか。未知の大人の社会を描くのは荷が重いと、その程度の自覚はある。だから身の回りに実在するみんなをモデルにして――そう思ったとき、主役に鏡子の姿が浮かび、あわてて頭をふった。

巴先生に「伏線をたどって、謎解きする」といったのは勝利の本音だし、話が間延びしては読者が飽きるという大杉の主張もわかるから、展開にはそれなりの工夫が必要だ。

いっそ読者がミステリということを忘れるくらい、五枚目以降も学園の描写をつづけて、その間に伏線を埋没させておくか。書き出す前からそんなことを考えて、ひとりで悦にいっている。

未来のミステリ作家風早勝利は、青い野心だけ一人前に燃やしていた。

まず共学の友人たちを描きつづけよう。ウン、そうしよう。……と、たった数行メモを書きとめただけで、早くも勝利の鉛筆の動きが止まった。

理由ははっきりしていた。

咲原鏡子の肢体が、頭の中で水しぶきをあげている。塗りの剝《は》げた座机の上を、白い影がうごめいた。目を瞑《つむ》れば少女たちのあけっぱなしな笑い声が、耳朶《じだ》の中で谺《こだま》した。

それにしても、だ。

いったい姉は、なぜ彼女に近づくなと警告したのだろう。

彼女の評判を聞きたがる郡司議員の真意はなんなのだ。

……。

鉛筆はいつになっても動く気配がなかった。

リーン。

窓に下がったガラスの風鈴が鳴っている。夕風が吹き始めていた。

第二章　第一の殺人――密室

1

またたく間に、〝修学旅行〟の当日がきた。

別宮操が『旅荘ゆや』と折衝した結果、馴染みの別宮家の顔をたてて宿賃を目いっぱい勉強してくれた。夏休みだから生徒たちは平日でかまわない。巴先生の墓参に合わせて、八月第二週の月・火に投宿する一泊二日のスケジュールが決まり、先生やみんなの賛同を得た。

計画が決まるまでには、小説も好きだが鉄道も好きな勝利は、湯谷温泉に詳しい鏡子とふたり、出校日だった一日に部室で額を集めた。まめまめしく礼子が水をサービスしてくれた。校舎沿いの井戸から汲みたての冷たい水だった。

戦争前から市内では、いたるところに井戸が掘られていた。水質は水道に及ばないが水温が一定しているので、夏冬通じて家庭で重宝されていた。西瓜《すいか》を冷やすのにもってこいの設備なのだ。

「ありがとう」

「風早くんじゃなくて、咲原さんにサービスしたのよ」

神北礼子らしい笑顔だったが、異性の気持にうとい勝利には、微笑の裏側まで察する眼力がない。

学校帰りに礼子はたいてい図書室へ寄る。だからその日も勝利は、鏡子とふたりになって卯坂を下りたのだが、途中で彼女に囁《ささや》かれた。

「神北さん、あなたが好きみたい」

わざとだろう、軽い調子だったので、勝利も軽く受け止めた。

「そうかもな」

実感のないままやり過ごしたが、案外その言葉は勝利の耳に残っていた。

今日豊橋《とよはし》行きの名鉄《めいてつ》に乗ったとき、辛うじて見つけた通路側の空席を彼女にすすめたのは、きっとそのせいだ。

「ありがとう!」

大げさなくらい喜んで席についた礼子は、もぎとるように勝利のバッグを自分の膝に抱え込んだ。

部員ふたりきりだったこの四カ月間、勝利は彼女をろくに異性と認識したことがない。サバサバした笑顔で誰ともわけへだてなく接する礼子を、女の子に縁遠い男生徒が天女あつかいしていると聞いたときも、少年はピンとこなかった。だが姉は、一度だけ家にきた彼女が大のお気に入りだった。

「あの子はいいよ。頭も気立てもいいじゃない。かっちゃんには勿体ないくらい」

毛嫌いされた鏡子とは正反対であった。

勝利はいまだに姉に、彼女がおなじ部になったとは話していない。

「重いのね」

礼子は膝のバッグを大切そうに撫でている。

頭はまだイガグリ坊主の勝利だが、さすがに今日は風呂敷包みではなく、古ぼけていても頑丈な帆布製だ。足元も下駄ではなくズックを履いている。

四両連結の車内はそこそこ混んでいた。東西の交通事情に比べ特徴的なのは、名古屋に国電がないことだ。大幹線の東海道本線さえ未電化で、列車はすべて蒸気機関車牽引《けんいん》だから機動力に乏しい。通勤帯の増発増結もままならぬ国鉄に代わって、通勤通学客、さては観光客まで一手にひきうけるのが名古屋鉄道である。伊勢方面に走る関西急行電鉄を除けば、名鉄は中京圏鉄道の圧倒的王者だった。名古屋で〝汽車〟といえば国鉄で、〝電車〟は名鉄を意味すると相場が決まっていた。

会社成立の事情から、岐阜方面の西部線と豊橋方面の東部線に分かれていた名鉄だが、戦時輸送の必要に迫られてレールだけつないだ。それでも東西の電圧の差から直通運転ができず、去年の昇圧工事完成で、やっと地下の新名古屋駅がフル稼働を開始していた。

従って今日の〝修学旅行〟は、名古屋地区唯一の地下駅『新名古屋』ホームからスタートしたのである。

一二年前の汎太平洋平和博覧会にも出品された看板列車三四〇〇系は、時代のトップを切った優美な流線型で、座席は前後に転換できるクロスシートだ。人口増にあえぐ東京では乗客を詰め込めむためロングシート一本槍だから、これはまことに豪華な座席設備であった。

国鉄が戦後はじめての特急列車『へいわ号』を運転するのが来月からで、混雑はやや緩和されてきたものの、優雅な鉄道旅を味わうにはほど遠かった。

たとえ〝修学旅行〟でも、揃って四人掛けの座席を占める贅沢はできないし、生徒たちにそのつもりもなかった。大杉と弥生ははじめから座る気がないとみえ、扉に近い空間で仲良く吊り革につかまっていた。大柄でがっちりした大杉は派手な柄のアロハシャツで、細身の体を若草色のブラウスと翠《みどり》色のロングスカートに包んだ弥生が並ぶと、ややチグハグな印象だが、性格的にはぴったりだと勝利は思っていた。当然級友たちもそう考えているだろう……。

だが級長は、カツ丼より観察力にたけている。通路に立つ勝利を見上げて囁いた。

「職員会議で話題になったのよ。告げ口する生徒がいたのね。あのふたりが逆さクラゲから出てきたって」

温泉マークのことだ。むろん本物の温泉宿ではなく、盛り場の蔭でひっそりと営業中の連れ込み宿は、申し合わせたようにこのマークを看板に使っている。

勝利が顔をしかめた。

「そんなことをいうのは、どうせ女だろう」

「アラ偏見だわ」

こんなときでも微笑を絶やさない礼子は、かぶりをふった。肩にかかる程度のお河童の髪が揺れる。

「あいにく男の子ですって。イヤねえ」

共学も一学期を終えるころになると、おのずと生徒がグループ分けされてきた。来春に控える大学受験に懸命なのは共通として、A群は話のあう異性の生徒が決まっており、B群は男女を問わず取り巻きが複数の派手な連中、そしてほとんどの生徒はC群で、AやBを白い目で——内心は羨ましく眺めている者たちであった。

大杉と弥生は間違いなくA群だが、勝利は宙ぶらりんだ。傍目《はため》には礼子とカップル視されているからAなのだが、鏡子との距離が縮まらなくて焦っているから実態はC群だ。

そんな彼の気持をうすうす察していながら、素知らぬ顔で接する礼子は、どのグループに属するのだろうか。

窓外は市街地をすぎ、広々とした田園風景に変わっていた。このあたりは戦前に日本のデンマークと呼ばれた優良農耕地だ。

気がつくと、礼子が話しかけていた。

「鏡子ちゃん、昨日の内に豊橋へ行ってるんでしょう」

いつの間にか「ちゃん」付けしている。

「ああ。お母さんの親友だった人の家に泊まるって。湯谷温泉の接待さんだったけど、今は豊橋に自分の店を持ってるそうだよ」

「じゃあ鏡子ちゃんは、どこで合流するのかしら」

「さあ……先に『旅荘ゆや』へ行ってるんじゃないか。われわれも食事まで時間があるから、巴御前が車で近くを案内してくれるそうだよ」

「ドライブってこと？　私、はじめて！」

この夏に封切られて大ヒットした東宝映画『青い山脈』では、教師の原節子《はらせつこ》や生徒の池部良《いけべりよう》たちが揃って遊びに行く。

若く明るい歌声に　雪崩《なだれ》は消える花も咲く……

貧しくても潑剌《はつらつ》とした青春謳歌のシーンであった。もちろん車ではなく、全員が自転車で颯爽《さつそう》と走る場面に主題歌が被った。

だから礼子がドライブを喜んだのは当然だが、勝利にはさして珍しい体験ではない。勝風荘ではお盆が終わると毎年のように、従業員慰安のバス旅行を催していたからだ。鏡子の裸身を拝むことができたのは五年前——その最後の年であった。

戦局の深刻化と共に料亭の営業が難しくなり、追い打ちするように花板の丸《まる》さんに赤紙がきた。板前のリーダー格で、レストランなら料理長にあたる要の役だ。楽天家だった勝利の父も、息の根を止められた思いであったろう。二代つづいた勝風荘を店じまいすることに決めた。

勝利が板敷川で少女たちを目撃したのは、そんな最後のドライブであったのだ。

2

豊橋駅で国鉄飯田《いいだ》線に乗り換えた。といっても名鉄と飯田線の乗り換えは、ホームが隣接しているから、ほんのひと足だ。

「近いのね」

という弥生に、歩きながら勝利は手柄顔で話してやった。

「豊橋は国鉄と名鉄の共同駅でさ。ここから小坂井《こさかい》まで複線のように見えても、片方は国鉄籍、片方は名鉄籍という単線同士が並んでる。これは全国的にも珍しい路線なんだよ」

「ふうん?」と、相手の反応ははかばかしくない。

「姫にそんな話をしても無駄」

ピシャリと大杉にいわれて、勝利は不平そうだ。

「そうかなあ……面白いのになあ」

「風早くんに質問です」

弥生が手をあげたので、勝利はニコニコした。

「いいよ、なんでも答えるよ」

「はい。あの、ソレのどこが面白いんでしょうか。私、全然面白くないんですけど」

「へ？」

正面から聞き返されて勝利はくさり、大杉が遠慮なく笑った。

「だからいっただろう。こんなバカに説明するだけ無駄」

「バカはよけいですわよ」膨れて見せた姫が、次の瞬間「きゃーっ」と絶叫したから、男ふたりはたまげた。

級長はとっくに飯田線ホームの鏡子を見つけていた。

「あらまあ、お迎えにきてくだすった」

とつぶやく礼子を追い越して突進した弥生が、ガバと鏡子に抱きついて、いつもの髪留めのオリーブ・オイルを揺すっていた。心持ち弥生の方が小柄だが、鏡子のセーラー服に比べればよそゆきの姿だけに年上に見える。

「とっくに湯谷へ行ってると思いました！」

「ええ、朝にはちゃんと出かけて、女将《おかみ》さんたちにご挨拶もすませたわ。でもみんなの着く時刻がわかっていたから、トンボ返りでお迎えにきたの」

「あらまあ、汽車賃が大変」

礼子が世知辛い心配をすると、鏡子は手をふった。

「キップは巴先生のおごりだわ」

別宮家墓地の手入れをすませた操は、飯田線の湯谷駅で待っているそうだ。戦時中に私鉄四社が国鉄に吸収されてできた飯田線でも、豊橋・湯谷間は大正一二年に開通した鳳来寺鉄道が起源だから、全線電化とはいえ車両は古色蒼然《そうぜん》としていた。

二両連結だがさいわい空いている。ロングシートに五人が並んで座ったところで、みんなのおしゃべりがスタートした。皮切りは姫だ。

「昨夜は豊橋に泊まったんですのね、お母さまのお友達の家に。食堂を開いてらっしゃるの?」

「ええ、『旅荘ゆや』では母といっしょに食事担当だったから、腕は確かね。今の材料では腕の揮《ふる》いようがないとこぼしてたけど」

「外食券食堂ですものねえ。クーニャンはちゃんと券を持っていらしたのね」

「え?」勝利が聞きとがめた。

食料事情が厳しくなった昭和一六年の春から米は配給通帳制になり、米穀通帳で申請すると、外食用の切符がもらえた。この外食券がない限り、住居地以外では主食にありつけない時代だったから、五人が乗車時間を利用してフスマまじりのパンを口にしているのは、大杉が店でちょろまかした昼食だった。

もっとも勝利が右隣の彼に尋ねたのは、そのことではない。

「クーニャンてなんだよ」

「知らないのかカツ丼は。彼女のあだ名だぞ」

「風早くんはのんびりしているから」

左隣の級長がクスクス笑った。

必要もないのに笑う礼子の癖が、勝利はときどき気にさわる。

「男生徒がいいだしたのよ。上海帰りだからクーニャンだって」

「ああそうか」

勝利は納得した。京人形のような弥生とならぶと、美少女同士でも趣《おもむき》が違う。クーニャンこと鏡子にはどこか異国的な風貌があった。

両親は間違いなく生粋の日本人だ。母親は亡く、いっしょに引き揚げた父親は病床にあった。肺結核が進行しているという。肺病は日本の国民病で、男が罹《かか》れば出世が止まり女が罹れば結婚できなくなると、恐れられていた。

「豊橋もビーニクにやられたんだろう?」

米空軍の主力〝超空の要塞〟ボーイングB29のことだ。勝利はBはボーイングの頭文字だと思い込んでいたが、実際はボマーのBであった。

勝利の声が聞こえたとみえ、大杉の向こうから鏡子が答えた。

「五月にも六月にもきたそうよ。でもおばさんの店は焼けなかった。その代わりP51に追われたことがあるって」

硫黄島《いおうじま》を奪われてから、爆撃機どころか戦闘機まで本土に襲いかかってくる。操縦士が見えるほどの至近距離から逃げまどう人々に機銃掃射を浴びせた。勝利の友人は着ていたシャツを脱ぎ捨てて逃げたが、シャツは銃弾を受けてボロボロになっていたそうだ。

「艦砲射撃もあってね、それがいちばん怖かったと、おばさんがいってたわ」

制海権も制空権も失った日本である。米機動部隊は悠々と陸地に近づき、艦載機を発進させ、艦砲射撃を浴びせていた。最初に砲火を浴びたのは室蘭《むろらん》の工業地帯だが、遠州灘《えんしゅうなだ》に面している豊橋・浜松《はままつ》一帯も例外ではなかった。

「警報も爆音も聞こえないのに家がまるごと吹っ飛ぶのよ。弾は音速より早いから。その後になって、どろろーんどろろーん……沖合から砲撃の音が流れてくるんですって」

大陸にいて被爆の体験がないクーニャンには初耳の話ばかりだろうが、戦争末期の内地では、酒田《さかた》、桐生《きりゅう》、上田《うえだ》など日本海側や内陸部の中小都市まで空爆にさらされていたのだから、勝利や大杉たちには珍しくもない。

だが四年前にこの地方を襲った三河地震の話題なら格別だ。鏡子を除いて誰もが、三年連続したこの地方の大震災の恐怖が身に染みていた。

敗戦の前年一二月七日に発生した東南海地震がその第一号だ、関東大震災を凌《しの》ぐマグニチュード八・〇で、零戦《ぜろせん》や新司偵《しんしてい》を生産する名古屋に壊滅的な打撃を与えた。軍が震災の情報を秘匿したため大半の日本人は知らなかったが、アメリカは地震計でちゃんとキャッチしていた。

翌二〇年一月一三日の直下型地震が三河地震だ。深夜のせいもあって東南海地震を凌ぐ人的被害を出したらしい。らしいというのは戦局の退勢に伴って行政がすべてに沈黙をつづけたから、山襞《やまひだ》に埋もれた集落が全滅しても救助は一切なく、したがって被害の調査もされなかったためだ。

さらに二一年には南海地震が発生する。戦争は終わっていたが、紙不足で新聞もろくに出せず、勝利も新宮《しんぐう》市全滅の写真を見られたのがせいぜいで、高知の壊滅については無知だった。

まして戦時下の三河地震ときたら、布団《ふとん》ごと背中を突き上げてきた揺れ以外なにも知らない。

「地震の夜に海を見たらピカピカ青白く光ったそうよ。岩礁同士がぶつかり合ったのね。震源近くの三ケ根山《さんがねさん》の上空が光ったという噂を聞いたけど、ラジオも知らん顔だったって」

津波の被害をうけた三重県が現地調査に派遣した職員は、スパイの疑いで憲兵に検束される始末であったという。

「それが戦争というもんさ」

トーストが悟ったようなことをいう。

「国が国民を守るために戦ったんでしょう」

級長が文句をつけると、カツ丼は苦笑いした。

「あべこべさ。国を守って国民は死ぬんだよ」

「負けてから、なにをいっても虚しいよな」

生徒たちはそれぞれ酷い目にあっている。いちばん端の席から弥生が嘴《くちばし》を挟んだ。シニカルな口調だった。

「わかった。だから次の戦争で絶対勝てるように、アメリカの子分になったんですね、日本は」

「おいおい、平和憲法はどこへいったんだ」

勝利は笑うが大杉は真顔だ。

「冗談じゃなく、アメリカとソ連がいつ戦争を始めてもおかしくないご時世だぞ」

スターリンの鉄のカーテンが囁かれ、東西二大国の対立が浮き彫りにされ、第三次世界大戦の噂までが地下水のように流れはじめていた。

進駐軍が音頭をとっていた日本の戦後民主主義に、深刻な亀裂が走ったのはこの年である。七月の下山《しもやま》事件では国鉄総裁という重職の人物が謎の轢《れき》死体になり、つづく三鷹《みたか》事件では無人電車が暴走し、松川《まつかわ》事件では東北本線列車の脱線転覆と、悪夢のような事件が連続するのだが――空襲や地震と違って、若い五人はさしたるショックを覚えていない。それだけ名古屋は中央の動きに遠かったし、大学を騒乱の渦に巻き込む政治の季節到来には、まだいくらかの時間があった。

それでも高校生なりに関心の深い映画を通して、世の中の動きを想像するようになっている。やおら姫がいいだした。

「映画でも東西のキャンペーンが際立ちますわ。ソ連は天然色攻勢でしょう、ディズニーがもたついている間に漫画映画の『せむしのこうま』を見せて、ミュージカルの『シベリヤ物語』も封切りましたもの」

勝利も題名くらい聞いていた。「『こうま』はきれいだけど、ギャグがないからな」

「ハリウッドの方では赤狩りでごたついてる。エドワード・ドミトリクの『十字砲火』が日本で封切られないのも、監督がアカといわれたからだ」

映研の部長だけに、トーストはよく知っていた。

「まあ俺は芸術映画より、フォードの『荒野の決闘』に痺《しび》れたけどよ」

「ヘンリー・フォンダ！　私も痺れましたわ！」

たちまち社会的関心が消え失せた姫が、下手くそなガンプレイを真似たとき、電車にブレーキがかかった。

「おい、湯谷だぞ」

「きゃあ、待ってください」

スカートに散ったパン屑を払い落した姫が、やっとのことでホームに降り立つと、いつものボーイッシュな姿の操が改札口で手をふっていた。

「よう、来たな。カンカン娘たち」新東宝の『銀座カンカン娘』はお盆映画だが、デコちゃんの歌った主題歌のレコードは、三月から発売されてヒットしていた。

「高峰秀子が三人揃い踏みですわ」

「カンカン照りは嬉しくないけどな」

むっとするほど濃緑の気配と耳を蓋するセミ時雨《しぐれ》は、さすがに名古屋と違った夏の風情であった。

「もしかして、ここ？　私たちの宿は」

下りた駅舎をふりむいて級長が驚いている。下見板がずらり並んだ二階建てはどう見ても旅館だったからだが、操は首をふった。

「もとはホテルで若山牧水《わかやまぼくすい》も泊まったそうだ。そのあと国鉄の職員寮になって、今は一部を駅舎に使ってる」

「『旅荘ゆや』は向こうよ！」

鏡子が声を高め、広場越しに〈歓迎　湯谷温泉〉と右書きされたアーチを指した。簡素だが小粋な旅館が見える。そこが彼女の母の職場だったのだ。

旅館の前から男女が丁重なお辞儀を送ってきた。

操も声を張った。

「この連中ですが、今夜はよろしく頼みます」

広場越しの一声で紹介できるのだから、静かな温泉町ではある。

植え込みでブチ猫が大欠伸《あくび》していた。『旅荘ゆや』と染めた羽織の男性が近づくと、ブチはあわてて逃げていった。

「亭主の小木曽篤《おぎそあつし》でございます。よくいらっしゃいました」

「みなさん、鏡子ちゃんのお友達なのね」

ひと足遅れた女将が、愛想をふりまいた。夫婦とも三十前後というところか。

今日二度めに顔を見せた鏡子を除いて、四人が自己紹介する内に、勝利は気づいていた。亭主の左袖に中身がない。傷痍軍人なのだ、きっと。隻腕《せきわん》にもかかわらず男ふたりと級長の分まで荷物を纏《まと》めて、軽々と抱えた。姫の手提げは女将がうやうやしく預かってくれた。

「このまますぐにお出かけですか」

笑顔がひきたつ女将は撫子に似た感じで、いかにも客あしらいがうまそうだ。亭主の小木曽も柔和な笑顔で口を揃えた。

「別宮さま、申し訳ありません。なにもかもお任せして」

「いい、いいって」

操が軽く手をふった。なにがいいのかと思えば、アーチの下に駐めてあったミニバスの折畳戸を、ヒョイと開けた。どうやら彼女が運転役らしかった。車の運転ができる女性は珍しく、まして小型とはいえバスの免許まで持っているとは。

彼女は朗らかに声をかけた。

「さあ、乗ったり乗ったり」

3

車は温泉街の一本道を北に走った。望月《もちづき》街道の名はあるが小型車がギリギリすれ違える程度の狭い道だ。むろん舗装などされておらず、定員七名の小型バスはびっくりするほどよく揺れた。

だが巴先生のハンドル捌《さば》きは慣れたものだ。

「大船に乗ったつもりでいなさい。うちの寺に併設した保育園の送迎も、私が引きうけていたんだから」

「お寺の保育園ですか」

懐かしげに風景を眺めていたクーニャンが、驚いたように運転席を見た。

「ああ、咲原さんは知らないか。こう見えて私は二年前まで尼さんだった」

「尼さんて……頭を丸めていらしたの」

中途編入の鏡子は知らなかったが、あとの四人には周知の事実だ。

「楽しい先生でしょう。もと尼さんで、武術の達人で、バスを運転できて、今は国語の先生なの」

ケラケラ笑う姫を、大杉が叱った。

「そんなに大口開けるな」

「ミラーに奥歯まで映った。歯の手入れはいいようだね」

操にまでいわれて大人しくなった。

鏡子は食いつくように左右の家並みを見つめている。ひとつまみほどの温泉街はすぐ終わって、右手の林越しに清流が眼下を流れはじめた。

「戦争前はあちこち製材所があったけど……」

少女の呟きをうけて、操が解説した。

「そう、そのための小さな水力発電所まであってね。今残っているのは『旅荘ゆや』の下流、馬の背岩の手前だけだ」

「そうなんですか……」寂しげな鏡子に、操がいった。

「戦争が人手を奪ってしまった。林業は設楽地方の命綱だったのにな」

土地に思い入れのあるふたりの会話を聞き流して、勝利は右手の車窓から目が離せない。旅館の蔭から躍り出た清流の思い出にとらえられていた。

緑濃い斜面に杉木立がそそり立っていたが、見下ろせば樹間から清流を望むことができるのだ。あの夏の幻を映し出した宇連川が、今そこにあった。

視線を感じて目をあげると、すぐ前の席の鏡子と視線が交差した。彼女も友人とふたりの夏を思い出したのだろうか。

勝利の感傷を断ち切るように、バスはクイと左折する。右に小高く望月街道のトンネルが見え、川とはしばしお別れのようだ。

坂を登りはじめてエンジンの音が騒がしくなる。

「私たち、どこへ行くのでしょう」級長が質問した。まるで国語の授業だ。

「これは失礼」

正面を向いたまま、巴先生がひときわ陽気な声をあげる。

「『夢の園』の跡を案内したくてね」

「『夢の園』ですか！　懐かしいわ」

鏡子が声をはずませた。

「ぼくも知ってます」勝利が追いかけると、操はニンマリした。

「そうだろう。この先は推研部長のために行くようなものだよ」

たまげて舌がもつれた。「ど、どうしてですか」

「小説の舞台に廃園を使う。そういってたじゃないか」

「あ……そうか！」

八月にはいってすぐの出校日だった。みんなの前で原稿が足踏みしていると、愚痴ったことがある。

「小さなものだが、『夢の園』は付近でいちばんの観光地だったからね」

「鳳来寺もありますけど」

礼子の言葉にかぶりをふった。

「ドライブでは鳳来の山上まで行けない。『夢の園』なら隣接する設楽民俗博物館に駐車場がある。ワイワイ騒ぐのに鳳来寺の雰囲気は似合わないから、そっちを選んだと想像した……その思い出があるから、小説の舞台に遊園地を使いたかった。当たったかい？」

パチパチと勝利は拍手した。「名探偵みたいです！」

ミラーの中で操が笑った。

「そういうわけで、このバスは博物館へ行く。隣がご注文の廃園だ。せいぜい取材してほしいね」

「はい！」

こうまでいわれては、張り切らざるを得なかった。

さすがに級長は、旅行先についてひと通り調べてきたらしい。

「『夢の園』は廃園でも、博物館は営業しているんでしょうか」

「もともと『夢の園』とワンセットの施設だから、閉まっているよ」

「あらまあ」

「安心しなさい。博物館の鍵ならここにある」

片手がチャラリと音をたてた。短冊みたいな木の札に鍵がブラ下がっていた。

「市の依頼で『旅荘ゆや』が管理を任されていたのさ。最小限の清掃はしているから展示物も傷んでいないよ。今朝、私がこの目で確かめた。五年の間に『夢の園』はみごとな廃墟になってたけど……」

道がY字形に分かれた。バスは右の急勾配な上り坂を選んだ。

「ここを上って少し行くと、双美川《そうびがわ》が見下ろせる。戦争がはげしくなるまで簗漁《やなりょう》が盛んだった。国破れて山河ありというけど、今はもうその簗もない」

バスは息を切らせて道を登るが、操は鼻唄まじりだ。馴染みの土地の空気のせいか、いつも以上に高い調子だった。

「自転車で登るのに今朝は一汗かいた。やはり車はラクだよ」

坂を登り切ると広場があり、北側に大型の民家が建っていた。茅葺《かやぶ》きの母屋を中心に複雑に屋根が連なり、周囲を土塀で囲んでいる。民家と思ったが、これが設楽市立の民俗博物館であった。

正面にバスを停めると、もわっと乾いた土煙があがった。

先頭を切って広場に降り立った勝利が見回せば、みごとなまでに人気《ひとけ》がない。エンジンの音が消えたとたん、天空で呼び交わす鳥の声が聞こえた。博物館裏の防風林でセミが鳴いているが、思ったほどうるさくないのは空が広いからか。

強かった日差しにも薄雲がかかり、いくらか過ごしやすくなっていた。

セミの合唱が控えめなのは、広場の南に繁る竹藪《たけやぶ》が合唱の舞台を狭めているかららしい。一帯は北から南へ急斜面が駆け下りる地形だ。

「このあたりは、宇連川と双美川の間にできた河岸段丘だって」

礼子が下調べの成果を披露した。この調子で準備するからテストの女王になれるんだ。畏怖の念を押し隠して、勝利は目当ての廃園へ駆け出していた。

広場の先が『夢の園』だ。土地の原形をのこした凹凸《おうとつ》のある敷地には、それなりの植栽もあったし、小学生の喜びそうな野外の遊具がそこここに設けられていた。

そうだ、ジャングルジム！　大規模で複雑に鉄の棒や板を組み合わせた幾何学図形に潜って、子供たちがキャイキャイ声を飛ばしていたはずだ。

『夢の園』の象徴的な施設だったジムを、勝利はつい目で探してしまった。

むろんそんなものは、いち早くお国に献納されている。そうだ、あの日は取り壊し工事のため周囲が柵で囲われていたんだ。

それでも日章旗を押し立てたポールをめぐって、巨大な螺旋《らせん》を描く滑り台で遊ぶことができた。中学生には窮屈な幅だったから、カーブの度に半ズボンから剝《む》き出しの足が、手すりにこすれて痛かった。最後の直線部分だけ一〇メートル以上あったはずだ。心地よく滑走できたことを覚えている。

「あった……」

声に出してしまった。思い出の残骸が草の上に横たわっていた。ちょうどその直線状の部分だ。滑降面のベニヤ板には大穴があちこち開いていて、試しに持ち上げたら意外なほど軽かった。そうか、穴の分だけ目方が減ったんだ……。

西に傾いた日に照らされた廃園を埋めるのは、夏草だけではない。点々と立つ若竹の青さが地下茎の広がりを想像させた。もともと段丘をふくめた一帯に、竹林がよく育っていた。人の営みを消すのに自然は容赦しないのだ。

遊動円木はあのあたりに——ミニサイズだったメリーゴーラウンドはあのへんに——五台ならんだシーソーはそのあたり——徒労を承知しながら園内をめぐっていた勝利は、つまずきそうになった。

敷石がずーっとのびていた。石と石の間になにかが敷かれていた跡がある。

(豆汽車だ!)

レールも機関車も客車も鉄製品だから、五年前にはもう跡形もなくなっていた。

あのときは板前の丸さんといっしょに、レールの跡を追いかけた。双美川を大きくまたいで架かっていた橋は、とっくに落されていた。廃園からのびた線路跡は、橋脚らしいコンクリートの基礎で途切れ、厳重な柵が前をふさいでいる。

〈あぶないヨ〉と書かれた赤いペンキも、判読に苦しむほど消えかけていた。

だが勝利は、ありありと思い出すことができた。

左手につづいた手すりから、丸さんと連れ小便をした。一部が壊れていたので、斜め下の空き地がよく見えた。バーベキュー場跡らしい。係が詰めていたとみえ、簡単な小屋があり、壁には色どり鮮やかな映画のポスターが張られていた。その手前に残された井戸枠を標的にしたのだが、黄色い二本のアーチはまるで届かず、ふたり揃って大笑いした。

次の週、丸さんは輸送船に乗せられ、それっきり帰ってこなかった。

4

「どうした。廃園の取材は終わったのか?」

巴御前の声で我に返った。礼子もついてきていた。

「手すりから飛び下りるのかと心配した」

「まさか」

笑って誤魔化した。立ち小便の思い出とはいいにくい。

改めて見下ろすと、井戸があったあたりまですっぽり竹林に覆われている。と思ったが、風が薮を鳴らすと、目の下にすぐ赤い色が広がった。

「これは……屋根ですね」

「地元の木地師《きじし》が考えた建て売り住宅、そのモデルハウスだよ」

勝利に隣合った礼子も見下ろした。

「いいわね。私の家より大きそう」

心底羨ましげにいう。級長の家は、被災直後は防空壕に焼けたトタンをかぶせた壕舎だったが、戦争が終わると戦災者用住宅に当選して、そのまま住みつづけている。ただし間取りは最小限だ。

「ここは六畳に四畳半・三畳と広縁、それに水回りだそうだよ」

巴先生よく知ってると思ったら、やはり『旅荘ゆや』の情報だった。『夢の園』を含むこの近辺は、すべて名門郡司家の所有地であったという。戦後の土地解放政策で代々の地所を吐き出す羽目になり、その一部を設楽市の文化施設として寄付していたのだ。

「名義は市になったけど当主の郡司英輔は市会議員で、うるさく口を挟んでくる。もとからこの地方ではボスだった」

操の話を勝利はうなずきながら聞いていた。

「それ、わかります……郡司先生はうちのお得意さまだから」

「オヤそうなの」先生には珍しく意地悪な口調になった。「ご愁傷さまだね」

誰もきそうにないこんな場所に、住宅見本を建てたのも、郡司の横車であったようだ。

「後援者に木地師の組織があってね。そのグループが設計した住宅のモデルルーム……えっと、なんとかいった」

木地師は木材を加工して、日常生活に使う器具を作る人たちだから、林業で生計をたてるこの土地にはごく身近な職人集団であった。戦争で日常そのものを破壊され危機に瀕《ひん》した職種だが、箱根《はこね》細工の例のように、技術的な工夫を凝らした製品で販路を拡げようと苦心していた。

形のいい顎をつまんでから、やがて操は思い出した。

「そうそう、民主1号ハウス」

ぶっと勝利が吹き出した。「本気でつけたんですか」

「民主と平和は戦後万能の合い言葉だからね。終戦まで民主主義は刑務所に直結していたけど」

「上手に泳ぐ人なんですね、郡司先生って。でもそれ以上に時流を泳ぐ達人は徳永先生だわ」

級長の言葉遣いは淡々としていたが、操はなぜかギクリとしている。

「徳永信太郎のことか」

「はい」

「知ってるのかい」

「あの先生の講話なら二度聞いています。最初は国民学校の講堂で講演したとき。鬼畜米英を皆殺しにせよ、日本人は一億、アメリカ人は一億五千万。ひとりがふたりずつを殺せば、間違いなく勝てる。そういってらした」

「……」

「その次は二年前にラジオで講演したとき。民主主義は日本の隠れた美しい伝統である。そう力説してらした。仁徳《にんとく》天皇は民の竈《かまど》はにぎわいにけりと仰《おお》せられた。これぞ民主主義の基本ではないかって……お客はどちらも拍手喝采でした」

若者たちの声が近づいた。大杉たちだ。

「見学終わり！　なんだよカツ丼、博物館はどうしたんだ。面白かったのに」

「巴先生がいないから危なっかしくて困りましたわ。トーストったら、壁にかかった算盤《そろばん》を下ろそうとするんですもの」

「ふん、姫じゃないか。あの算盤弾いてみたいなんていうから」

「算盤？」

勝利がキョトンとしたので、鏡子が教えてくれた。

「明治時代の商家の看板が飾ってあったの。キングコングが使うような六尺もある毛筆よ。算盤だって六尺に二尺以上はあったわね。でも珠はちゃんと動いたから、裏蓋に腰を下ろせばゴーカートに使えそう」

「そんなデカい看板なのか」

「ええ、昔の文房具屋さんの看板だって、説明が書いてあった」

「仁丹《じんたん》の大礼服のモデルなんざ、口髭生やした俺そっくり」

「トーストったらウテナ化粧品のモデルに見とれていて、ロープの束に尻餅ついたんですのよ」

弥生と大杉はいつものことだが、鏡子も陽気だった。

「〝新高《にいたか》ドロップ〟の広告、ひさしぶりだったわ！」

壁に横長の看板がわざわざ額装されていたそうだ。四年前まで台湾は日本の植民地だったから、戦前の日本の最高峰は富士山ではなく新高山だ。今はたしか玉山《ぎょくざん》を名乗っている。その名を冠した新高製菓は、森永・明治・グリコにならぶ四大製菓業のひとつだったが、戦後は斜陽の噂であった。

操が声をかけた。

「博物館はきちんと施錠しただろうね」

「はーい」

弥生が手をあげ、鍵の木札を返した。

「では『旅荘ゆや』に帰るか」

このとき一陣の風が崖下から吹き上げた。竹林全体が身を震わせ、サワサワ波打ったと見ると、散った葉が威勢よく風に舞った。

操が形のいい眉を寄せた。

「なにかにおわないか」

「さあ……?」

顔を見合わせたのが合図みたいに、風はやんだ。

周囲がポカリと無音になった。

唐突に大杉が呟いた――「ハエの音かな?」

長いつきあいの勝利だから、すぐ反応した。

「こいつ、滅法耳がいいんだ。警報より早くビーニクの爆音を聞いたもんな」

大杉が色黒の顔をくしゃっとさせた。

「あのときは警報が出遅れただけだ。……でも」

もう一度耳をすました。「聞こえる、ブンブンいってやがる」

「ハエぐらいいるでしょうよ。この暑さだもん」

姫はそういったが、操は壊れた手すりから見下ろす姿勢で動かなくなった。視界のほとんどは竹林だが、赤い屋根の一部も透けて見える。急角度に折れたマンサード型なのか、地面に届きそうなほど北側の屋根が垂れ落ちていた。

5

また風が出て、竹が鳴った。

「におうのは確かかね」

「ええ、ホント」

鏡子と礼子がつづけざまにいい、勝利も同意した。

「ゴミかな?」

「こんなに人気のない場所だ、ただのゴミでも気になる。なにかあったら『旅荘ゆや』の責任だから、下りてみよう」

下りるといっても、先ほどの道の分岐点までもどるのは大変だ。竹藪を無視しても民主1号の敷地まで、高低差は五メートル以上ありそうだ。さいわい近道を操が知っていた。

「この先に階段があるよ」

取り壊された鉄橋の袂《たもと》だから、川も間近なドン詰まりだ。ジグザグな木の階段が住宅見本の敷地までのびていた。操が先頭で大杉が殿《しんがり》と自然に隊形が組まれ、勝利は操のすぐ後につづいた。

下りきった場所は民主1号の玄関先で、ちょっとした前庭がつくられていた。木立を隔てて双美川が煌《きら》めいている。周囲の竹林は切り払われていたが、それでも家の北側ぎりぎりまで枝と葉がのび、風が吹く度に屋根と壁にじゃれついている。

「においのもとはあれだ」

大杉が指さした。家の軒先に布袋が置かれ、その上をなん匹ものハエが飛び交っている。

少女たちが嫌悪の声をあげた。

「いやだ」

「なにか腐っている」

「動物の死骸だわ」

袋の口は開け放しになっていた。行き掛かり上覗き込んだ勝利は、すぐ顔をそむけた。

「子猫だ」

「可哀相に……」

姫が片手拝みしたが、大杉の顔から不審の色は晴れない。

「なぜこんなものを、わざわざ捨てていったんだ？」

町中ならともかく、こんな寂しい場所に死骸を放置したのが偶然とは思いにくい。誰かが悪意で捨てたに違いない。勝利がそう言おうとしたとき、

「待て！」

巴先生が鋭く制した。

「ハエの音がうるさいのは家の中からだぞ」

「向こうだ！」

反応した大杉が、北側の壁沿いに竹の枝をわけた。長身の彼の頭にぶつかるほど、赤い屋根の端が垂れていた。

民主1号の図面を見ている操は、間取りを暗記していた。

「こちらは厠《かわや》、風呂それに裏口が並んでいるはずだ」

顔にかかる枝をはらってズンズン進み、勝利もそれに倣《なら》った。風呂らしい窓は閉まっていたが、スリガラス入りの戸があった。

勝手口らしい戸に手をかけた操はすぐあきらめた。

「鍵がかかっている……どうした大杉」

その手前に三尺幅の窓があり、細竹の縦格子が嵌《は》まっている。内側は横引きのガラス窓で、窓の片方が一杯に開いており、家の中を覗くくらいはできた。

大杉は格子に額を押しつけていた。

「おい！」

操に肩を揺すられて、のろのろとふり返る。

「あれは人間の足ですね」

乾いた声の大杉だった。

操も勝利もおなじものを見た。台所らしい土間の先——左斜め奥に見えるのはふた間つづきの畳の部屋だが、奥の六畳は襖《ふすま》に隠され視界が狭い。それでも足の先が見えた。

靴下を穿《は》いている。うつ伏せと思われる男の左足であった。あとはいくら格子におでこを擦りつけても見ることができない。竹と竹の幅はせいぜい人の腕が通るくらいだ。

「おいっ！」

操がこんな野太い声を出すとは思わなかったから、勝利は飛びあがりそうになった。足の主に呼びかけたのだ。

「生きているなら、反応しろ」

足は微動もしない。

死んでいる？

きっとそうだ。

死体である証拠は、なによりもハエであった。

払っても払ってもまつわりつくような、まがまがしい羽音。

「先生！」

「なにがあったんですか」

「トースト、どうしたのよ」

近づこうとする少女たちに向かって、操は邪険なほど強く手をふった。

「くるな」

「でも……」

「死体は見世物じゃない」

雷に撃たれたように少女たちは硬直した。巴先生のかける声が低く小さく抑えられた。

「誰か、玄関の施錠を確かめてほしい」

「……はい！」

いつもとおなじ調子の礼子が、勝利には頼もしかった。

「川に向かった側の入り口ですね」

「そうだ。たとえ開いていてもはいるな。そこで待ってなさい……後のふたり」

「はい」ゴクリと弥生が唾を呑み、鏡子は沈黙のまま軒先で立ちつくしていた。

「南と東に回ってくれ。図面で見た限り戸口はないが、窓があったはずだ。万一逃げだす者がいても、声をかけるな、絶対に追うな」

うなずいた三人は、すぐ姿を消した。

その間に大杉は、格子の竹を外そうと苦心しており、勝利は勝手口の扉の把手《とって》をひねくっている。

どちらにも収穫はないと知って、操がいった。「玄関にもどるぞ」

「わかりました」

返答してからも未練が残って、勝利はもう一度北側の壁とその上——六尺の高さまで垂れていた赤い屋根板を確認した。なんの異状も見受けられず、被さるような竹藪の枝も一本として折れた跡はなかった。念のため足元を見た。ツクツクとのびた若竹も、逞《たくま》しく育った竹の群にもついぞ変わりはなかった。

ふたりに遅れて玄関にたどり着く。

三尺幅の平凡な片開きのドアだ。目の高さに菱形のダイヤガラスが嵌め込んである。来客の有無を見定める小窓だろう。

ノブをガチャガチャ揺さぶっていた大杉が、あきらめたように告げた。

「ダメです、先生」

「ぶち壊そう」操の言葉にためらいはない。

足音が近づいた。鏡子と弥生が息を切らせていた。

「南側は三尺幅の窓と、広縁に面した一間半の掃きだしです、どちらも雨戸が閉まっていました」

「東側の窓と、広縁の突き当たりの小窓はどれも鍵がかかっていて、竹の格子が嵌めてあります」

要するに、人の出入りはできないということだ。

「川岸まで下りたけど、なんの気配もありません」

礼子のキビキビした声も届いた。厠と三畳間の小窓、むろん玄関の施錠をたしかめてから、双美川の岸まで下りてみたそうだ。報告のすべてが周囲に人気のないことで一致している。

全員が西日の暑さを忘れて、巴先生の次の指示を待ち構えた。

「わかった。大杉、風早、少し離れていなさい」

いわれるままにふたりが距離をとると、それまで提げていた布袋を家の玄関先に置いた操は、ドアを睨んだ。赤い唇が気合を発した。

全身でぶつかってゆくのかと思ったが、そうではない。足刀がドアの下端めがけて痛烈に放たれた。ギシッと悲鳴をあげて蝶番《ちょうつがい》は外れ、ドアパネルが内側に傾いた。

6

動こうとするみんなを制して、操は耳をすました。

やはりなんの気配もない。ハエの羽音だけだ。

半袖から出た操の二の腕に、ほどよい筋肉がついている。その筋肉がわずかに震えると蝶番らしい金属音が鳴って、ドアは強引に押し倒された。

気負う生徒たちを「まだだ」と止めて、布袋を取り上げる。油断のない足どりで三和土《たたき》に被さったドアパネルを踏む。せまい三和土はパネルで一杯になっていて、とっつきの板敷の先は四畳半だ。

広縁を含めた三枚の襖仕切りは、一杯に開け放されていた。袖壁の蔭が台所で、一段底い土間となり、研ぎ出しの流しとへっついが並んでいる。井戸のポンプが青々として真新しい。玄関と壁で仕切られたのは三畳らしく四畳半に接していた。正面の広縁は六畳の主室につづいていて、これが民主1号のすべてだった。

勝利と大杉も、こわばった表情で足を踏み入れた。

薄暗いのは南面する窓と掃きだしが、雨戸で塞がれているためだ。北側の窓から吹き込んだ竹の葉が、どの部屋にも散り敷かれている。

天井板がないので急角度に折れた屋根裏まで、トラス越しに見えていた。犬小屋みたいな既製の戦災者住宅と違い、天井高が十分にとられて解放感がある。

勝利はマンサード型の屋根と思ったが、四方から家を包むのではなく東西に妻があるので、腰折れ屋根と呼ぶのが正しいようだ。

足しか見えなかった主室の遺体はやはり男で、四畳半寄りにおかしな姿勢をとっていた。まるで押し入れに礼拝するように、上半身を畳につけ腰を浮かし、つんのめったみたいな姿勢で息絶えていた。

半袖開襟シャツのラフな服装だが、彼の手元に横たわる日本刀に気づいて、勝利はぎくりとした。

大杉がつついてくる。

「業物だぞ」

刀身は鞘《さや》の中だが模造と思えない重量感がある。刀剣所持法はどうなっているんだ。

もう一本、痩身に不似合いな太い杖も転がっていて、勝利には見覚えがあった。遺体は額を畳につけており、顔がよく見えない。

それでも確信した。姉を召使のように顎であしらっていた、あの老人だ。

膝をつき死体を確かめた操が告げた。

「徳永だ……徳永信太郎、一応名の通った名士だぞ」

やはり。居合の心得があり戦時中は剣舞の道場を開いていたそうだが、それがどうして、こんなところで。

「徳永先生でしたの！」

玄関から礼子の声が震えて聞こえた。板敷にあがろうとして躊躇《ちゅうちょ》している。どこへ履物を脱げばいいかわからない。三和土は倒れたドアに占領されていた。

「履いたままでいいよ」

そういった操ははじめからズックを脱いでおらず、そもそも勝利たちには、履物を脱ぐという発想がなかった。まだしも礼子は落ち着いていたわけだ。

「死体があった家だ。どうせ売り物にならない」

操の言葉に納得した女生徒たちが、おずおずと四畳半に踏み込んできた。勝利たちはもう六畳との境まで上がり込んでいる。

「殺人でしょうか」

勝利の質問に操は首をふった。

「わからない。だが自殺の状況ではないし、事故とも思えないな。……突然死？　心臓とか脳の発作では私に判断の資格はないが、理解に苦しむ姿だね。だがこれが殺人事件だとしたら、犯人はどこから逃げたんだろう」

玄関も勝手口も施錠されており、窓はすべて出入り不能である。巴先生の指摘に生徒たちはハッとしているが、勝利は懸命に落ち着こうとした。小説の材料に絶好じゃないか、チャンスだと思え！　それでいて言葉が喉につかえてしまった。

「密室……ですね」

「キャ」

弥生の悲鳴は喜んでいるようにも聞こえ、操がたしなめた。

「不謹慎《ふきんしん》だぞ……みんなその場を動くんじゃない。絶対に現場を荒らすな」

玄関に引き返す操の背を勝利が見やると、彼女は体をかがめてドアパネルの下から履物を引っ張り出していた。

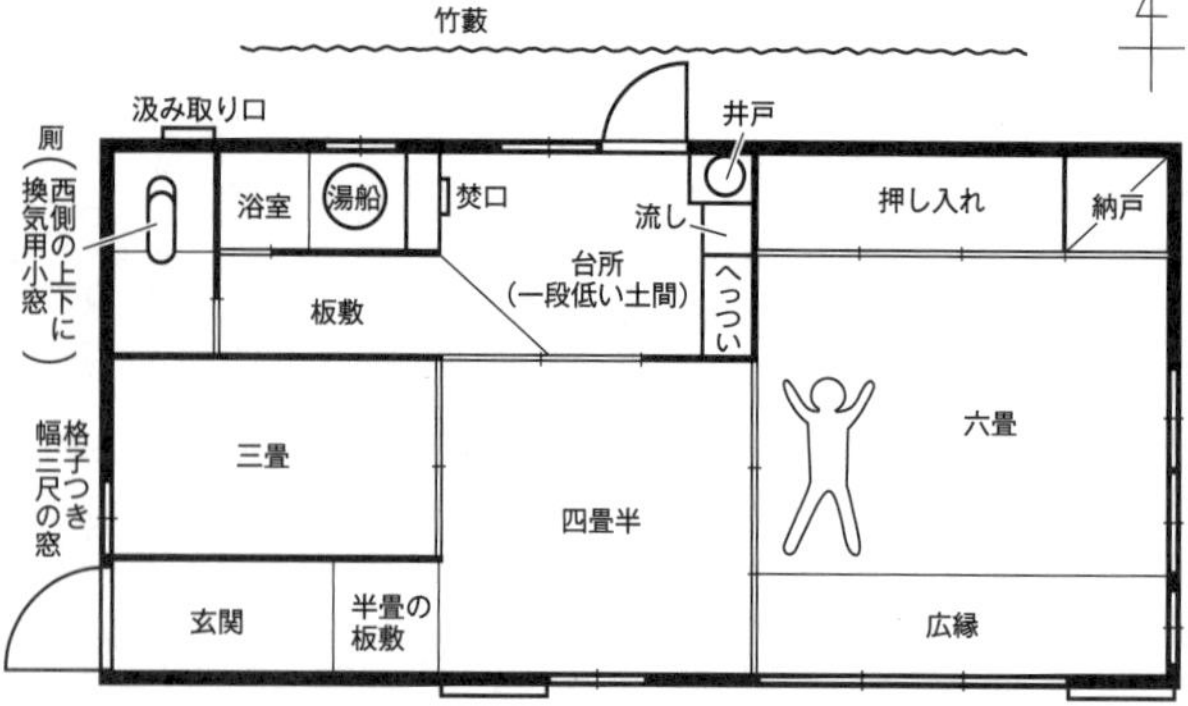

「男もののサンダルだ。徳永氏はここからあがったんだろう……だが、どうやって入ることができたんだ？」

サンダルを三和土にもどして、操は眉をひそめた。開けるにも閉じるにも鍵が必要なドアだった。

「徳永先生は鍵をお持ちだったのかしら」

礼子の言葉に操はむつかしい顔のままだ。

「まさかこの家を見物にきたのではないだろう。誰かが彼を案内したんだ」

目が鋭くなった。生徒たちの視線を集めながら六畳間にもどって、声を落した。

「大杉。風早」

及び腰で徳永の遺体を見下ろしていたふたりに、無言のまま押し入れを指す。東側の一部が内部で仕切ってあるらしい。二間幅では広すぎて使い勝手が悪いのだろう。合わせて四枚の襖で塞がれていた。

もし犯人が隠れているとすれば、そこしかない。

中央二枚の襖に少年たちを立たせた操が、自分は正面に立ちはだかって油断なかった。

位置についた三人をみつめて、かすかに喉を鳴らしたのは弥生であったか。

竹林がサワサワと音をたてていた。

台所の窓から吹き込む風が、葉を送りつけてくる。ツ、と操の手が動くと、少年ふたりは呼吸を揃えて襖を引いた。二枚の襖が左右に開いてけたたましい音をたてた。力がこもり過ぎて柱にぶつかったのだ。

開いた押し入れに窓はないから、暗い。

念のため東側の納戸らしいコーナーも襖を開閉してたしかめてみた。ポッカリと黒い口を開けている。

ただそれだけだった。

屋根裏から竹の葉が一枚、くるくると翻《ひるがえ》りながら落ちてきて髪に載る。うるさそうに払い落した巴先生が、押し入れを改めた。腰の高さに棚板がある。布団置き場に違いなかったが、今のところ幅一間半のがらんどうだ。

「やはり密室だ。犯人の逃げ場がない」

吐息まじりで勝利が感想を呟き、操に睨まれた。

「こんなときに部活はやめなさい。……密閉された室内で人が死んでいた。犯人が見当たらないのだから、素直に考えれば殺人事件のはずはないが」

「でもなにかのトリックを使って……」

いいかけた勝利の頭を、大杉がはたいた。

「これは現実だぞ。お前の好きな推理小説じゃない」

そのときエンジン音が聞こえて、みんなをハッとさせた。

湯谷からの途中で道が左右に分かれていた。あの左の道を辿ったのだろう。東側の窓はスリガラスだ。そこに車の影が映り、停まった。

7

乗り入れた車はよく手入れされた柿色のフォードだが、途中に泥濘があったとみえバンパーもタイヤも赤土に塗《まみ》れていた。

降り立った郡司英輔議員は、ワイシャツ一枚だが肥満のせいか汗みどろだ。

「なぜ子供たちが集まっとるんだ！」

わけがわからんというように吠えた。南側に回った操に従って、全員が顔を見せたからだ。

フォードのエンジンを切って、もうひとりの中年紳士が降り立った。白麻のスーツを着込み、手入れのいい口髭に人をそらさぬ笑顔を湛《たた》えている。

彼は操を見知っていた。

「おお、別宮さん……いや、別宮先生だったね。この若い人たちは教え子ですかな」

「恩地《おんち》先生、それに郡司先生も」

操が応対した。

「民主1号の検分においででしたか」

「その通りだ」丸っこい顔に似合わぬ威厳をつくろうとしたが、操の顔を見るとすぐ愛想笑いに変貌した。

少年の勝利には、好感がもてる表情ではない。いつか読んだ時代小説で、美女を見初《みそ》めた代官を「ヤニ下がる」と書いていたが、きっとこんな顔のことだろう。

「きみとは初対面ではないようだ。東名学園の教師だったかね。用宗くんにせがまれてな、評議員として検分に出かけておるんでね」

このお代官さまは、用宗校長まで勢力圏にいれているらしい。

そんな郡司を操がどう思ったか、勝利から背中しか見えなかったが、声だけは幾分か愛想がこもって聞こえた。

「ええ、ご挨拶だけはすませておりますわ。でもようございました、警察に連絡する方法を思案していたところです」

「警察？　なんの話だね」

「私が説明するより、まずご覧ください」

背後に生徒たちを庇う動きで、玄関側へ彼らを案内する。手にした布袋はカラになっており、勝利がオヤと思う間もなく、郡司が怒声をあげた。

「ドアを壊したのはこの子どもたちか！」

「家の中をどうぞ」

操は冷静だった。

「評論家の徳永信太郎先生が、お亡くなりになっています」

「なに？」

理解できない郡司に比べ、ただちに恩地は異変に気づいた。玄関から斜めに見える位置に遺体があったからだ。

「亡くなられている？　確かですか」

「それで警察に知らせる矢先でした。ですから恩地先生がお越しになって、良かったと申し上げました」

鏡子が勝利に囁いた。

「設楽市民病院の院長先生なの」

「緊急の場合だ、郡司さん失礼しますぞ」

恩地が押し退けようとしたとき、弥生の遠慮会釈《えしやく》ない悲鳴が轟《とどろ》いたので、郡司はぶざまに尻餅をついてしまった。

「なにか動いてる！」

「なにっ」

操さえ声をうわずらせた。

「いやッ、トースト！」

弥生が大杉の胸に飛び込んだ。

勝利も見た。徳永の鼻の穴から黒い小さなハエが、なん匹も飛び立ったのだ。

「イエバエの雌だ」必死に唾を呑み込んで、教えてやった。

「死体を食べて、卵を産んでる」

礼子も彼の腕にしがみついていた。

「蛆《うじ》が湧いたのね」

「ああ」

我ながら空洞のような声だった。

「ハエは死体に一時間で卵を五〇個以上産みつけるんだ」

郡司がよたよたと立ち上がったとき、鏡子が囁いた。

「死臭はまだね……」

その彼女に視線を向けた郡司の目が、はっきりと泳いだ。声をかけるべきか、いやここでは知らん顔が妥当だろう……そんな彼の気持の動揺を、勝利も気づくことができた。そう、この男なのだ、鏡子の評判を尋ねたのは。

『ご親族かなにかですか』

『ご親族ね。……まあそれに近いんだが』

――いやな感じで笑う議員であった。

当の鏡子ははじめから郡司を無視していた。無視という以上の黙殺だ。まるでここにそんな人間は存在していないみたいに。

それがわかって勝利も、揺らぐ心を抑えることができた。

「まる一日たってからだよ、死体がにおいはじめるのは」

「そうなの……。上海では毎日のように、テロの死骸がひどかったから」

大杉も弥生に話している。

「大空襲のあとで、焼跡の始末に動員されたんだ。栄区のときなんて、あたり一面すえたにおいで吐きそうになった」

鏡子はふしぎそうだ。

「そんな区が名古屋にあったかしら」

大杉に代わって礼子が答えた。

「焼野原になったから、戦後すぐ栄区は地名ごとなくなったの」

操と恩地が遺体から離れないので、勝利も会話に参加した。

「親が拓務省《たくむ》の役人でパラオにいた奴は、ドリアンの腐ったにおいといってた」

「やめてよ、食べられなくなっちゃう！」

生徒の会話を否応なく聞かされた郡司の額に、青筋が立ちはじめた。さいわい彼が怒りだす前に、恩地院長が声をかけた。

「郡司先生、こちらへ」

郡司に入れ代わって、操がもどってきた。

「徳永氏の左側頭部に挫傷《ざしょう》があった。体表面の出血はないが、頭蓋骨を強打され脳に致命傷を負ったというのが、恩地先生の見立てだ。先生は法医学も修めている」

そのとき潰れたような郡司の声があがった。遺体の顔を見せられたのだ。

「凶器はなんだったんですか」

質問した勝利を、操がジロリと見た。

「いい度胸だね。この場で聞くか、風早」

「ミステリになると彼、夢中ですから」

弁解してくれたのは礼子だ。フフッと操は軽く笑って返答した。

「不明だ。平たい板のようなもので、ほぼ水平な角度から強打されたとしかわからない」

「死後なん時間くらい……」

「先生の見立てでは四時間から七時間だが、被害者が『旅荘ゆや』を出た時刻しだいでもう少し幅は狭まる。それ以上のことは、設楽病院で司法解剖をすませたあとだ」

「やはり殺人でしたのね」さすが礼子も推研部員だ。

「ではこの家に、逃げ道があったのでしょうか」

「そんなものはない」

操は言い放った。

「私の言葉ではないぞ。恩地院長は木地師組合の商品開発顧問を務めている。だから今日、郡司議員といっしょに、民主1号の検分にいらしたんだ。先生が仰《おつしや》った。この住宅は施工に鋸《のこぎり》も金槌《かなづち》も使わず、すべて現場で組み立てできるのが特色だそうだ」

「壁も、屋根もですか」

大杉が感心した。

「屋根を支えるトラスに工夫があってね。木材を組み立てるホゾのように、精密な寸法の溝が刻んである。屋外から溝に合わせて屋根板をさし込むだけで一丁あがり。接着剤を使えば完璧だろうが、溝に嵌めただけでもなみの瓦棒葺きトタン屋根よりずっと軽いのに頑丈だ。木地師の仕事だからな。完成後は屋内から決して動かせない。窓枠や壁のパネルもどうようで、人の出入りは不可能だそうだ」

「完全な密室ということですか……」

圧倒されたように礼子は沈黙したが、勝利はねばった。

「床下はどうなっていますか」

「ほほう」操が目をまるくした。

「さすが部長だね。……残念だが一般の和風住宅と違い、民主1号には床下という概念がない。パネル化した床を直接コンクリートの基礎に載せている。基礎の一部に空気抜きはあるが、高さ五寸幅一尺。青大将くらいだね、出入りできるのは。ついでにいえば厠は未使用だから、汲み取り口はベニヤで封じてある」

「はあ……」

推研部長は溜息をついた。

「すると犯人はどこから逃げたんだろう」

「知るか」操が苦笑した。

「追っつけ警察がくる。その連中に任せるさ」

返答みたいに誰かのおなかがグゥと鳴り、みんなの笑いを誘った。

8

『旅荘ゆや』の食事は好評だった。最後に別室で供された西瓜のみずみずしさに、飢えの世代全員が感泣させられた。

「こんな甘いもの、戦後はじめてだわ」

あの級長が随喜《ずいき》の涙を流したほどだ。

小木曽夫妻にしてみれば別宮家は戦前からの得意客だし、鏡子の母親は一時この宿を支えるひとりだったのだから、大奮発してくれたに違いない。

本館から遠い別室の十畳間が食事場所で、他の湯治客《とうじ》に遠慮せずくつろぐことができた。ときたま簾《すだれ》をかいくぐった藪蚊が飛んできたが、みんな対応には慣れっこだ。蚊遣線香の煙が陶器の豚から吐きだされるのも、風流のつもりでいる。

少女たちの浴衣《ゆかた》では金魚が泳ぎ、少年たちの裾には朝顔が咲いていた。見慣れた制服ではなく、粗衣に近い私服でもない。はじめて見るお互いの浴衣姿は、新鮮そのものに映ったに違いない。

「暗い方が蚊がこない」という操の提案で、天井の真ん中からポツンと下がった電灯が消されると「久しぶりの灯火管制だな」「懐かしい」みんな笑いながら、自然と車座になった。しばらく板敷川の水音に耳を傾けたところで、勝利が口火を切った。

「巴先生が代表で、刑事と話したんですね」

「それですわ」

弥生は待ってましたといわんばかりだ。

「いったいどんな事件でございましたの」

生徒たちがバスで待機する間に、操は駆けつけた所轄署の刑事と情報を交換し合っていた。

「私が説明しなくても、みんな承知している内容だよ」

「だけどお聞きしたいんです」

愛想はいいが礼子の口調はハッキリしたものだ。

「私たちが目撃したのは部分的で、全体のいきさつがつかめませんでした」

「そうだよ。改めて講義してほしいな、先生」

大杉がいい、隣で団扇《うちわ》を使っていた鏡子もうなずいた。

小さな動きだったのに、勝利はちゃんと目に留めていた。彼にとってやはり彼女は別格の存在なのだ。正座した礼子や弥生と違い、鏡子は斜めに足をのばして横座りしている。少し崩れた少女の襟元から目が離せなくなっていた。

これが巴御前になるとなんと胡座《あぐら》をかいていたから、大杉は団扇で自分の顔を隠してみせた。

「先生、健康な男子を無視してやしませんか」

「バカもの」

操は豪快に笑った。

「きみたちの劣情を誘発するほど、私は女っぽくないぞ。安心しなさい」

よくわからない理屈をこねてから、バンと手を叩いた。座の空気をひきしめるのではなく、蚊をつぶしただけなのに、いつもの先生を思い出して全員が静まり返った。

「要するに聞きたいんだね、推研諸君」

「はい、先生」と弥生が挙手した。これもいつもの調子だ。

「映研だって聞きたいですわ」

殺人事件の最初の発見者になるなんて、東名学園創立以来の椿事ではないか。もっとも開学してまだ四カ月だから当たり前だが。

「きみたちも知っての通り、事件は密室殺人の様相を呈している」

「はい！」

声に力瘤《ちからこぶ》のはいった勝利だが、先生はそっけない。

「警察はそんなものを頭から認めていない」

「えっ。だって……」

「私たちは確かめました！」

「調べたら抜け穴があったとか？」

「そんなものはないという話だろ」

「犯人は青大将だったかしら」

「きっとミミズですわよ」

アリの巣に熱湯をそそぐ騒ぎとなったが、

「うるさい」

巴御前の一喝で静かになった。

「先に説明しておこう。地元の製材業と木地師グループの間にはいって、あの住宅開発を具体化させたのは恩地院長だが、設楽市に持ち込んで計画を推進したのは郡司議員だ。被害者は住宅と無関係だからあの家にいた理由も不明だが、地元出身の名士ということで、愛知県警本部の要員が名古屋から急行して、所轄署の刑事と合同で捜査にあたることになった」

「徳永先生がいつ設楽にきていたか、わかってるんですか」

勝利の質問に、操は無造作に答えた。

「昨日からこの宿に泊まっていた。今朝は早くから出かけたそうだ」

「ひゃあ」と声をあげたのは弥生だ。

「私たちにご縁のあるお爺さんでしたのね！」

大杉が団扇で姫の膝をパンとはたいた。

「いちいち騒ぐなよ」

コンビのやりとりに苦笑しながら、操が話した。

「夜中に川岸で詩吟が聞こえた。あの先生十八番《おはこ》の乃木《のぎ》将軍の絶唱だ」

「ああ……『山川草木うたた荒涼』」勝利がいえば、大杉が受けた。

「『金州城外斜陽に立つ』で終わる詩吟だよな」

戦時中に育った者なら誰もが熟知した漢詩である。日露戦役で二子を戦死させた指揮官乃木将軍が作った。剣舞のたしなみがあった徳永だから、酔余に放吟したのだろう。

「調子っ外れで、乃木大将が聞いたら泣いたかもな」

操は手厳しい。大杉が話をもどした。

「とにかくそのセンセが殺されたんだ。鍵さえあれば出入り自由だったのなら……」

操がうなずいた。

「そう、警察は密室殺人なんてハナから考えていない。犯人は鍵を持っていて、被害者と顔見知りだった。新型住宅を見せると称して案内し、犯行の後玄関を施錠した。目的は死体の発見を遅らせるためと考えている」

「その鍵は今どこにありますの！」

気負った弥生の問いに、操はあっさり答えた。

「『旅荘ゆや』、この宿だ」

「アララ」

毒気を抜かれている。

「密室を論外とする警察は、早急に鍵の情報を集めたらしい。小木曽さんに聞いた内容も含めると、こんな風になる……。鍵は二本あり、小木曽夫妻がその一本を預かっていた。もう一本は市役所にあって、郡司・恩地両先生が今日の昼過ぎ、じかに担当者から借り出した。第三者が鍵を持ち出す機会は皆無と、担当は力説している」

「合い鍵はいかがでしょう」

定石を礼子が尋ねる。

「ない。複製困難なタイプと聞かされて、担当は慎重に保管していた」

「すると事件に使われたのは『旅荘ゆや』が預かった鍵だ。警察はそう考えていますね」

今度は勝利が尋ねた。推研ふたりが連携したみたいな質問に、操が即答する。

「鍵はちゃんと『ゆや』にあった。ご丁寧に金庫にしまわれていた」

「だったらやっぱり密室……」

いいかけた勝利を、礼子がたしなめた。

「そうじゃないわ、部長。密室殺人なんてあるはずがない。そう考えている警察なら、まず小木曽さんたちを疑うでしょう」

「まあ！」

弥生が大きな吐息をつくと、長い髪をふった鏡子は、正座して膝を揃えた。

「あの人たちには、できません」

みんなの視線を集めて、語気に力をこめる。

「ご主人は片腕なのよ。それとも奥さんが徳永先生を殴り殺した？　あの細い腕で。考えられないでしょう」

夫妻を熟知する彼女の言葉だ。全員がちょっと黙ってから、口を開いたのは勝利だ。

「その前に問題があると思うんだ。万一小木曽さんたちが犯人だったとすれば、ではどんな口実と手段で被害者を民主1号に案内できたかということだ」

「ああ……」

弥生が溜息をついて、さらに深い沈黙がもたらされた。

車時代にはいる以前の日本、まして戦争の匂いが残る昭和二四年だ。湯谷温泉全体でも稼働できる乗用車は一、二台というところか。調べればすぐ足がつくだろうし、『旅荘ゆや』の車は使えない。

「旅館のバスには私たちが乗っていたわ。別な車を仕立てようにも、ご主人は隻手で奥さんは免許をお持ちじゃないもの」

鏡子がみんなの考えを纏めると、

「そういうことだね」静観していた操が口を開いた。

「ふだん運転役だった従業員は、この二日間休みをとっている。だから私が代役を買って出て今日きみたちを運んだんだ」

そのとき床の間の電話が鳴った。外線ではなく帳場につながる室内電話だ。

間近にいた鏡子が受話器をとり、すぐ操に向き直った。

「警察がきました」

9

「あんただったか！」

中年の刑事は巴先生を睨みつけた。

刑事ふたりを案内してきた若い女は、天井灯を点けお茶をすすめるとすぐ、そそくさと立ち去っている。

所轄署の渥美《あつみ》刑事とはすでに話をしているが、名古屋から到着した犬飼《いぬかい》と名乗る警察官も、操と面識があったらしい。篠竹《しのたけ》みたいに瘦せた体で目をギロギロ光らせた、とっつきにくい中年男であった。

操が軽く頭を下げた。

「その節はお世話になりました」

もらった仙花紙《せんかし》の粗末な名刺に目を落とした。

「出世されたようですね。係長さんでいらっしゃる」

その呼び方で、犬飼が県警本部の警部補とわかった。それにしてもふたりは、どんな状況で顔見知りになったのだろう。生徒たちに操が簡単に説明した。

「一二年前、名古屋で開かれた博覧会で事件が起きた。私はその事件に深く関わっていてね。当時の担当警察官が犬飼刑事だった」

端折《はしよ》った説明でも、犬飼にはまどろっこしいようで、性急な質問を浴びせてきた。

「戦争前は道楽者の華族の助手兼運転手。それから尼さんになったはずだな。そのあんたがどうして教員をやってる」

「戦死したはずの父親がひょっこり復員したんです。だからもう、私が無理して寺を継ぐ必要はなくなったの」

「ふうん。坊さんだったのか、あんたの父親は」

「よせばいいのに従軍僧を志願して大陸へ行ったわ。血はつながってませんよ、私とは。実の父親は母と離婚して寺を追ん出たから、母は別な坊主と再婚して寺を継がせたわけ。……犬飼さん、私のことはこれくらいでいいでしょう」

さっさと履歴を明かした操に、生徒たちは目を丸くしている。気を取り直した犬飼が、わざとらしく咳払いした。

「まあな、あの博覧会の事件はとうに解決ずみだから。おい」

所轄の刑事をふり返った。

「咲原鏡子というのはどこにいるんだ」

若い刑事の反応を待たず、鏡子が小さく手をあげた。

「私です」

「ふむ」

意味ありげに鏡子を見つめた。短い間だが、勝利には気に入らない間だ。姉といいこの刑事といい、彼女に含むところでもあるみたいだ。

当の鏡子は平然としている。少なくとも勝利にはそう見えた。

「なにか私に？」

「いや……」

口ごもってから、おもむろに尋ねてきた。

「この旅館の経営者を知っているそうだが」

「はい。母が長らくお世話になっていましたから」

「先代の主人夫妻にだな」

手帖もひろげずに質問してゆく。さすがにちゃんと調べていた。

「そうです。でも私、今の女将さんも女学生のころから知っています。母子で裏の家に住んでいて、私はお姉ちゃんに勉強を教えてもらっていました」

「亭主――小木曽篤も知っていたのか」

「はい。信州から『ゆや』へ奉公にいらして、青年団の幹部におなりになるまでずっと」

「では車の免許があることも知ってたな」

勝利はひやりとした。やはり旅館の主人を疑っているのか。

「知っています。それで戦車兵を志願なさったんです」

「ほう、自分から志願した……きっかけがあったのか」

なにげない問いかけであったが、鏡子はやや強く反応した。

「青年団が講演に招いたんです、徳永先生を……」

講演か。あの評論家は青年団の前でも、ひとりでふたりを殺せと獅子吼《ししく》したに違いない。若かった小木曽篤は徳永の言葉を素直に受け止めた——きっと、そうだ。

「講演の翌日、青年団から三人の志願兵が出た、戦車に乗ればふたりでも三人でもいっぺんに殺せるというわけだ。生きて帰ったのは彼ひとりだったが」

親切にも犬飼は調べの結果を話してくれた。あの亭主には動機があるんだよと、吹き込んだことになるが、そこまで話したのは鏡子の反応を見たかったからだろう。

「咲原さんはどう思うかね。小木曽篤の左手は、二の腕から先がない。それは確かだが、まったく動かないわけではない。左で具材を押さえ、右手の包丁を使ってみせたというんだがね」

「刑事さん」

鏡子は含み笑いしていた。

「私に、なにをいわせたいんですか。あのご主人なら、片腕でも車を運転できるだろうって?」

真っ向から切り込まれて、白けた犬飼が顎を撫でると、操が割り込んできた。

「『旅荘ゆや』なら、別宮家は代々お世話になってるよ。私に聞いた方がいいんじゃないか、刑事さん」

犬飼は渋面をつくっていた。

「では、そうさせてもらうよ。……あんたは昨日からここに泊まっていたそうだね」

「墓参にきたのでね。お盆の前倒しだ」

「別宮家の墓地は設楽だったのか」

「『夢の園』の分かれ道の北にあるよ。望月街道沿いに市民病院が建ったけど、その裏手に昔からの墓苑が広がっています。……母が亡くなって、別宮家の血筋はもう私だけになったけどね」

ご先祖が三河武士なら、このあたりに墓があるのは当然であった。

「徳永先生とは昵懇だったのかい」

「いや。顔を見知っていた、その程度だね。『旅荘ゆや』のご主人に紹介されているから、会えば挨拶くらいする」

「昨日でも今朝でもいいが会ってるかい、徳永先生に」

「ゆうべ、廊下で立ち話をしたよ。今朝は私は宿の自転車を借りて出かけたから、あの爺さんのことは知らない」

顔の前で手をふった。かすかな羽音は蚊だ。

「そう毎日会いたい人でもないいね」

軽く笑ったとき、また電話が鳴った。若い刑事が受話器をとり即座に告げた。

「設楽病院です」

「院長先生なら、すぐ伺うと伝えてくれ」

腰を浮かした犬飼に、勝利は思わず尋ねていた。

「解剖が終わったんですか」

「答えるに及ばん」

木で鼻をくくった調子の警部補は、操を睨んだ。

「人ひとり殺されたんだぞ。子どもが面白がって騒ぐのが、戦後の民主教育ってものかね、別宮先生よ」

さっさと廊下に出た県警の上級警察官を、渥美刑事が追っかけていった。

10

バタバタと音をたてて操が団扇を使っている。

「戦前から杓子定規《しゃくしじょうぎ》な刑事だった。個別に事情聴取するまでもなかったんだろう。解剖待ちの時間潰しさ、気にするな」

「はい。してません」

「気にするだけソンですわね」

少女たちはサラリとしたものだ。

「うちが破産したときの、鬼のような取り立て屋にくらべれば、あの刑事さんなんて可愛いものですわ」

へえ……というように弥生を見た勝利に、大杉が耳打ちした。

「聞きたければ後で話してやる」

「あ……いや」

薬師寺子爵の家が苦しいことは知っていたが、破産とまでは知らなかった。そういえば修学旅行も費用のことで躊躇《ためら》っていた。だが表向きはいつも能天気な姫なのだ。ぼくよりずっとシンは強いんだ。それが女の子なのかなあ……つい慨嘆《がいたん》してしまう。

パンと手を打ってから、操がいった。

「寝る場所は準備できてるよ、温泉にはいったあとは、いつ寝てもいいぞ。旅先らしく雑談するなら、それも結構」

山側に寝室として、二十四畳の本館宴会場が確保されていた。川の眺望がないぶん安く、八畳ずつ三部屋に仕切って使おうというのだ。礼子と弥生、操と鏡子、勝利と大杉の三組だ。教師の別宮と生徒の鏡子が相部屋なのは異色だが、本物の修学旅行ではないから構うまい。

「せっかくだから映画の話、したい、聞きたい」

口火をきった弥生は、誰もいわない内にしゃべりだした。

「『オースケトラの少女』！　『レベッカ』！　『わが谷は緑なりき』！　感想なら一晩中でも

しゃべりまーす」

「アメリカ映画ばかりか」

大杉がくさすと、姫は奮然とした。「『巴里の屋根の下』！『商船テナシチー』！『自由を我等に』！『女だけの都』！」

金欠の姫によく映画を見る小遣いがあったと思うが、名古屋市を代表する映画館、八重垣《やえがき》劇場など大半の小屋は、遊び人だった薬師寺子爵の顔が今も利くので、ロハで出入りしているらしい。

名作揃いとはいえ公開年度はバラバラで、戦前の旧作が多い。『巴里の屋根の下』など封切りは昭和六年だ。興行界も混乱がつづいており、手持ちのフィルムから進駐軍のお眼鏡にかなった作品を順不同で上映していたのである。

映研部長だけに大杉は、本腰をいれて鑑賞ずみの映画をならべはじめた。「俺は娯楽本位だからな。『駅馬車』『大平原』『西部魂』、ハンフリー・ボガートがまだ敵役だったころの『オクラホマ・キッド』」

「西部劇が好きなのね」礼子にいわれるとすぐ舵《かじ》を修正した。さすがレパートリーは広いようだ。

「『海賊ブラッド』『シー・ホーク』『進め龍騎兵』『ロビンフッドの冒険』」

「エロール・フリンとマイケル・カーティス監督ばっかりね」

鏡子に笑われて、ムキになった。

「カーティス監督でも『カサブランカ』見てるぞ。日本映画だってガンガン見た。『大曽根家の朝《あした》』木下恵介《きのしたけいすけ》、『わが青春に悔なし』黒澤明《くろさわあきら》、黒澤は『酔どれ天使』の方が上だな……三船《みふね》もよかったが、久我美子《くがよしこ》がかわいい！」

弥生がつけくわえた。「あのニューフェイスは、侯爵家のお嬢さまですのね。私の家より格上だわ。華族のご令嬢がカツドウに身売りしたといわれましたけど……」

「いいたい奴にはいわせとけって。『ジャコ万と鉄』の久我もよかったな……もちろん姫だっていいけどさ」

「ま、おべんちゃらですの」

「じゃあやめとく」

「いえ、もっと聞かせて」

ほっておくと漫才になりそうだから、勝利がフォローした。

「ミステリ映画では『三本指の男』がそれなりに面白かった。横溝《よこみぞ》の『本陣殺人事件』が原作で、トリック解明場面は忠実だった。金田一耕助《きんだいちこうすけ》が柔道の達人とは驚いたけど。トリックといえばヴァン・ダインをパクった芦原正《あしはらただし》監督の『バラ屋敷の惨劇』は、大スター高田稔《たかだみのる》を犯人にした意気込みを買う」

ミステリ志向の勝利を抑えて、大杉がまくしたてた。

「そのジャンルなら、『三本指』とおなじ脚本・監督の多羅尾伴内《たらおばんない》シリーズが痛快だぜ。『七つの顔』『十三の眼』『二十一の指紋』ときた」

「ミステリというより活劇だよ、あれは。だったら上海から引き揚げたギャングの話『地獄の顔』は、ちょっと泥臭いけど上出来だ。主題歌が大ヒットしたじゃないか。ホラ」

ホラといったが、音痴の勝利はメロディがすぐ出てこない。

代わって口ずさんだのは鏡子だった。はじめはそっと、次第に力をこめて歌いあげてゆく。

全員がはじめて耳にするクーニャンの歌を、呆気にとられて聞いていた。

「青い夜霧に　灯影《ほかげ》が紅い　どうせ俺《おい》らはひとり者……」

澄んだ声の主ではあったが、これほどしみ通るような男の悲哀が歌えるとは想像できなかった。

「夢の四馬路《スマロ》か　虹口《ホンキュ》の街か　ああ　波の音にも血が騒ぐ……」

パチパチと拍手したのは、ここまで沈黙していた操である。

「気分が出ていた」

「四馬路に父と住んでいましたから」

さりげない鏡子の声は、涙ぐんでいるようだった。短い大陸暮しにも、格別な思い入れがあったようだ。

操が腰をあげた。

「ぼつぼつ風呂に行こう。そしてみんな寝ろ」

「明日は早いんですか」

弥生が甘えた声で尋ねると、操は顎をひいた。

「今日は思わぬ推研サービスの一日だったから、明日は映研の番だ」

「なんですか、それ」

問い直す弥生に、大杉が胸を張って見せる。

「学園祭のためのロケハンだよ！　お目当てがあるんですね先生」

「まあな。この町なら咲原さんも詳しいし、相談を交わして目星がついた。スリラー映画にぴったりの家らしい。明日、案内するから楽しみにしてなさい」

少女三人を連れた巴先生は廊下に消えた。

学園祭の催しに映研が出品する映画——といっても、残念ながら本物の映画ではない。そんな代物が高校の文化祭レベルに出展できるのは、二〇年か三〇年か先だろうと勝利は思っている。

映画だのロケハンだのと大げさなことをいったが、実態はサスペンスドラマをスチール写真で構成展示するという、安上がりな企画であった。

シナリオを勝利が担当し、大杉が父親に借用依頼ずみのコダックを提供する。ただし彼は監督のポジションで、実際に撮るのは勝利だ。引伸機一式も疎開先から無事帰った。出演は推研・映研所属の自称ニューフェイス三名であった。

勝利は実は迷っていた。同室のよしみで引き受けたが、さてどんな話にすればいい？　民主主義の世に四谷怪談は古いし、それにお岩さんを買って出る役者がいない。

……女たちがいなくなったあとの十畳間は、ひどくガランとしていた。

「ぼくたちも行くか。タオルは寝る部屋に用意してあっただろ」

先に立った勝利に、大杉が話しかけてきた。

「クーニャン、入れ込んで歌ってたな」

「四馬路の名前が懐かしいんだよ」

「お前、それ、どういう場所か知ってるのか？」

意味ありげだったから、廊下で勝利は足を止めた。

「盛り場なんだろう、上海の」

「妓楼街だ」

「ギロウ？」

「名古屋だったら中村《なかむら》遊廓か城東《じようとう》園だ。最盛期には二万人の娼婦がいた。クーニャンの親父は、妓館のひとつを任されていたそうだ」

11

『ゆや』の大浴場は本館の地下一階にある。

地下といっても、望月街道に面した玄関から下りたぶん、川面とおなじ高さの浴場となり、もちろん清流に向かって大きな開口部が設けられている。手に取るような近さを川が流れ、客室の明かりを反射して煌めいている。

残念だが当然なことに男女別浴だ。仕切りの竹壁は高さ二メートル余りあって、のっぽのトーストでも覗き見は不可能だし、子連れの父親が先客にいたから、教育上そんな振る舞いはできなかった。

「あきらめろ」竹壁を眺めている大杉に、勝利が笑いかけた。

「わかってる」

「……なあ、誰が一番だと思う?」

「なんの一番だよ」

「胸のサイズ」

「そうだなあ」

少年たちは、大真面目な顔を見合わせた。

「ワーストは級長だな」

「まあ、そうだ。体育の授業でわかった、まな板だ……姫とクーニャンは……いい勝負だろ」

「巴御前もいるぞ」

「ああ!」

思わず勝利が大声になったので、はしゃいでいた幼児が怪訝そうにこちらを見た。

「あの調子だからつい盲点だったが……裸になったら意外や意外かも知れん!」

「声が大きい」勝利があわてた。「テキの湯船はすぐ向こうだ」

「心配するなよ、聞こえっこない。その証拠にあっちの声も全然聞こえない……」

大杉がいい終わらないうちに、女性四人の爆笑が轟いた。鏡子の楽しげな笑い声もまじっている。

「ちゃんと聞こえてますわよ」

弥生の声まできっちり届き、勝利と大杉はあわてて顎のあたりまで湯に沈んだ。

脱衣室を出たところで顔を合わせてはまずいと、早々にふたりは大浴場を後にして、寝室代わりの宴会場へ逃げ出した。

二十四畳を仕切っているのは籐の三つ折り屏風《びょうぶ》で、それぞれ布団二組に一張りずつ蚊帳《かや》が用意されていた。青・白・緑と涼しげな色合いが、釣り手で四方から吊られている。

「さっさと寝ようぜ」

これ以上女性軍にからかわれたくないのだ。

「狸寝入りに限る」

大杉が蚊帳の裾にしゃがんだ。蚊を連れて入らないよう、蚊帳へ潜るにはそれなりのコツが必要である。
一、二の三と揺すった裾をかいくぐって、素早く飛び込む。
「どうした、カツ丼」

淡い緑の蚊帳越しに催促された勝利は、かぶりをふった。

「トイレ」

背中を向けたが、さして尿意があったわけではない。帰る途中で川岸に導く石段があるのを見て、なんとなしに下りたくなったのだ。

なんとなしに——ではないことを、勝利は内心気づいている。

聞いたばかりの咲原鏡子の笑い声。そのときの彼女は間違いなく裸体のはずだ。

はじける笑い声が、あの夏の思い出をたぐり寄せていた。

木《こ》の下闇から窺う煌めく清流、うつ伏せになった少女たちのヌード。お尻から太股へかけての白い曲線の美しさ。お互いまだ十代の入り口に立ったばかりであったのに。それでいて勝利は言葉の上でのみ知っていた〝艶《なまめ》かしさ〟を、はじめて実感した。

少女は幼かったが、それ以上に少年も幼かった。

……。

こんな火照った気分のまま横になったら、ろくな夢を見られまい。もしもピンクの妄想にくるまれて、夢精でもやらかしたら一大事だ。今夜はひとりで眠るのではない、隣に大杉の長身が横たわっているのだ。

冗談でなくそう思ったから、心を静めようと川岸に下りたのである。ついこの間まで、『旅荘ゆや』に隣接して納涼台があったという。それを取り壊したあとに、新しく『はづ別館』という旅館が建つそうだから、このあたり湯谷温泉でも景勝の地に違いなかった。

川から一段高く人がやっと通れる幅の遊歩道があり、ところどころ流れへ張り出したスペースに、木製のベンチが置かれていた。そのひとつに腰を下ろした少年は、宿の明かりを映して光の糸が流れる川筋に見とれた。

銀の珠を転がすような歌声が草むらから忍び寄り、しばらく勝利はその声に心を委ねていた。不意に驚くほど近い距離から、鏡子の声がかかった。

「カジカね」

反応する間もなく、衣擦れの音といっしょに少女が隣に座ると、少し揺れた。並べば互いの体温が感じられるほど寸詰まりなベンチだった。

「来ちゃった」

軽い口調の鏡子だが、勝利は固まっていた。

水の光がざわめくと、川風が浴衣の裾をなぶって過ぎる。

「カジカの歌が好きだった。上海で聞いた胡弓《こきゅう》や二弦琴《にげんきん》も胸に染みたけど、でもやはり……自然の歌がいいなあ」

「……」

なんとか話を繋ぎたいのに、もどかしさったらない。少年は、このまま窒息するのではないかと思った。

クーニャンが微《かす》かに笑った。

「ミステリの他は無口なのね、お風呂ではあんなに騒いでいたのに」

「ウン……」

やっと声が出た。情けないなあ、ぼくは。

「風早さんが見えたから下りてきたの。……聞きたいことがあって」

「なにを……?」

「見たんでしょ」

咎《とが》めるのではなく、甘えるような言葉遣いだったが、それでも十分にギクンとした。

「私たちの裸よ。五年前にここの——もう少し川上で」

少年の全身は硬直したきりだ。

「怒ってやしないわ。私たちが勝手に裸になったんだもん」

やっと首を曲げて、少女を見ることができた。

「知ってたのか」

「あ! やっぱりそうなんだ」

してやったりというように、鏡子は声をたてて笑った。

「あのとき、誰かに見られていた気がしたの。でもそんなことをいったら、せっちゃんが可哀相でしょ。知らん顔して服を脱いだ場所へもどったわ。あなたじゃないかな、そう思ったのは今日のおしゃべりのときよ。ドライブできたって話したじゃない? 気がつくと妙に風早さん、私をチラチラ見てるのね。だからカマをかけたの」

「ちえっ」

苦笑いしてしまった。

「探偵のワナにかかる犯人の気分、よくわかった」

「それであのとき、私たちを見た風早くんのご感想は？」

唾を呑み込んでから、素直に答えた。

「きれいだった……溜息が出た」

「そう？　よかった」

「……見たことないけど、女神ってあんな姿なんだ……」

プッと鏡子が吹いた。

「大げさだわ」

「違うよ。いつか本人に会ったときいいたくて、ずっと考えていたんだ。……いうまで五年かかったけど」

まじまじと少年を見つめた少女は、小首をかしげた。

「本気みたい。とても嬉しい」

「お友達にもそう伝えてあげて」

いいかけて、改めて尋ねた。

「もうひとりの子も土地の人なんだね」

「ええ、野々村《ののむら》節《せつ》ちゃん。女学校の親友なんだけど……」

声が曇った。

「行方がわからなくなってる」

勝利は目を見張った。

「どういうこと。家出？　まさか、誘拐？」

「それがわからないの。私も内地にもどってはじめて知ったわ。戦争に負けた日というから、四年もたつのに、生きてるのか死んでいるのかさえ……」

蠟燭の火が消えるようにカジカが歌いやむと、勝利は遠慮を忘れて鏡子に向き直っていた。

「家の人たちはどうしたんだ」

「豊橋に住んでいたご両親はそれ以前に、空襲で亡くなったわ」

「豊橋って、彼女は設楽にいたんだろう」

「母方のお祖母さんと暮らしていたの。空襲の心配がある豊橋より安全だったから」

鏡子は口調を変えた。

「さっき巴先生が話したスリラーのロケにぴったりって、せっちゃんがおばあさんと暮らしてた家のことよ」

湯谷から二キロほど川上にある一軒家だそうだ。

「私はなん度かお邪魔してるけど、明治元年生まれの頑固なお年寄りで、地元ともご縁が薄かったみたい。おつきあいがあったのは、『旅荘ゆや』の先代だけなの。それもあってお母さん、せっちゃんをいっしょに住まわせたのね。明るくてよく気がついて、手先が器用で、私とおしゃべりしながら鶴を一ダースも折ったのよ」

カブトしか折れない勝利は赤面の至りだったが、

「大事件じゃないか！　大騒ぎしたんだろう、おばあさん」

「ううん、それがね……」

鏡子の答えははかばかしくない。

「心配した小木曽さんたちが尋ねても、そのときの状況をはっきり説明できないのよ。年のせいで記憶が曖昧なのか、それともせっちゃんが口止めしたのか。郡司議員が世話して、恩地先生が病院に併設した養護施設で預かってくだすったわ」

「ああ、それでホラーハウスは空いてるんだ」

ちょっと笑った勝利だが、腕時計を見てあわてた。

「いけない。だいぶ時間が過ぎてしまった」

「ええ、帰りましょう」

ベンチから立ち上がって、鏡子が囁いた。

「心配させないように、私が先に帰る。時間をあけてから勝利くん帰ってね」

誰が心配するのか呑み込めないままうなずくと、それ以上なにもいわず少女は背を見せた。下半身に赤い金魚をまとわせながら。

カジカがまた途切れ途切れに鳴き始めた。廊下にあがる階段が明るんで見えたのは、天頂の雲が晴れ、月の光がさし込んだためだ。

夜風に頰をなぶらせしばらく佇んでから、少年も石段をのぼっていった。はじめて「勝利くん」と名を呼ばれた余韻が、知らぬ間に彼を微笑ませている。

……小宴会場はひっそりと、暗い。廊下の明かりが障子越しにはいるだけで、二十四畳まるごと夜に沈んでいた。

手前の青い蚊帳には姫と級長が眠っているはずだが、寝息さえ聞こえない。まるで息をひそめているようだ。ようやく勝利は気づいていた。礼子はきっと起きている。自分がもどるまで眠らなかったのでは。

操と鏡子の布団を敷いた白い蚊帳越しに、巴先生の寝返りをうつ姿があった……寝苦しいのだろうか？　ふだんの先生からは想像しにくいことだが。

網戸の閉まった窓から風が流れこみ、蚊帳をかすかに揺らしている。

境を隔てる屏風の裾では、特大の豚の陶器が無音の鼻息をくゆらせていた。なぜ蚊遣はこんな形をしているのか疑問に思いながら、二度三度と蚊帳を揺すって素早く中にはいった。

薄い夏掛けを抱きしめた大杉が、待ちかねたように短い鼾《いびき》をかきだした。

おいおい、勘弁してくれよ。そう思ったが幸い、勝利はたちまち眠りに落ちていた。

12

疲れていたに違いない、勝利と限らず生徒たちは死んだように眠りこけて朝を迎えた。

海苔《のり》と卵と味噌汁は定番だが、アマゴの一夜干しはこの土地らしくおいしかった。新鮮な朝食をしたためた一行は、荷物を宿に預けてロケハンしようと、バスに乗った。家を見たあと折り返し、荷物を受け取ってから駅へ行くので、生徒たちは往きとおなじ服装だ。

さすがに弥生だけは新しく千草色のワンピースを着用していた。瘦せても枯れても姫なのだ。鏡子は代わりばえしないセーラー服だが、林の木陰を縫うバスの中で勝利は、彼女の後ろ姿に目を楽しませていた。

『夢の園』への分かれ道を左に見て、バスが上流へ向かいつづけると、級長が叫んだ。

「工事しているわ！」

右手の杉林に木柵がめぐらされ、張られた帆布がはためいていた。目あての家はこのあたりのはずだが、伐採作業の音が高らかにバスの行く手で響いている。

当惑した操が作業場に下りて話を聞き、それでわかった……せっちゃんの家は跡形もなく取り壊されていた。一帯に新しい簗場をつくって観光客を誘致する計画だそうだ。猛々しい回転鋸が森の静謐をぶち壊し、みんなが顔をしかめていた。

操が大杉に頭を下げた。

「私の調査不足だが、小木曽さんたちも知らなかった。ここらは郡司議員の土地なんだよ」

簗は双美川が有名だったが、三河地震の影響で、漁穫量が大幅に減少していた。それで簗場を民主1号の敷地に転用、板敷川に大型の簗場を建設することになったという。

鏡子の友人の話は弥生も聞いていた。

「住んでいたお年寄りは、どこへ立ち退いたのかしらね」

「市民病院の養護施設が受け入れたそうだが……」

操は浮かぬ顔だった。

「映研のロケ先が宙に浮いたな」

鏡子が発言した。「あのう、ここまで来たのなら、今朝お話ししたせっちゃんのおばあちゃんをお見舞いしたいんですけど」

「そうか。お孫さんが行方不明だと聞いた……ご心配だろう」

「家がなくなったことも、ご存じないのかしら」

礼子の疑問に鏡子が答えた。

「野々村のおばあちゃん、もうなにもわからなくなっているんだわ。五年前から耄碌《もうろく》してて、せっちゃんを困らせていたくらいだもの」

「そんな婆さんがひとりで暮らしていたのかよ」

意外なほど大杉は身をいれて聞いていた。

「他人事じゃないんだよ。親父んとこの爺さん婆さん、焼け出されてうちに転がり込んできて、今じゃ枕をならべて寝たきりだもんな」

意気あがらない会話の間にバスは急坂を駆け上がり、トンネルの手前に建つ市民病院の駐車場に到着した。ビルが薄汚れて見えるのは、戦時中の迷彩塗装のせいだ。

鏡子が勝利を見舞いに誘った。

「私ひとりでは話が通じないかも……だけど失踪の事情は知りたいから」

気をきかせてか、礼子にも声をかけた。

「級長さん、お願い。いっしょにきてくれる？」

操が口添えした。

「そうしなさい。推研ぐるみのお見舞いだ」

操と大杉、弥生の三人は留守番するという。こんなとき積極的に動きそうな巴御前だから、ちょっと意外だったが、大杉たちと新しいロケ先を考えるつもりらしい。

外見は見すぼらしくても、病院の内部は清潔感が張《みなぎ》っていた。併設された養護ホームの受付もここが兼ねているという。

野々村カヤの部屋を教えてもらおうとすると、受付で妙な質問をされた。

「息子さんは、今日はおいでにならないんですか。あ、それともお孫さんだったかしら」

鏡子が睫《まつ》毛《げ》をパチパチさせた。

「息子さんといいますと」

「野々村等《ひとし》さんだったかしら、一昨日の午後、お見舞いにいらしたわよ」

「等さんは確かにおばあさんの息子さんだけど……四年前に亡くなっています」

受付の女性の手から、ペンが落ちた。

「そんなバカな！　ちょっと待って」

あわただしく面接者名簿の綴りを繰った。

「ほら、ここにあるでしょう」

勝利も見た。確かに二日前の日付で〈野々村等〉と署名されている。ひどく角張った筆跡だ。

三人は茫然《ぼうぜん》とした。

「麦わら帽にマスクをかけた開襟シャツの人よ。無口だけど清潔なタイプで」

さあ、わからない。

なにかの間違いですませるには、続柄欄にはっきり家族と書かれていた。たしかに息子にしては若すぎるが、それ以上のことを受付に質問しても無駄だった。

勝利たちは割り切れない気持でホームに向かう。

通りすがる白衣の医師や看護婦たちは、若い三人に丁重な物腰で接してくれた。恩地の個性が病院全体に行き渡っているようで、好感を抱いた。

〈野々村〉の札がかかった個室は、押し入れを除くと四畳半ひと間だが、小ぎれいに整えられている。スリラーの舞台になるような一軒家のおばあさんだ、水洗便所も満足に使えないのではと、勝利はよけいな心配をした。勝風荘は別だが、礼子も鏡子も家は汲み取り便所らしい。名古屋市内でも下水道が普及しているのは、まだホンの一部であった。

川に向かった広い窓と白い壁に囲まれて、野々村カヤはちんまり布団に納まっていた。天井から吊り下げられた折鶴は二〇羽もあり、金銀赤白とカラフルな色紙が使われている。色あせてはいたがせっちゃんの労作に違いない。

枕元に正座した鏡子が、声を張った。

「おばあちゃん、私」

梅干しに似たしわくちゃで小さな顔が、ゆっくりと鏡子に向けられた。見開いた目には意外なほど生き生きした光が灯っている。

「咲原鏡子です。覚えてる?」

「当たり前だがや」

びっくりするほど元気な返事だった。

「キコちゃんを忘れるもんかね。節のいいお友達だったぎゃあ」

「わあ、よかった!」

喜んだ鏡子は、後に控える勝利と礼子に説明した。

「せっちゃんは私のことをキコって呼んでたの。おばあちゃん、こちらは私の高校のお友達よ」

「高校って、あんた八高にはいりゃーしたのかね」

第八高等学校は校門をのこして焼け落ちている。

「あれ、そんなはずはにゃーね。あんたは女の子だでよー」

歯茎ばかりの口を開けて大笑いした。陽気なお年寄りで勝利たちはホッとしていた。

「制度がかわってね、新しくできた高校で男女いっしょに勉強しているのよ」

「ほーか、ほーか。アメリカさんのいいつけかね」

日本が負けて進駐軍の支配下だということは、わかってるんだ。笑顔になった勝利も、次の言葉で背筋が寒くなった。

「こないだもよー、等がきてそんな話をしてったがね」

「等……って、せっちゃんのお父さんのことですか」

鏡子の応答する表情も硬い。

「ほかに等はおれせんがね。娘の亭主だけどよー」

おばあちゃんは無邪気であった。

「わしの好きな大須《おおす》のういろを買ってきてちょーしてよー」

ういろうは名古屋名物のひとつで、大須と青柳《あおやぎ》と老舗《しにせ》が二軒ある。〝長男〟は〝母〟の好みをちゃんと覚えていた。

「仕事が忙しいもんで、すぐ帰っていったけど、そうそう」

枯れ枝みたいな手をのばして、壁際の古びた戸棚を指した。家から運んできたのだろう、古びた木肌だった。その上に積まれている何冊かの大学ノートに気づいた鏡子が、声をはずませた。

「せっちゃんの日記ね？　雑記帳を使っていたんでしょう」

「覚えとったかね。いちばん新しい日記に用があるといって等が持って帰ったけど、あとはみんな揃っとるで」

いちばん新しい日記？　急いで立ち上がった鏡子がノートを点検した。

「見せてもらったことがある。なん年もつづけてるって、みんなに自慢していたもんね……ほら」

勝利と礼子が左右から首を突っ込んだ。

一冊に半年分の日記が書き込まれている。いちばん上に載っていたのが〈昭和一六年四月〉の日付であった。

「小学校が国民学校になった記念に日記をつけはじめたって」

たどたどしいが丁寧な楷書の鉛筆書きである。すべてで八冊あったから、最後の一冊は〈昭和二〇年一月〉からはじまり、三月一杯で終わっていた。

だが彼女が失踪した八月の分の日記はない。四月以降の日記は、〝野々村等〟なる人物が持ち出した大学ノートに書かれていたのだから。

当然おばあさんは孫の日記を読んでいるはずだ。失踪の前日にあたる八月一四日の日記を読めば、消えた事情が解明できるかも知れない。だから当然、鏡子がその質問を発すると思ったのに、彼女はそれをしなかった。

布団ににじり寄って、声を張った。

「せっちゃんのお父さんは、どこからきてどこへ帰ったの?」

「どこから……」

キョトンとなった。

「ほんなもん、決まっとるがね。豊橋だがね」

空襲で全壊した家に帰った——?

「それで、……」

勢いあまった鏡子ははげしく咳こんだ。

「あかんがね、キコちゃん。風邪でもひいとりゃーせんか」

「大丈夫。それよりせっちゃんがどこへ行ったか、おばあちゃんは知ってるの！」

「知っとるもなにも」

梅干顔が微笑んだ。

「親の家にもどっとるがや」

「……親の」

鏡子は絶句していた。

「そりゃわしにとっては可愛い孫だで、ずっといっしょにいたかったけどよー。やっぱり子は親の膝元にいるのが、いちばん幸せだと思うでよー」

「それじゃあおばあちゃんは」

鏡子の声が、いがらっぽくなっていた。

「せっちゃんはお父さんたちの家に帰った……そう考えているのね」

「考えるもなにも、そういうことでにゃーか」

カヤおばあちゃんは、世にも嬉しそうに微笑んだ。

「あの子もやっと落ち着く場所ができたんだがね」

「それをおばあちゃん、誰に聞かされたの！」

「はて……誰からだったかのう。等がそういったのかも知れんなあ」

彼女の視線は、いつか鏡子を離れて天井のあたりを彷徨《さまよ》っていた。我慢できなくなった勝利が会話に加わった。

「でもせっちゃんは、ハガキ一枚送ってこないんでしょう」

その言葉を耳にした老婆は、勝利を睨んだ。

「ほんなもん、送ってくるはずにゃーがね」

「え……どうして」

そのときは意味不明であったが、帰る途中で鏡子が教えてくれた。

「おばあちゃんは、字が読めないし書けないの。自分の名前を書くのにも、せっちゃんが手伝っていた」

識字率の高い日本だが、昭和初期に文字の読めない人は稀ではなかった。だから鏡子は老婆に日記の内容を尋ねない。明治元年生まれのカヤは義務教育を受けなかったのだ。

「幼いころ名古屋の菜種《なたね》問屋へ奉公に出されたって。読み書き算盤、なにも教えてもらえなかった。拭き掃除と煮炊きと名古屋弁だけ覚えたそうよ」

病院の玄関を出ると、夏の日差しとセミの声が三人に降り注いだ。

13

三人の報告を、バスで待っていた操は淡々として聞いた。駐車場の屋根が日をさえぎっていて、開け放しの車内は風が吹き抜けてくれる。

「正体不明の見舞い客が日記を持ち去っていたのか。……どういうことだろう」

操も首をかしげるばかりだったが、映研の話し合いの方は収穫があった。ロケ先を旧第六聯《れん》隊《たい》の営繕《えいぜん》棟に決めていた。

「あの残骸か！　なるほど、お化けが出そうだ」

勝利の反応に、大杉は満足そうだった。

「だから金をかけて飾りたてる必要なんかない。あのままでスリラー映画の雰囲気満点だぞ。シオドマクの『らせん階段』、キューカーの『ガス燈』そこのけさ。——というわけで台本をよろしくな、カツ丼。ヒッチコックに負けるなよ」

「うへ」

勝利はドブに落ちた子猫のような目だ。比べるなよ、そんな巨匠に。人の気も知らないで、姫がケラケラと笑ってのける。

「美少女三人組もお願いね」

また奥歯まで見えた。せめておチョボ口で笑ってくれれば、ミス東名学園に立候補できる美形なのに。

「校舎の新築がはじまるのは、いつでしょうか」

鏡子が現実的な質問を投げた。残骸を更地にするにも時間がかかる。来春の高校入学式に間に合わせるつもりなら、いつ工事が開始されてもふしぎはないが、それについては操が請け合った。

「早くて師走《しわす》だろう。新校舎はまだ設計の段階だよ。教員たちの注文続出で用宗先生が頭を悩ましている」

勝利はホッとした。それなら夏休み中のロケハンで十分間に合う。それに少しでも長編の原稿を進めたかった。

来春は大学進学というのにのんきなものだけれど、競争率もまだ一部の有名大学をのぞけば低かったし、猫も杓子《しゃくし》も大学へ行きたがる日本ではない時代だ。

その証拠に帰路の名鉄では、密室殺人の推理で全員が盛り上がった。

「名古屋へ着くまで考えよう」

「賛成」

いいだしたのは勝利で、応じたのは礼子だ。ミステリに関する限り能弁な少年と、大人しく見えても負けん気の少女だ。

四人がけの座席の片側に勝利と礼子、対面が大杉と弥生で、勝利たちと背凭《せもた》れを挟んで、操と鏡子が座っていた。始発駅で乗ったから席は自由にとれたのだ。

「あの密室で、どうやって殺人を犯すことができたか。それに絞ろう」

仕切る勝利の背後から、操の注意する声が聞こえた。

「客が増えてゆくから、『殺人』という声も絞った方がいい」

もっともなので小声になった勝利が、提案した。

「開いていたのは台所に面した北側の窓だけだ。まずそこから考えよう」

「私たちが見たときは、窓が全開だったわ。ずっとそうなのかしら」

礼子の問いに、勝利が待ってましたと応じている。

「『ゆや』の女将さんに聞いておいた。換気のために晴れた日の窓は、常時開けておいたって。ただし一〇センチくらい」

「あのときはもっと開いていたぞ。半間幅の窓で二枚引きだから全開して四五センチだ」

尺貫法とメートルをちゃんぽんにして、大杉がいう。

「そこに竹の縦格子が嵌まっていた。そうよね」と弥生。

「おう。竹と竹の幅は一二センチくらい」

実際に格子を揺すったのが大杉である。

「俺が片手を突っ込むのがやっとだった。姫でも両手を揃えていれたら動きがつかないだろう。だがなにか――すりこ木とかバットとかを握るくらいはできる」

「どういう意味なの、トースト」

姫が首をかしげ、級長が注釈した。

「凶器を摑むことは可能。そういう意味ね」

「被害者は小柄な年寄りだった。窓際に近づけば、格子越しに打撃を加えられる」

いった当人の大杉がすぐ否定した。

「そんな都合のいい場所に被害者がくるわけはないか」

「徳永氏は台所じゃない、窓からやっと見えた六畳間で殺されたんだぜ」

勝利に追及されて、大杉が苦笑した。

「わかってる。こういう議論は無理を承知で、次から次へ仮説をたてるべきなんだ」

「トースト頑張れ」

姫の応援に比べると、級長の指摘はいたって合理的だ。

「竹の格子は外れないのかな。窓の外壁にとりつけてあったんでしょう。ネジ付け？　釘付け？」

「ネジだった」ちゃんと大杉は調べていた。

「その上からペンキが塗られている。細工の跡はなくて、施工直後に見えた」

実際に工事完了の五日後であったのだ。

勝利が記憶を反復させながらいう。

「級長も見ただろう、竹の葉以外台所の土間にはなにも落ちていなかった。バットはもちろんすりこ木だの杵《きね》だの、ぶん殴って致命傷を与えられるような鈍器は、一切なかった」

「他の窓はどうかしら」鏡子がいいだした。

「風呂場や、厠と三畳の西側にも、換気用の窓はあるけど鍵がかかっていた……」

「台所とおなじような窓が東側にもあったわね。駐車場代わりの空き地に面して。もうひとつ、広縁の突き当たりにも小窓があった……」

思い出そうというように、半眼を閉じた礼子の言葉だ。

「そちらの格子は誰か、検分した?」

「ハイ、級長」

弥生が威勢よく手をあげたので、東岡崎《ひがしおかざき》で乗車してきた客がなん人か目を丸くした。国鉄と並行する名鉄本線だが、この区間だけ路線が離れているため、名鉄ならではの客がこの駅で乗降するのだ。

「どうぞ、姫」照れもせず礼子が指名した。

「私、二カ所とも調べましたのよ。力まかせに格子を揺すったらトゲでホラ」

ご丁寧に掌《てのひら》を見せてから、断定した。

「両方ともビクともしませんでしたわ。ネジの頭のペンキも確認しましたのよ」

勝利が腕組みした。

「施錠されていた玄関と勝手口のドアは外開きだった……蝶番《ちょうつがい》は家の中からとりつけてある。外から取り外しできないタイプだ。でも……厠の汲み取り口はどうだっけ?」

細かくて汚い疑問を持ち出すと、礼子がすぐに応じた。

「使う前だから、板で釘付けしてあったわ」

「組み立て住宅だよな、全体の構造は。壁板でも屋根でもどこか一枚ひっぺがして逃げ出せないのか」

適当なことをいう大杉を、礼子が睨んだ。

「一間幅の壁板は柱とホゾで組み合わせ、三尺幅の屋根板も一枚ずつトラスの溝に嵌めてあるの。ひっぺがすなんてできないと思う」

「中から動かすのは不可能だとさ。箱根細工が巨大化した家に閉じ込められたと想像してみろよ。木地師が念を入れた細工なんだ」

念を押す勝利に、弥生がおずおずと片手をあげた。

「質問でーす。ホゾってなんですか」

礼子が生真面目に即答してやった。

「木材を接合する方法よ。一方にホゾという突起、もう一方にホゾ穴があって、嵌め込むことでくっつくの」

「ああ、男と女みたいに、ですわね」

口走ってから真っ赤になった。その頭をゴチンとやった大杉まで、顔を赤くしているのはなぜだ。勝利は吹き出しそうになったが、武士の情で知らん顔を決めた。

背後の操と鏡子の沈黙が気になったが、ようやく鏡子のクスクス笑いが聞こえ、

「教育の成果か……」

呆れ気味な操の声も流れてきた。

「ついでにトラスというのはね……」

聞かれもしないのに礼子がいいだしたのは、笑いを我慢するためらしい。

「鉄橋でいえば、橋桁を支える部分だわ。あの家だったら梁《はり》に載せた三角の部材よ。そこへ彫られた溝に軽量でも丈夫な屋根板を嵌め込んだのね」

なるほどと勝利も腑に落ちた。嵌め込まれた壁も屋根もツルンとして手がかりがないから、家の中から動かすのは不可能としかいいようがない。

——と感心している場合ではなかった。

密室の謎くらい解けなくては、トリックひとつ編み出せない。

勝利は内心で呻き声を漏らしている。うーん……せっかく目の前で起きた事件だ、パクってやりたいのに手がかりがなかった。

弥生がぼそっといいだした。

「土間の三和土だけど……真新しいですわね」

「そりゃあできたての家だから。それがどうした」

「あの土間に実は人ひとりが抜けられる穴があった……殺人のあと抜け穴から逃げた犯人が、床下から穴を埋めた……ダメですわ。土間はきれいに均《なら》されていました。床下から埋めもどしたのではとてもとても」

「バカたれ」

耳を傾けていた大杉が、呆れ顔になった。

「そもそも民主1号には床下がないんだ」

「密室の解明に抜け穴を使うのは反則よ」

鏡子の声も不服そうだが、礼子はいっそう手厳しい。

「そんな苦労してまで密室にしても、犯人にはなんの得もありません」

それはそうだ。

「ぼくたち推研を喜ばせるため、犯人がサービスしたんだ、きっと！」

勝利がなげやりにいいだすころ、電車は金山橋《かなやまばし》駅に着いていた。

国鉄と名鉄が並んだ複々線区間に、急坂をよじのぼる市電のレールが加わり、名古屋市内唯一の三複線として勝利がひそかに愛好する区間となっている。

大津通りへ割り込む市電で、大曽根へ向かう鏡子と鶴舞《つるま》公園電停の礼子、広小路の大杉、お屋敷町白壁《しらかべ》の弥生と、大半が便のいい金山橋駅で乗り換えて行った。

ひとり残された勝利の隣へ、操が移ってくる。鉛筆と手帖を持っていたが、勝利の視線を気にしたかバッグにしまいこんだ。

なぜそんなものを手にしていたのだろう？　勝利たちの耳にはいらないよう鏡子と筆談していたのかと思ったが、操に声をかけられてすぐに忘れた。

「風早は下りないのか」

「武平町に出るんで名駅まで行きます」

「ああ、乗り換えなくてすむね」

大津通りを北上する市電では、栄町乗り換えになる武平町だが、名駅から広小路を抜ける線ならその必要がないのだ。

ひとり暮しの操は東名学園の職員寮だから、やはり市電で一直線である。新名古屋駅までのみじかい区間で、彼女は漏らした。

「さすがに級長がいいところを突いた」

「はい……？」

犯人がなぜ密室を構成したかという謎のことだろう。

「トリック以上に大事な指摘かも知れないぞ」

「はあ」

そうだろうか。推研部長としてはトリックの謎が大切だったから、生返事だ。

巴先生はなにがいいたいのだろう？

要領を得ないまま地下駅を出たふたりは、たちまち駅前の雑踏に巻き込まれた。

「私は寄り道をするから、ここでお別れだよ」

「あ、そうなんですか」ちょっとあわててお辞儀した。

「お世話になりました！」

「出校日を忘れないようにね」

女性にしては上背のある操だ。さっさと向けた背中を見送った。その方向にそびえる白亜の五階建てが、国鉄名古屋駅である。駅正面の大時計で時刻を確かめようとしたとき、見覚えのある男性の背広姿が目にはいった。

この暑さでもネクタイを締めた用宗校長である。近づいた彼に操が手をあげた。約束していた様子だ。校長と教員が会うのになんのふしぎもないが、一言くらい話してくれてもよかったのに。

そんな思いを残したまま、勝利の〝修学旅行〟は終わりを告げた。

第三章　闇市で少年は遭遇する

1

　夏休みの間に、出校日は二回ある。第一回は一日、第二回は一五日——終戦記念日に当たっていたから、その記念行事もかねての出校日であった。登校は生徒の自由に任されていたけれど、新入りの高三はほとんどが講堂に集まっていた。

　舞台照明に興味を持った勝利は、各種のライトが袖の制御盤で自在に移動点滅できると知って、出校日にきていた技師に質問を重ねていた。

　ちょっと落胆したのは、鏡子の姿がなかったことだ。父親の病状が悪化したのかと、内心気をもんでいると、大杉が耳寄りな知らせを齎《もたら》した。

「ミステリ関係の雑誌が、ごそっと積んであったそうだぞ」

「えっ、どんな本」

「戦前の『新青年』とか『セルパン』とか、戦後の雄鶏叢書《おんどりそうしょ》も並んでいるらしい。うちの常連客の推理ファンから聞いた……コラ、涎《よだれ》を垂らすな」

あぶなく手拭いで口を拭きそうになった。

「どこの書店だよ」

「大曽根の闇市で、『新宿マーケット』。春日井《かすがい》市の旧家が相続にあたって大量に処分したとさ。『すばるブックス』が本屋の名前だ」

「聞いてる。進駐軍が売りにくる店だ」

東京の場合は神田《かんだ》の古本屋街が健在だから、進駐軍の将兵が手放したミステリやSF、ハードボイルドなどのペーパーバックが出回っているが、名古屋にはもともと書店街がなかったし、名の通った老舗《しにせ》は例外なく焼けていた。古書を漁《あさ》ろうとすれば京都まで足をのばす他なかったのだ。

そんな中で、闇市の片隅とはいえ『すばるブックス』は貴重な存在といえた。もっとも勝風荘から大曽根は遠く、闇市なら手近な栄町で間に合った。だから勝利は、最大規模の駅西の闇市にも、めったに出かけていなかった。

統制価格では決して入手できない食品や日用品が、目の玉の飛び出る値段で売買される闇市だが、その値段にしても三年前に三三円だったウィスキーの一壜が、今年の七月には五六二円まで上昇している。どの商品も闇の値段ときたらこの調子だ。

家業のおかげで生活必需品のやりくりは、月給取りの家庭よりはるかに円滑だったので、『新宿マーケット』に足を運んだのも一度きりだ。

名古屋でなぜ『新宿』と名をつけたかといえば、大曽根が中央本線の西端の駅だからで、東端に位置する新宿の殷賑《いんしん》にあやかろうとしたのだろう。

戦後三日目に早くも〈光は新宿より〉と大々的に新聞広告を打ち、東京人の耳目を集めたのが、伊勢丹の前に広がる巨大な闇市だ。まさに新宿は敗戦後の流通をになう闇市の元祖であった。

伊勢丹の上階に進駐軍の食堂があり、そこから出る厨芥《ちゅうかい》が、雑炊だのシチューだの闇市の献立に化ける噂は、勝利も聞いていた。名古屋の場合は広小路の南にあたる白川《しらかわ》一帯に進駐軍のカマボコ形兵舎がずらりと並び、惜しげもなく捨てられるキッチンのゴミを飢えた市民が漁っていた。

多少はゆとりのある料亭の坊ちゃんだから、勝利は闇市に親近感がない。バラックの吹き溜まりは遠目には木っ端の集団としか見えず、それでも近づけば看板が出て品物が並び、曲がりくねった路地を肩をすぼめた人々が足を運んでいた。率直にいって闇市には粗雑で物騒な印象しか持たない少年であったが、モノがミステリでそれも稀覯書に類する雑誌や単行本が入手できるなら、躊躇《ためら》うほど良家の息子でもなかった。

「一冊しかない古書ばかりだぞ。もう半分以上売れたと聞いた。さっさと行ってこい!」

親友の言葉にあおられて学校帰りに直行しようとしたが、あいにく持ち合わせがなく、いったん帰宅して姉に説明してから向かったころには、日はとうに西に傾き、空は厚い雲に覆われていた。予報は雨だ。

傘と虎の子の財布を手に、武平町のひとつ先の東新町電停に急ぐ。大曽根方面を結ぶ市電のルートは、幹線のひとつだった。清水《しみず》口を右折、山口《やまぐち》町を左折と引っ張り回されたあげく、森《もり》下《した》電停で瀬戸《せと》電のレールに平面交差する。鉄道ファンとしては大いに楽しめる路線なのだ。

終点は大曽根の繁華街を東に外れ、国鉄や名鉄の駅には近いがガランとして侘しい。三菱の兵器工場通勤者のため、戦時中に延長された区間である。

その至近に小規模な闇市が、中央線の築堤沿いに自然発生していた。『新宿マーケット』だ。めざす『すばるブックス』はそのとっつきにあった。

姉が酔客と、大曽根に近い城東園を話題にしていたから、徳川園《とくがわえん》に類する観光施設だと思い、「行ってみたい」と口をはさんではたかれたことがある。成人男子が金を搾り取られる色街であった。大曽根から西北へ歩いて二〇分はかかるそうだ。

それに比べて『新宿マーケット』は、電停からも駅からも近くて便利だが、不法占拠だからいくらボロでも改築や増築はできない。曇り空の下でひっそりと、薄汚れた路地一本のたたずまいであった。

書店はすぐわかった。風が吹いたら飛びそうなベニヤ板の天井から、裸電灯がポツンとブラ下がっているが、まだ明かりが必要なほど暗くなっていなかった。

ふつうは書店の中央を仕切っている棚がなく、店の大半は平積みの本だ。書棚に立てようにもこの頃のうすっぺらな本では、平積みするしか陳列の方法がないのだ。

奥まった帳場に初老の男が正座しており、その背後にだけガッチリした造りの書棚が据えられていた。薄緑色の函《はこ》に納まったのは戦前刊行の吉川英治《よしかわえいじ》全集だ。仙花紙《せんかし》の粗末な本に慣れた目には、仰天するほど豪華な書物だった。

ああ、『月笛日笛』がある……『少女倶楽部』で二年つづいた伝奇小説だ。『牢獄の花嫁』はけっこうミステリしてたよな……『恋山彦』……キングコングをネタにして、エンパイヤビルの代わりに江戸城が……うっとり見上げてから、本来の目的を思い出した。そうだ、『新青年』だよ！

平積みの中でも店主の目が届きやすい場所に、宝物が集まっていた。進駐軍が売りに出した原書もなん冊か並んで、独特のオーラを放っている。目移りするのを我慢して、目星をつけていた『新青年』を買った。裏表紙が破れていたが、文句をいうつもりはない。代金を渡す段になって、店主の左頰がそぎ落されたように欠けているのがわかった。戦傷の痕だろう。見なかったふりをして、そそくさと出ようとした勝利の背を、聞き覚えのある声がくすぐった。

「これください」

ギクンと心臓がはねた。間違いなく鏡子の声であった。

「『ウオータールーブリッジ』ね。原書だよ……ああ」

店主が客を見た様子だ。

「あんたはペラペラだったたな」

「シャーウッドのこの本、探していたの」

「そりゃあ良かった。名うての劇作家らしいね。活動になってるって？　『哀愁』だったかな」

陰気な店主にしては、愛想たっぷりであった。

鏡子はどこにいたんだろう。薄暗い店内だから気づかなかったのか。気後れしてそっとふり向いた。もう一度心臓がはねた。

店主に紙幣を渡しているのは、烏色《からすいろ》の支那服の女であった。くびれた腰から張ったお尻の曲線。いやシナは蔑称だから今では禁句だ。中国服といえばいいのか。そんなことよりも、カーブにありありと既視感がある。

「毎度」という店主に、軽く片手をあげた女は艶《あで》やかな動きで体を半回転させ、その正面で勝利は立ちすくんでいた。

見間違えるほど濃い化粧ではなく、黄昏《たそがれ》どきの古書店内で、クーニャンは光り輝く美貌であった。

わずかに彼女の頬が硬くなったが、それだけだ。フッと小さく吐息を漏らした鏡子が、なにもいわずにすれちがうと、香水の香りが勝利の鼻先を漂った。

「どうしたね、お客さん」

からかうような店主の声に、勝利はようやく我に返っていた。

「あの……今の人は」

主人は苦笑いしていた。

「あまりきれいでびっくりしたかい」

「え……まあ」

「そうだろうな。俺が知ってるパン助では、一番のきれいどころだ」

聞き違いだと思った。

「パン助……?」

進駐軍相手の売春婦を、パンパンと呼ぶ。

2

パンパンの語源には諸説あるが、日本軍を慰安した占領地の女の呼び名が、戦後は進駐軍を慰安する日本女性の意味になったという説は、コトバの皮肉な遍歴といっていい。

反応しようにも声が出ない勝利を、片頬のない店主がふしぎそうに見た。

「どうした。学生の分際であの子は買えないよ……オイ?」

ただのひと目惚れではないとわかったようだ。

「あんた、あの子を知っていたのか」

カラカラになった喉で無理に答えた。

「同級生だ」

ギョッとしたように、書店の主は目を剝《む》いた。

「そうかい。共学になったんだな、あんたらは」

嘆くとも笑うともつかぬ主人の声を背中で聞いて、勝利はぼんやりと路地に出た。正面は中央線の築堤に沿った柵だ。左に進めば大曽根駅だが、鏡子の姿はなかった。右手はバラック建ての店舗がつづいている。

その方向から、男の怒声があがった。

「見つけたぞ！」

「あんたなんか知らないよ」

蓮っぱを装う鏡子の声であったが、勝利が聞き間違えるはずはない。もしかすると作り声の下で「こないで、勝利くん」と叫んでいるのかと思ったが、彼はとっくに走り出していた。

路地の片側にバラックが並んで、多くは食い物屋だ。開店の準備をはじめる頃合いだった。幅一間あるかなしかの葦簾《よしず》張りに、原色の暖簾《のれん》や看板が目に姦《かしま》しい。ヤキトリ（たぶん赤犬の肉）だの、寿司（シャリではなくオカラを握るのが大半）だの、スイトン（食材不明でドロリとした食感だけらしい）だのが、薄っぺらなカウンターに陳列されて、飢えた胃の腑を誘おうとする。

立ち働いていたなん人かが、声を聞いて飛び出してきた。

一段と間口の広い店からチンジャラジャラと耳慣れた玉の音が弾け出す。薄手なガラス戸を背負ったアロハの若者が、剝き出した鏡子の腕を摑んでいる。頭上でたった今パチンコ屋のネオンが点滅をはじめた。

赤青のカクテルされた光では定かでないが、鏡子の衣装は単純な黒ではなく、照りのある烏の濡羽色《ぬればいろ》に見えた。揉み合うはずみに裾の切れ目から白々と足が閃くと、野次馬のひとりが口笛を吹き、別の誰かが隠語を大声でがなり、何人かの若い衆がドッとはやしたてた。

「放せっての！」

叱咤した鏡子の右手があがり、ビーズのバッグがアロハシャツの頰を打った。バッグには買ったばかりの重い原書がはいっている。

顔をしかめた若者から自由になった鏡子が、身を翻《ひるがえ》してこちらへ逃げてくる。

勝利と目を合わせた少女が、早口にいった。

「帰って！」

「え」

「見ないで！」

それだけの捨てぜりふが、追いかけてきたアロハの若者に聞こえたらしい。足を止めると怒りの目で勝利を睨んだ。

「てめえ、セイガクの癖にアナゴのヒモか！」

なんのことかわからないが、アロハは蒼白な顔で地団駄を踏んでいた。

「どきゃがれ！」

棒立ちの少年を押し退けようとして、たたらを踏んだ。勝利が摑んでいた傘に足をとられそうになったのだ。

「このガキゃ！」

明らかに彼は勝利を鏡子の仲間と認識した。目が血走っている。

この時点でもう少年の意識は、現実を離れはじめていた。まるで原稿用紙を前にしたみたいに、自分の立場を他人事として俯瞰している。

――ああこれが、ガンを飛ばされるということだ、とか。

――こんな状況になるなんて、五分前は夢にも思わなかった、とか。

見ようによれば傘は手頃な武器となる。そいつを片手に持ったまま、立ちすくんでいる勝利が、頭に血がのぼった若者には当面の敵と見えたはずだ。

「逃げてってば！」

耳元で鏡子の叫ぶ声。

あれっと思った。まだぼくの後ろにいるのか、きみこそ早く……。

その先を考える間もなかった。

「けえっ」

怒声よりも迅速に、アロハシャツの拳固が少年の顔面を直撃した。

鏡子の悲鳴が聞こえ野次馬がはやし、石みたいな塊《かたまり》が勝利の口をふたつに裂いた。

早い、凄い。

勝利は本気で感心していた。

運動神経がコンマ以下の少年は避けもかわしもできない。最短距離で襲来した拳に殴られたことさえ理解できず、腰が砕けようとした。足がガクンと折れ、傘の支えで前に倒れずにすんだ代わりにどどっと背走、すし屋のカウンターに全身を叩きつけていた。

女将《おかみ》の悲鳴があがった。

「トロの握りが！」

おからに載せた鯨のベーコンがけし飛んだ。

若者がのしかかってくる。一分前より肉体が二倍の大きさに膨れ上がって見えた。凶相のそいつが勝利の下腹へ拳固をめりこませる寸前、鏡子が割って入った。アロハが少女の手首を摑んだ。

なけなしのアドレナリンの力を借りて、勝利は踏ん張ろうとした。

「相手はぼくだ！」

叫んだつもりが、血の泡でむせ返った。

そのとき鏡子が叫んだ。

「ハヤト！」

チョコレート色の肌に真っ白なワイシャツを着た大男が若者を殴り倒す姿が、目の端にはいった。ただ一発のパンチにここまで効果があるとは。吹っ飛んだアロハシャツが、寿司屋の簾《すだれ》を巻き込んでいた。

野次馬の歓声と同時に再び女将の悲鳴があがったが、ハヤトと呼ばれた大男は微塵《みじん》も動揺していない。

「纏《まと》めて弁償するから、心配はいりません」

妙に丁寧な言葉遣いだと思いながら、ズルズルとその場に膝を突く勝利であった。

情けない……。

3

目が開いた。

どこだ、ここは。

視界に入ったのは原色のペンキを塗りたくった安手な天井の絵だ。金髪の女が真っ赤な唇を国籍不明の男に押しつけていた。男をとって食うのかと勘違いしそうになる。

遠くでトロトロと手動の蓄音機が、聞いたことのあるアメリカの歌を流していた。『いとしのクレメンタイン』だ。『荒野の決闘』でヘンリー・フォンダが思いを寄せた西部の娘クレメンタイン。打ちつけられた木札が、くるりくるりと回転して紹介するスタッフキャストに、この歌声がかぶったはずだ、たぶん。

勝利が二度三度睫毛《まつげ》を揺らすと、

「目を覚ました！」

声が弾んで少女の顔が視界に飛び込んできた。中国服姿のままだが、間違いなく同級生の咲原鏡子だった。

「グッド」

男の声が「よかった」といったようだ。顔をめぐらせた勝利は、やっと自分の置かれた状況が呑み込めてきた。一方に大きな窓がある洋間のベッドに、仰臥《ぎょうが》させられていた。窓にレースのカーテンがかかっていたが、外はもう真っ暗だ。分厚いクリーム色のペンキが塗られた壁のにおいが、鼻の奥を刺激する。

体のあちこちに痛みが走り、口の中に違和感があって手で押さえた。

「ごめんね」

勝利を覗き込んだ鏡子は、痛ましげだ。

「唇が切れてる」

「ああ……」

それでどうにか、マーケットの喧嘩を思い出すことができた。喧嘩といっても一方的に殴られただけだが。

「少し休めば大丈夫です」

あのとき鏡子にハヤトと呼ばれた大男が、勝利を安心させるように微笑したが、どう応対してよいかわからない。

「えっと……あのとき、チンピラを殴り倒した人ですか」

「ちゃんと見ていたね」

ハヤトが笑うと、歯の白さが目立った。肌は黒いが目鼻立ちはアジア系のそれだ。

「ハヤト・ロビンソン。GHQの陸軍少佐だが、軍医として赴任しています」

四十年配に見える男が名乗ったので、慌てて勝利は体を起こす。ベッドを下りてから気がついた。軽い夏用毛布がかけてあった。

「無理しなくていい」

「平気です。ありがとうございました」

急いで英語で言いなおした。

「サンキュー、サー。アイム……ええと……カツトシ・カザハヤ、です」

鏡子がクスッと笑った。

「ハヤトのおばあさんは、日本人よ。戦前に帰化してるけど、彼はおばあちゃん子だから日本語は達者なの」

「そう、タッシャ」

ケロリとしていった。目鼻立ちは日本人そっくりでも、肌は密度の濃いなめし革のようであった。

「ここはキッコのアパートです」

ハヤトは鏡子をキコではなくキッコと呼んだ。

ベッドに腰を下ろして、勝利はそっと首を回した。悪趣味な天井の絵は別として、あとはいたって尋常なたたずまいだから、ホッとした。

壁にヴィヴィアン・リーのポートレートが張ってある。千代紙でデコレートされた本棚に、クリスティやクイーンの訳書が並び、首を横にしないとタイトルが読めない原書もまじっていた。畳敷きだが部分的に竹を編んだ茣蓙《ござ》が敷かれ、すべて椅子とテーブルの生活スタイルであった。

「咲原さんの住まいまで、ぼくを運んでくれたのか」

「ハヤトは車できていたの」

「このアパートにはパーキングがあります」

駐車場のこととすぐは理解できなかった。

「ここは大曽根駅から少し遠いの。城東園の敷地に建ってるから。……城東園てわかる?」

鏡子に聞かれて、勝利はうなずいた。

そうだ……大杉がいっていた。鏡子の父親は上海で遊廓を経営していたんだ。日本が負けて引き揚げてから、旧知の同業者に住居を提供してもらったと聞く。城東園にコネがあったのだ。

「なら、よかった」

鏡子はホッとして俯《うつむ》いた。城東園がどんな場所なのか、説明せずにすんだから「よかった」のだ。はじめて会ったときのように、少女の顔が長い髪に隠れた。

勝利は部屋のドアを見た。鏡子の父親が、今にも挨拶に来るかと思ったからだが、ハヤトがいるのにそんなことはしないか。少年にはまだ少女と米軍少佐との関わりが、はっきりわかっていなかった。

人なつこい笑顔のハヤトと俯いている鏡子の間を、勝利の視線が往復した。オリーブ・オイルの髪留めはなく、水晶のイヤリングが揺れている。

『あの子はパン助だよ』

悪意のない口調であったが、古書店の主人はそういった。

そうなのか。つまり今ぼくの前にいる中年のアメリカ人が、彼女の〝男〟なのか。そう思うと勝利はなんだか滑稽な気がしていた。

はじめての男女共学で浮足だっているクラスメート、自分や大杉や礼子や弥生みんなをひっくるめて、映画のキスシーンを見たの海外小説のベッドシーンを読んだの、わいわい騒いでいた有様が、ひどく他愛ない子供っぽさに思われてきた。

中国服姿の鏡子の、なんと色っぽいことだろう。

実際にそんな感想を、それもおない年の少女に抱くなんて。自分でもふしぎな気分になった。

ああ、そうか。今さらのように勝利は思い知っている。

彼女はもう大人なんだ。女なんだ。

ハヤト・ロビンソンはなにもいわず、うなだれた自分の〝情婦〟を、穏やかな視線で愛撫していた。

不意に慌ただしいノックの音があがり、ドアが乱暴に開けられた。割烹《かっぽう》着を身につけた初老の女が、血相を変えていた。

「よかった、ドクターいらしてたんだね！　キッコちゃん、お父さんが！」

「えっ」

「喀血《かっけつ》なすったの、早く！」

「は、はい」

急いで椅子から立つ足どりが、少しばかりよろめいた。蒼白な表情で勝利を見、口早にいった。

「奥の……父の病室へ行きます、少しだけ待ってて」

「ああ、待ってる」

反射的に立ち上がったきり、動けない勝利を残して、鏡子とハヤトは女と共に駆け去った。しばらくぼんやりしていた少年の目に、洋服簞笥が映った。突風のように出ていった三人がドアを閉じた勢いで、簞笥の扉が開いていた。

見るともなく見た少年は息を呑んだ。

鏡子のふだん着であろう衣服が、ズラリと吊るされていた。名も知れぬ華やかな、あるいは妖しいドレスの数々。肩紐をつけた紅色の生地はどう見ても下着であったし、富士と桜と外人向け定番のデザインで和洋不明のキモノもあり、ラメ（そのときはどう呼ぶのかわからなかったが）入りの服は、服というより布の切れ端であった。目もあやな竜と鳳《おおとり》が舞いを競う凝った刺繡の中国服は、まざまざとクーニャンのあだ名を思い出させた。今日の彼女はまだしも地味な衣装を身につけていたのだ。

「旗袍《チーパオ》というんだよ……その服はね。金のかかった刺繡だがや」

声をかけられ、勝利はあわててふり向いている。

割烹着の女が後ろ手にドアを閉めたところだった。

彼女はなにごともなかったように、そっと洋服簞笥を閉じている。思いの外早く顔を見せたのは、鏡子にいい含められたのだろう。

「すまんかったなも」

当たりのやわらかな名古屋弁だが、目は笑っていない。

「せっかく来てちょーしたのに、バタバタしてまってよー」

「いえ、いいんです。咲原さんのお父さんは病気でしたね。よほど重いんですか」

女は改めて勝利を見た。額の皺は深く頰もこけていたが、大きな目と小さめの口に若いころの美貌が想像できた。

「……あの、そういうことでしたら、ぼくは失礼します」

頭を下げる勝利に、女が手をふってみせた。

「ま、ま。座ってちょー。キッコにいわれとるで。坊ちゃんが聞くことにはなんでも答えてええよ、今になって隠すことなんぞあれせん、いっとったで。覚悟をきめたみたいだでよー」

「覚悟」という言葉が重く響いて、勝利は椅子に腰を下ろしていた。

「どういうことでしょうか」

床の一隅で電熱器にかけられた薬罐《やかん》が、音をたてていた。手早く茶をいれてから、女は茣蓙に正座した。

「……キッコはあの軍人さんのオンリーだがね」

「オンリー」

オウム返しして思い出した。おなじ娼婦でも進駐軍相手なら誰でもいいのではなく、特定のひとりを対象に体を開く女をオンリーという。

4

「はじめのうちあの子は、それはもう見境なかったけどよー……」

いいかけた女は、説明を補った。

「父親のためだがね。日本人でもよその国の男でもえー、ペニシリンを融通してくれる人なら、みんなOKだったがや」

勝利は息を呑んだ。

ペニシリンはアメリカが戦時中に開発した抗菌の特効薬である。従来に比べて格段の効果を発揮する薬剤であったが、戦争終結後もしばらくは軍専用で、民生に使われるまで時間がかかった。

父が重篤な肺結核患者であれば、鏡子にとって金銭に換えられない秘薬だったはずだ。この場合は、金銭を肉体という単語に置き換えるべきか。

遠くから澄んだ鐘の音が流れてきて、女を苦笑させた。

「アイスキャンデー屋だがね」

自転車の荷台に氷で冷やした容器を載せた、一本五円の氷菓子だ。子供相手の商売がこんな時間に？　訝《いぶか》しげな勝利に解説してくれた。

「『城東園』の商いはこれからだでよー。女も喉がカラカラでは尺八……」

語尾を誤魔化した。

「不都合で、だちゃかんがね」

鐘が聞こえなくなったと思うと、パラパラ、パラパラと窓を雨粒の叩く音に変わった。予報通り雨が降りはじめたらしい。

勝利は尋ねた。

「マーケットでからんだ奴も、そのひとりですね」

「キッコが軍人さんに会う前、関係した男のひとりでにゃーか。商売をはじめたのは、城東園の社長の口ききだったでよー」

やくざの末端らしいあの男は、ペニシリンを餌に鏡子の体を貪《むさぼ》っていたのだろう。軍医であるハヤトなら正規のルートで、愛人に薬剤をわけることができる。若者がふられたのは当然であった。

「軍人さんに出逢って、やっとあの子も落ち着けたがね。それまではひどかったなも。坊ちゃんに話すことでもにゃーけどよ」

「そうですか。……そうだったんだろうな」

勝利が漏らす吐息は重かった。

またひとつ目から鱗が落ちた。郡司議員のことだ。

第三者から見れば、鏡子は可憐だが爛《ただ》れた女だったろう。まだ初々しい体を切り売りしてくれる希少なアナゴ（たぶん娼婦の隠語だ）が、彼女であったのだ。城東園を知る者――たとえば女好きの郡司なら、少女の体を求めてふしぎはなかった。

「若くてあの器量で歌がうまいから……偉いお年寄りにもキッコ贔屓《びいき》がようけござったがね」

そんな鏡子を、よくも東名学園が中途編入させたものだ。用宗校長は知っていたのか。まさかと思うが巴先生は……。

黙って茶を飲んでいたら、だんだん腹が立ってきた。

なんのことはない、ぼくたちは鏡子に鼻であしらわれていたんじゃないか。うわべでしか異性を知らない坊ちゃん嬢ちゃんに割り込んで、共学ごっこで遊んでいたんだ。ビフテキに飽きた金満家が、スイトンを啜って粋がって見せたのか、そうなのか。

「バカにしてる」

思わずそんな言葉が口から零《こぼ》れて、少年は自分でも驚いた。

その顔の前に、ズイと皿が出された。

「なんだよ」

はずみで乱暴な口をきいた。

「ぼくはもう帰る」

「まあ、そういやーすな。これをおあがり」

皿の上に小さなチョコのかけらが載っていた。

「珍しいものだがね。軍人さんがPXから土産に買ってきてちょーした。知ってりやーすか、PX。アメちゃんの売店だで……ホレ」

しぶしぶかけらを口にいれた少年が、ぎょっと目を見開いた。

「なんだ、これは」

口の中でざわつくものを覚えて、それをプチンと歯で砕くと、甘くて酸っぱい味わいが残った。

女が面白そうに笑っている。

「アリだがね」

「蟻?」

「土の中に巣をつくって、せっせと餌を蓄えているアリンコさんが、チョコレートにまじっとるがや。おかしなものを喜ぶねえ、アメリカさんは」

「えーっ」

聞いたこともない珍味ではあった。

蟻酸《ぎさん》という名なら知っている……アリって本当に酸っぱいんだ！

目を白黒させた勝利は、もう一度喉を鳴らして呑み込んだ。その隙を窺うようにして、割烹着の女はそっと告げた。

「泣いとったで……あの子」

酸味の余韻《よいん》は消えても、勝利はしばらく言葉を返せなかった。

「あの、誰が」

「キッコに決まっとるがね。あんたたちと修学旅行から帰ってきて、ここでお茶を飲みながらなも」

「……」

「ポロポロ零す涙が、顎を伝って湯飲みに落ちてよー」

「なぜそんなに悲しかったんだ」

「なにいってりゃーす」

女はジロリと勝利を見た。

「嬉しくて泣いたんでにゃーかね」

「……え」

「まだきれいだった時分の私を、見てくれた男の子がいたって」

勝利は言葉を失っていた。

「坊ちゃんのことらしいなも」

あの夏の日。

板敷川に漂う水神の少女たち。それは紛れもなく汚れを知らぬイメージとして、少年の脳裏に刻みつけられていた。まだ何ものにも冒されていなかった裸形は、再びその日のくることがない少女の残影であった。

ややあってから、

「ああ……」

女は重い息を吐きだした。

「いけなかったみたいだなも」

そっとドアを開けて、廊下の気配を窺った。

奥まったあたりから、少女の嗚咽《おえつ》が糸のように流れてくる。

「いくら諦めておっても、肉親の情だで。ハヤトさん、泣きたいだけ泣かせてやっとるみたいだなも。……坊ちゃん」

勝利が顔をあげると、訳知りの女性から家政婦に面《おもて》をすげ替えた割烹着の女は、表情をなくしていた。

「帰るなら今だで」

「そうします」

廊下に滑り出た勝利は、なにか鏡子にいっておくことはないかと言葉を探った。小説の勉強をしている癖に、都合のいい言葉はひとつも見つからなかった。

「学校で会おう。そう伝えてください」

ペコリと頭を下げた。

5

「待っていたよ、風早……くん」

玄関に出るつもりで廊下を辿った勝利が、仰天した。

広々とした板の間だった。見るのははじめてだが、ダンスホールという施設だろうと見当くらいつく。長方形の広間の一方は玄関に、もう一方は居室棟への廊下に繋がっていた。のこる左右の壁は鏡張りだ。その一面を背に椅子に腰かけていたのは、軽装の別宮操であった。

なぜこんな時間のこんな場所に。

「まあ、お座り」

隣の椅子をポンと叩く。

おずおずと尻を乗せた勝利は、気味悪そうに尋ねた。

「どうして先生がここに」

差別するつもりはないが、ここは娼婦の住むアパートなのだ。操がニッと笑った。

「用宗校長をお連れした」

「は?」

「学校の車はあいていたが、夏木先生が不在でね。そうなると免許があるのは私だけだ」

まだ事情がわからない。ポカンとする勝利に教えてくれた。

「咲原錠市《じょういち》氏危篤の電話をもらったからね。校長先生は咲原さんと高校の同期生だった、それが彼女のお父上というわけだ」

そうだったのか……勝利の疑問の一部がまた解けた。

高校といっても、むろん自分たちの新制高校ではない。戦前から歴史がある旧制高校のことだ。『ああ玉杯に花うけて』の歌で知られる一高は東京だが、名古屋では瑞穂区の滝子町に第八高等学校が存在した。

「おふたりとも弁論部の猛者《もさ》でね……」操の言葉に感慨がこもる。

戦争が激しくなって言葉の権威は地に落ちたが、それまでは全国規模の弁論大会で、若者たちが獅子吼《ししく》ぶりを競っていた。『プルターク英雄伝』に登場するデモステネスの逸話なら、勝利も読んだことがある。

現在『少年クラブ』を出している講談社は、そのころ〝大日本雄弁会講談社〟を名乗っていた。牽引《けんいん》役だったのが雑誌『雄弁』であった。

戦前の日本が言論活動をすべて封鎖されていたわけではない。むしろ大正リベラルのころは、弁舌の才能が社会で広く認められていたのだ。残念ながら少年は、言葉が力を発揮した時代の日本を知らない。

弁論部の雄であった鏡子の父の家業は城東園の娼家であった。時局を先読みした咲原氏は大陸進出をもくろみ、軍人や南京《ナンキン》政府高官を顧客とする高級女郎宿を上海で創業した。

「咲原夫人はそれを嫌って日本にのこり、『旅荘ゆや』で働いていた……お母さんと死別した彼女は、父親を頼るほかなかったんだよ」

そして、敗戦。

父と娘はすべてを失って故郷にたどり着いたのだ。

「よく知ってると思うだろう」

操は苦笑いしていた。

「私の父がおなじ弁論部の先輩でね……その父は家業の寺を捨ててまで、女と所帯を持った。後輩たちの面倒見もよかったが、女の面倒もよく見る男だった。つまり母と私は父に捨てられたのさ。……もともと話の合う両親ではなかったが」

後半は操の独り言となり、勝利の記憶に強く残ったのは鏡子の身の上だ。

その縁があったから用宗校長は、旧友の娘を黙って受け入れたのだ。いったんはよく編入させたものだと思ったが、少年は考え直そうとした。

誰でも平等に教育を受ける権利がある、というのが民主教育なのだから、用宗校長の処置は……やはり正しかった……のか？

はっと気がつくと、操が勝利の顔を覗き込んでいた。

「黙っているね。今日きみは、咲原鏡子の裏の顔を見た」

「……はい」

勝利も操を見返した。

「では、いいたいことがあるんじゃないか」

この先生にしては珍しく曖昧な言い分は、剝き出しにされた事実を少年がどう受け止めたか、不安だからだろう。

「だったら今のうちに、私にいいなさい」

怒れ。あるいは泣け。

そうとでもいいたいみたいだ。だが勝利はかぶりをふった。

「感謝してます、ぼくは」

「ほう?」

ちょっと顔を離したようだ。

「いいクラスメートができた、そう思ってます」

彼女は戸惑っていた。

「お人よしの坊ちゃんだな、きみは」

「ハイ」

それも肯定した。怒らない、泣きもしない。むしろ笑った。

「日本が負けたときみたいな気分です」

こんなときなら冗談まじりで流せるという、坊ちゃんなりの計算もあった。

「サバサバして……諦めがつきました」

そういいきっただけでやめるはずだったが、涙声になったのは当てが外れた。

あーあ、みっともない……でもぼく、本気だったんだ！

「好きだったのに。畜生」

ズルズルっと鼻水が垂れ、あわてて腰の手拭いで拭いた。あーあ、みっともない……でもぼく、本気だったんだ！

そのことは、誰よりも自分が知っている……。

やっとのことで顔をあげると、対面の鏡の中で巴先生が勝利の肩に手を置いていた。優しい手触りを感じた。

「よし。踏ん切りがついたのなら行くぞ」

「え……」

「まごまごしていると、坊主が枕経をあげにくる。城東園の主人たちも顔を見せる。私たちの出番はない、というより邪魔だ」

「はい」

立ったふたりの姿もむろん鏡に映っている。

すると操はヒョイと勝利の正面に出て、腕をとった。

びっくりしていると、体を寄せてきた。

「ごらん、鏡を。これが社交ダンスの基本姿勢だよ。腕力で女性を引っ張り回すんじゃない、腰を使って合図して、自然に相手の動きを誘う。覚えておきなさい」

「はあ」

生返事した。ぼくにダンスなんかする機会がくるかしらん。そう考えたが、操の蜂みたいに締まった腰を抱くと、反射的に股間が立ったのには狼狽した。

僅《わず》かに間をあけて、彼女はスッと離れてくれた。

「いつか私ではない誰かと、夢見心地で踊るときがあるよ。……行こうか、車が置いてある。きみは家に帰るのだろう」

「はい、そうですが……校長先生が帰りに困るんじゃないですか」

「通夜という言葉を知らないのか」

一笑されてしまった。故人の親友がすぐに辞去できるはずはないのだ。居室棟の奥がざわめくのは、通夜の準備がはじまったからだろう。

道路にクロム・グリーンのクライスラーが放置されていた。これが東名学園の車だ。広くもない道だが、交通の妨げになる様子はなかった。雨模様のこんな夜に、通りかかる車なぞありはしない。運転席に乗り込みながら、操がぼやいた。

「左ハンドルの上にノーズが長くて見通しが悪い。まあぶつけてもアメ車は頑丈だから、気にするな」

物騒なことをいいながら発進した。

窓のいくつかに明かりを灯したアパートが、するすると横に流れる。

「ゾネハウスというそうだ」

「ゾネ……ですか」

「アメリカさんはオオゾネと発音するのが面倒なんだ」

「入居しているのは、進駐軍の……女の人たちなんですね」

「そのつもりで趣味の悪い絵を天井に描かせたらしい。それでもいついたのは城東園の娘たちだった。外人を連れ込むには場末感が強すぎたな」

雨が路面をぐずぐずに崩していた。ここと限らず舗装道路は市内でも中央部だけだ。少し走ると左右の家に赤い窓明かりが目立つようになった。

「城東園だよ」

色街という呼び名にしては色あせて見えた。菱形の窓枠に嵌《は》まったピンクのガラスは薄汚れ、外壁の裾に張り付く鉄平石《てっぺいせき》は車のはねた泥に彩られ、町並みまるごと蜘蛛の糸でからめ捕られたようにしょんぼりとして見えた。

雨の夜だがそれらしい女があちこちの家の軒に立ち、タバコの火を灯している。近づく車を見て、駆け寄ってくる女がいた。濡れそぼっていても、車の灯に照らされれば、十分にどぎつい衣装ではあった。

「なんだ、子供か」

女はあっさり窓から離れた。

丸坊主の頭を見て、客ではないことがひと目でわかったのだ。

「坊や、五年たったらまたおいで」

城東園の灯はあっという間に過ぎ去った。

速度があがって、車が大通りに出たとわかった。志賀《しが》公園を背に南下していたから、このまままっすぐ進めば東新町だ。

「家まで送ってもらえるんですか」

「そうだ。遠慮はいらない、私にも用があるんだ。きみの家のスタンド割烹に、友人を待たせているのさ」

「え、そうなんですか」

「いつかきみが褒めていただろう。今池のヴィヴィアン・リーの看板を」

「はい。『哀愁』ですね」

「それを描いた画家だよ。名古屋スタジオから呼ばれてきていた」

名古屋スタジオは、看板や店の装飾では一流の店舗だ。

「凄いですね。そんな人が友達なんだ」

目を見開いた。この先生にはいつもびっくりさせられる。

「画家なんていったら、本人は赤くなるけどね。私とは戦前からのつきあいだよ」

「先生の恋人ですか」

思い切って尋ねると、豪傑笑いされてしまった。

「残念ながら、全然違う。彼に肩書をつけるなら、そうだな……名探偵とでもいっておくか」

「名探偵！」

つづけざまにびっくりさせられた。

「そうだよ。那珂《なか》一兵《いっぺい》といってね」

第四章　探偵は推理する気がない

1

やっと自分の家にもどったときは、もう夜の九時近かった。大都市にしては夜の早い名古屋だが、さすがに栄町交差点の方向は、空がまだ明るかった。夜店の群れがアセチレンガスのにおいをふりまいているのだ。

とはいえ勝利の家の一角は、完全に闇の領域である。

当然だった。一〇〇メートル道路がまるまる勝風荘を呑み込むのだ。明かりといえば大棟門《おおむねもん》の門灯がついているだけであった。

途中で操に注意された勝利は、家に電話をかけていた。食事に間に合わなかったことを、予《あらかじ》め謝っておくつもりだった。

幸いといっていいかどうか両親は外出していて、電話に出たのは姉の撫子だ。

「料亭が臨時休業？」

聞いてびっくりした。店をほったらかして、どこへ行ったというのだろう。

「だから、お店のことで組合の事務局へ行ったの。寄り合いがあるって」

能天気な姉にしては元気がない。勝風荘の立ち退き期日が迫っているのだ。割烹《かっぽう》稼業に無関心な勝利は気のない返事をしようとして思い返した。

「別宮先生が、お友達とスタンドで会う約束なんだぜ。そっちも休みなのか」

心配は無用だった。あらかじめはいっていた予約だけは、店も責任があるから最小限の準備をしていたという。恐ろしいことに撫子の手料理だそうだ。

「接待役も梅ちゃんが休んで私だけよ。ひとりで三人分の愛想はふりまくけどね」

客商売が好きな姉の心強い返事だ。その後がいけない。勝利は耳を塞ぎたくなった。

「だからさっさと帰ってこい！　先生の前では怒れないから、今のうちに怒鳴ってやる……いったいどこをフラついていたんだ！」

騒々しい姉だが、級友の父親の急死と聞いて矛《ほこ》を納めた。級友の名が鏡子と知ったらまたひと悶着だから、急いで電話を切ったのがついさっきだ。

藍染め越しの障子だけうっすら明るい勝風荘である。クライスラーを駐車場に残して、勝利は案内がてら操の前に立ったが、もれてくる男の声に聞き覚えがあってびっくりした。操もふしぎそうだ。

「大杉がきてるのか」

我が物顔でスタンドの椅子のひとつを占領していたのが、焼きすぎのトーストだ。アロハの

前をはだけて、

「遅かったな、カツ丼」

掲げたグラスに琥珀色の液体が揺れている。ええっ？

「先生、いらっしゃい」

カウンターの中から撫子が、賑やかに操を迎えた。矛先は一転して弟に向けられ、

「コラ、そんな顔するな。この子が飲んでるのはアイスティ。でも那珂先生のグラスは正真正銘、ジョニ黒よ」

おお噂に聞く、ジョニーウォーカー、それも伝説の黒ラベルだ！

客より彼の手のグラスに、勝利は目を奪われた。

それほど、那珂一兵という操の友人は平凡なたたずまいであった。年齢は二十代半ばか、地味な縞のシャツの半袖で、目鼻だちもいたって尋常だ。彼よりトーストの方が、よほど映画の看板描きらしく見えた。

映画畑の会話なら弟よりトーストがいいと判断した撫子が、気をきかせて呼び寄せたそうだ。

自己紹介をすませて会話に加わると、商売柄とはいえ一兵は映画に関して博識であった。小《お》津《づ》・吉村・木下・黒澤といった名監督の作品ならまだしも、母もの映画からチャンバラまで目配りの広さに驚いた。

「……チャンバラというけど、ＧＨＱは斬り合い場面を忌避している。松竹の正月映画『愉快な仲間』を知ってる？」

むろん勝利は知らないし、いかもの食いの大杉も見ていなかった。

「題名は明朗サラリーマンものみたいだが、内容は歌舞伎の『天保六花撰』だ、生臭坊主の河内山宗俊《こうちやまそうしゅん》や剣客の金子市之丞《かねこいちのじょう》が出る。金子役は大河内伝次郎《おおこうちでんじろう》で、これがいざとなっても刀を抜かない。棒を使って捕手《とりて》と戦う」

「棒……ですか」

「まるで夢想権之助《むそうごんのすけ》だな」

大杉が感想を漏らしたが、勝利も『宮本武蔵』くらい読んでいる。

「片岡千恵蔵《かたおかちえぞう》が百姓一揆の味方をする『黒雲街道』だって、なぜか棒で渡り合う。さすがに稲《いな》垣浩《がきひろし》 監督だとそんな真似はしない。『黒馬の団七《だんしち》』という、やはり大河内主演の時代劇でね」

「立ち回りをどうしたんですか」

「団七が悪代官の配下に追われて、危機一髪！ チャンバラ目当ての観客なら目を皿にするだろ。劇伴《げきばん》が高鳴ると崖の上の乱闘が大遠景になり、勝負がどうなったかわからなくなる。そのとたん場面がロケから切り替わるんだ、団七の身内が待つセットの場面へ」

「へえ?」

「ここから先、映画は突然一人称になる」

少年たちはまばたくばかりだ。

「一人称って……『湖中の女』みたいに、カメラアイが主役の目になって描写する?」

「ロバート・モンゴメリーの監督主演ですね」

トーストがいえば、カツ丼も知識を披露した。映画でもスリラーなら見ているから、負けていない。

一兵は頼もしいファンたちに微笑を送った。

「そうだよ。……団七の目になったカメラがじっくりと、子分たちを嘗めるように撮ってゆく。みんな感極まった様子で、『親分』『親分』と迎えるんだ」

「はあ……」

「剣劇のスリルはけし飛んで、よくぞ生きて帰ってくだすったという、親分子分の感動場面にすり替えられるんだ。だから進駐軍のお眼鏡に適って上映されたわけ」

なにも知らずに巨匠のチャンバラを期待した大衆は肩すかしだが、操には納得のゆく話なのだろう、耳を傾けている。

「『雪之丞変化《ゆきのじょうへんげ》』という時代劇は知ってるね」

それなら勝利も知っていた。墓地が舞台の殺陣《たて》を記憶している。

「その焼き直しがやはり正月映画の『小判鮫』前後編だ。長谷川一夫《はせがわかずお》の一人二役、衣笠貞之助《きぬがさていのすけ》監督もおなじだ。どう工夫してもチャンバラを避けて通れない。そう思うだろ」

「でも誤魔化したんですか」

「誤魔化した。前編のクライマックスで、長谷川一夫と敵役の山路義人《やまじよしんど》が対決する。長谷川が履いていた草履《ぞうり》をパッと脱ぎ捨てる。いよいよはじまる！　観客全員が固唾を呑む！」

「はい」

「するとそこへ、ドンドコドンドコ。法華太鼓の音が聞こえてくる」

「ハア?」

「日蓮宗の行者の大群が割り込んできたんだ。法悦に浸った信者の大群は、対決を無視してドンドコドンドコ、ドンドコドンドコ……その場面に、〈前編　終〉の文字が被さる」

「そんなの、ひどいや!」

「欲求不満になっちまう」

「斬った張ったを否定する進駐軍を忖度《そんたく》したから、こうなった。おなじ長谷川一夫主演の『伊那の勘太郎』になると、戦時中だからやくざが勤皇に身を投じる愛国的結末だった。大衆娯楽はそんなもんだ。そのときどきのお上の意向で右にも左にも変わってしまうのさ」

　氷の溶けそうなジョニ黒を、急いで啜った。

「法華宗の代わりに、右往左往する馬でガンプレイが邪魔される趣向は、ジョン・フォード監督にあるね」

「『荒野の決闘』!」

　大杉が応じ、出遅れた勝利は不平をいった。

「刀はいけないのに、ガンはいいんですか」

「いいんだよ。アメリカでは銃の所持は許されている。だから千恵蔵は『七つの顔』を撮ったのさ」

「『二十一の指紋』ではカーチェイスの最中に、首を曲げては弾をよけたよ」

操まで話に乗ってきた。なんといっても映画は大衆娯楽の王様だ。

「でも千恵蔵には、金田一耕助役の『三本指の男』がありました。ピストルを振り回しません」

勝利がいうと、一兵は軽く笑った。

「その代わり柔道の達人だ。犯人を一本背負いで叩きつけた……ご本人のイメージと全然違って」

ご本人という言葉に、勝利はアッとなった。

操によれば、那珂一兵は金田一耕助の助手を務めていたんだ、現実に。

それを知らない大杉はふしぎそうだ。

「那珂さん、まるで金田一探偵を知ってるみたいですね」

「まあね」一兵はくすぐったそうに答えた。

「復員してから一度も会っていないけど、戦前の銀座で二度お手伝いしたことがある」

「きゃあ」

という声を漏らしたのは、縄暖簾《なわのれん》をくぐっておつまみを運んできた撫子だった。

「那珂さんて、あの金田一先生をご存じなの！」

「いや、だからぼくは、ずっと会っていないんだが」

ごにょごにょ誤魔化そうとする一兵を、操が決めつけた。

「遠慮するなって。きみ自身が名探偵なのに」

その断定ぶりに、大杉も撫子もびっくり顔だが、いちばん仰天したのは当の一兵ではなかったか。もう少しで椅子からすべり落ちるところだ。

2

遅い夕食――カツ丼に名古屋らしく味噌がかけてあった――をぼそぼそ食べる勝利の傍《そば》で、一兵は金田一耕助と共に関わった事件のあらましをしゃべった。

ひとつは有名な映画スターが、もうひとつは皇族の花嫁候補だった令嬢が絡んでいて、聞き応えがある。

「そりゃあいっしょに捜査したけど偶然なんだから。探偵どころか俺は使い走りさ。断っておくが、今の商売は看板絵描きだよ」

「そういうと思って、こないだの話を懇切丁寧に手紙に書いて送っておいた。届いただろう?」

操の目に力が籠もる。睨まれた一兵は顔をそむけた。

「まあ、届いたよ」

「ちゃんと読んでくれたね」

「読みました」

「それでどうなの、密室事件の感想は」

「密室？　そうじゃないと思う……」

答えたと思うとハッとしている。氷しかのこっていないグラスに、あわてて口をつけた。

そう呟いたときの操の表情が、勝利にはのちのちまで忘れられない。意外そうで、得心したようで。だが気を取り直して畳み込んだ。

「やはり、ね……」

「密室じゃないとはどういう意味？」

「……えっと、それはさ」

「あの密室が解けたんですか！」

勝利の気負った声が飛び出した。簡単には信じられない。確かに巴先生は現場に居合わせ、生徒たちの情報も細大漏らさず集めたはずだ。だからといって手紙に目を通しただけで、あの堅牢無比《けんろうむひ》な密室を破ることができたなんて。

おなじ疑問を大杉も抱いたようだ。

「聞きたいです、那珂さんの推理を！」

「いやいやいや」

一兵は手にしていた団扇《うちわ》で、バタバタとシャツの襟元に風を送った。

「そんな話より、きみは大の映画ファンなんだろう。『大平原』が気に入ったって」

明らかに話をはぐらかそうとしているが、大杉の映画好きは格別だから、勝利の不満顔をよそに誘いに乗せられた。

「はあ、五回見ました。監督のデミルってハリウッドを発見した人ですね。さすがに商売上手だなあ」

「というと？」

「スペクタクルシーンでは特撮にうんと金をかけてますが、エイキム・タミロフが悪徳商人をいじめる場面となると、演技は彼に任せて金のかからないセットですませてる」

「ほう、そんな見方をするのか」

「日本映画の特撮ときたら論外ですけどね。『駒鳥夫人』の洪水は水浸しの箱庭だし、まだしも『忍術千一夜』で海が割れるシーンは……」

「海が割れる？　『十誡』みたいだな」

黙って聞いているのも癪《しゃく》で、口をはさんだ。デミル監督がサイレント時代に撮った活動写真を焼け残りのフィルムで見ただけだが、いかもの食いの大杉は沢田正平《さわだしょうへい》監督の『千一夜』をちゃんと見ていた。

「モーゼじゃなくて、猿飛佐助が忍術で割った。特殊撮影は名カメラマン三木滋人《みきしげと》だから、まあサマになってた」

忍術映画では女子高生相手にしゃべりにくいから、こんな所で披露しているのか。一兵が苦笑した。

「進駐軍は忍術をファンタジーと認定したんだね、きっと。だからあの映画のチャンバラはお目零《めこぼ》ししてくれた。『バグダッドの盗賊』を真似た『月光城の盗賊』もおなじさ。俺は、あのバレバレだった空飛ぶ馬を、看板に描けと注文された」

「うわあ、描きたくなかったでしょう」

勝利が同情した。内容は大杉に聞いている。黒塗りの坂道を馬に駆け上らせ、夜空に合成させたら光の筋が漏れていた、とか。

「かまわないよ。そこは商売だもの」

一兵は達観している。

「画面以上の迫力を看板で出したつもりだから。それよかアメリカ映画の方がむつかしい。大女のバーグマンを可愛らしく描くのは大変だぜ。テレサ・ライトやディアナ・ダービンはまだしも、キャサリン・ヘップバーンの頬骨をどう誤魔化して本人に似せるか。映画館の看板は客が見上げるから、その角度まで計算して遠近をつける必要もあるし」

「なるほど。銀座で似顔絵を描いていたときとは、また違った苦心だな」

操も調子を合わせているが、勝利は大いに不満だ。一兵が解いた密室の謎をぜひ聞かせてほしいのに、そんな話は忘れたみたいで、巴先生は看板の仕事についてあれこれ質《ただ》している。

「那珂くんを招いた名古屋スタジオは、商店のレイアウトも引き受けているのか」

「ショーウインドーの飾りつけもね。こないだ東京へ勉強に出たんだが、進駐軍が持ち込む宣伝美術のレベルアップは凄いんだ。広告デザイン全体から商品名のロゴまで、宣伝美術のアメリカ文化を片端から吸収している。ソ連も歌だの踊りだの大衆文化では負けないけど、泥臭さがついて回るから、洗練された欧米映画は宣伝戦のすばらしい武器だ」

その点は勝利も賛成だった。

ヒューマニズムを口で説くより、クロスビーが牧師を演じた『我が道を往く』を見せた方が百倍早い。効率主義のテーマでは『一ダースなら安くなる』、家庭生活の楽しさなら『ママの想い出』。

「だがその自由闊達だったハリウッドが、赤狩りに晒《さら》されている。東西対立をあおる政治家が露骨な干渉をはじめたんだ。不景気や不平等を棚上げできるから、政治家は便利なイベント扱いするのさ、戦争を」

一兵が突っ放した姿勢で話すのは、自分の軍隊体験と無縁ではないだろう。

「仮想敵国をこしらえて関心をそっちへ向ける。国民が不満を忘れてよそを敵視するのを、愛国心だとおだててあげる。一〇年前の日本がそうだった」

「また戦争になるのかしら」

撫子が心配顔だ。

「名古屋にはもう空襲で焼ける町並みがないけど……あ、まだ四間道《しけみち》が残っていたか。ソ連も原爆をよそで爆発させたくてウズウズしてるしね」

「憲法で戦争を放棄しても、戦争は日本を放棄してくれないのか」

勝利のつぶやきに、大杉が皮肉で返事した。

「アメリカも、日本に戦争を放棄させたことを後悔してるぞ。平和憲法さえなけりゃ、盾の代わりに日本人を戦わせられるもの」

一兵がうなずいた。

「初期の占領軍はリベラル派が主力だったけど、東西対立のおかげで右派が力を持ってきたからね、たちまちキナ臭くなってきた……おっと、ごめん。長居してしまった」

あくびを嚙み殺す勝利に気づいて、一兵が立ち、操も立った。

「失礼しよう。運転役の私は飲めないしね。泊まりは呉服町《ごふくちょう》だったな、車で送る。遠慮は無用だ、学園の車だから……ついでにトーストも乗せてあげる」

ベーカリーは呉服町へ向かう途中にあるが、大杉は遠慮しようとした。

「いいから。用件があるはずだ」

「なんの用件ですか」

「学園祭の催しだよ。きみたちは、スチール写真を並べて、ミステリドラマを創りたいんだろう」

そこまでいわれると、勝利もわかった。

「ぼくが台本を書くヤツですね！」

「そう。その筋書きに合わせて、舞台設営が必要なはずだ。使えそうな大道具がスタジオにあれば、那珂くんの顔でロハで借りることができるぞ」

うまい話だ。むろん大杉も大歓迎だった。

「お願いします！」

話がきまると三人は、風のように割烹を出ていった。けっきょく密室の話はお預けだ。勝利ががっかりしていると、店の扇風機を止めた撫子が感心した。

「威勢のいい先生ねえ。その台本というのは、できてるの」

「まだこれからだよ」

「じゃあさっさと書きなさい……」

せかしたついでに思い出してくれた。

「舞台に使える機材なら、うちにもあるわよ」

「え、そうなのか」

「こないだ進駐軍の司令官をお招きしたとき使ったばかりよ。浪越《なみこし》会館の照明道具なの。スポットライトやボーダーライトがなん本もあるわ」

耳寄りな話だった。

浪越会館は栄町の北にあった名古屋芸者の稽古場だ。五年前に勝風荘の庭を使って師団司令部に、芸者衆が手踊りを披露した。その後空襲が日常化して会館も戦災をうけ、照明器具は勝風荘が預かりっ放しになっていたのだ。

「使えるかもしれない」

「しれないじゃなくて、使える台本を書きなさい！」

命令されてしまった。

3

部屋にもどると、真っ暗な中で室温ばかり上がっている。急いで窓を開け放したが、風鈴はチリンとも鳴ってくれない。首吊り死体より静かであった。

机の前で後生大事に抱えてきた風呂敷包みを開けた勝利は、すぐ包み直した。やっと買い込んだ推理小説だ。さっと読み流すなんて勿体ない。チョコをしゃぶるようにじっくり目を通すんだ。

そう思ったとたん、蟻酸《ぎさん》チョコの酸っぱさが舌に蘇り、鏡子の部屋が瞼《まぶた》に浮かんだ。

彼女の姿が、勝利の想念を覆い尽くした。

少年はブンブンと音をたてて首をふり、机に置かれた謄写版《とうしゃばん》用の鑢盤《やすりばん》に向き直った。手になじんだ鉄筆を持つ。

書き進めていた長編は三分の一まで進んでいたが、学園祭の台本の方は、まだ題名も決まっていなかった。

口うるさい高校生にアッピールするには、まずタイトルに吸引力が必要だ。

よし、『決闘』に決めよう。黒澤明が大映で撮った新作は、はじめ『罪なき罰』であったが『静かなる決闘』と改題された。フォードの西部劇も『荒野の決闘』だ。インパクトがある、それでいこう。

鉄筆の先端を蠟引きの原紙にあてがって、書く。「書く」というより「切る」。下に敷いているのは鑢盤だから、書こうとすると抵抗がある。縦横に線を引くときは鑢の枡目《ますめ》に沿うからいいが、斜線はともすると鉄筆の先を鑢にとられる。特に「闘」は字画が多くて書き辛い。

原紙に刷られた罫線《けいせん》を頼りに、一文字ごとの大きさを揃えねばならず、たちまち右手の指が悲鳴をあげはじめた。

タイトルにつづいて、配役を書いた。

女A　薬師寺弥生
女B　咲原鏡子
女C　神北礼子

オールスターキャストというわけだ。演出は大杉で撮影は勝利だが、男のスタッフに魅《ひ》かれて展示を見にくる女生徒は……いないだろうなあ。そう考えたからカットした。もともとこの台本を目にするのは、推研と映研の部員と顧問の先生、計六人だけなのだ。

次に舞台を想定しなくては。

巴先生の発案で、もと第六聯隊《れんたい》の営繕《えいぜん》棟跡を使うことが決まっている。卯坂を上り下りする度に見慣れた残骸だが、中まではいったのは一度きりだ。

三階建てに望楼《ぼうろう》が載っていて、階段は二カ所ある。地階もあったが被爆してほとんど埋まっていた。東西に長い箱みたいで、壁はコンクリートの打ちっぱなしという味気ない造りだ。主な役目は弾薬の貯蔵だからこの造作で十分であった。窓がフロアごとに二カ所しかないのは、湿気をきらうためだ。もっとも二階は爆撃で大きく壁が崩れていた。

あの一角がなにかに使えるだろうか。ジャン・コクトオは構想中の映画『オルフェ』で、パリの士官学校の廃墟を死の世界に見立てるそうだが、勝利としてはメインの舞台装置を古風な洋館に擬すつもりでいた。

三階の窓は枠が吹き飛んだが、原形を保っている。あそこなら飾りつけ次第で、古い館の窓に見えないこともないだろう。

窓をバックにテーブルを据える。

テーブルを挟んで椅子が二脚。

女たちが、そこでにらみ合っている……。

そんな情景を脳内に展開しながら、ガリガリと原紙を切った。

およその構想が固まってきた。

ふたりの女が男を争って決闘するんだ。

女Aと女B、それに立ち会い人の女C。彼女はあらかじめテーブルに、酒を満たしたグラスをふたつ用意していた。そのどちらかに毒がはいっている。女Aと女Bはグラスを、まるでカードをシャッフルするみたいに、代わりばんこに移動させる。勝手なテンポで往復させるから、やがて毒のグラスがどれであったか、三人とも見当がつかなくなる。

そこでAとBは、めいめいグラスを選んで同時に呷《あお》るのだ。

さあ、決闘の結果はどうなる？

――という、いたってわかりやすいサスペンスドラマを、スチール写真で構成する趣向だから、三人の女性はひと目見ただけで弁別される必要があった。

女Aに扮するのは、姫だ。

「やはり着物がいいな」

ガリを切る手を止めて、勝利の独り言。

装置をロハで組むくらいだから、衣装の予算なんてあるわけがない。すべて自前に決まっていた。

「薬師寺家だもの、着物の一枚くらいあるだろう」

痩せても枯れても江戸時代からの名門だ。そう勝手に決めつけて、次。

女Bの咲原鏡子はどうしたら。

着物とコントラストをつけるにはドレスがいい。

思い出すのは、クーニャンの衣装簞笥だ。色っぽすぎるドレスを学園祭に晒すのは無理でも、華やかな刺繡のチーパオは魅力的であった。クーニャンのあだ名を知るクラスメートに、うけることは間違いなしだ。

鳳《おおとり》が舞う中国服の裳裾《もすそ》が翻《ひるがえ》り、切れ目（スリットと呼ぶらしい）からほっそりと白い脚が覗き……。

小さな紅い唇があえぐように開くと、ハヤトの顔が肉薄する……。

手から滑り落ちた鉄筆が畳に刺さった。

勝利の体の一部が爆《は》ぜそうになったとき、

「はいるよ」

姉が声といっしょに顔を見せた。風呂上がりで顔を火照らせている。

「かっちゃんに電話。下に切り換えておいたから、さっさと出て」

「誰？」

「あんたの彼女」

鏡子ならふられた。

そう思ったが、姉の頭に鏡子の顔はないらしい。

「神北さんよ。バイト帰りだって。公衆電話でしょう、後ろに人が並んでるみたいだったから、ホレホレ、デンワ急げ」

つまらない冗談を、自分だけ笑ってから消えた。

急いで階段を下りると、とっつきが電話だ。

「もしもし」

勝利は無愛想だったが、礼子の声ははずんだ。

「大勢が待ってるからすぐ切るね。次の日曜、アルバイトが急にお休みになったの。だから

『断崖』を見ないかな。そう思って」

「ヒッチコックか、いいね」

現金に勝利の声も大きくなった。コヤは三番舘のCNC劇場だから安いはずだ。

「時間、作れる?」

家庭教師の内職をふたつ掛け持ちしている礼子と違い、勝利のノルマはガリ切りだけだが、一応もったいをつけた。

「作るさ。ヒッチだもん」

スリラーの巨匠として名が高く、客を呼べる監督として随一であった。

「私はケイリー・グラントが見たいの」

へえ……と思った。彼女のようなタイプでもファンの俳優がいるんだ。

「じゃあCNC劇場の前で、午後一時に待っているわ。……はあい、終わりました!」

最後の言葉は、並んで待っている客に告げたのだろう。庶民にとって電話が高嶺の花のころであった。

礼子と交代するように、姉の声が聞こえた。

「お風呂どうぞ! すんだらお湯を落してね」

浴室は一階の突き当たりだ。電話で下りたついでに浴びることにした。ぼんやりしていたので、鉄釜に触れて火傷《やけど》しそうになった。

戦争中も供出をごまかした五右衛門風呂の釜なのだ。弥次喜多《やじきた》ではないが、底板を嵌《は》めるのに少々コツがいる。首まで漬かってしばらくじっとしていた。

改めてこの半日の体験をふり返った。

口の回りを触ってみた。もう痛みはないが、口腔内で舌を回すと違和感が残っている。だが少年の傷口は胸の奥深くで遙かに大きく、まだジクジクと血を流していた。

目を瞑《つむ》り、一から十まで数えてから、目を開けた。泣くのでも怒るのでも怖がるのでも、それだけ数える間我慢しなさい。それが死んだ祖母の教えだった。たいていのことは、数える間におさまるよ。

爆撃で試したときは、ふしぎと胴震いが止まったりした。

だが今日はいけなかった。

気がつくと涙が流れていた。まるで幼稚園の子どもだ。

そんなに堪《こら》え性《しょう》がなかったのか、ぼくは。

ザブザブと顔を洗った。

浴室を出ると、洗い立ての下着が揃えてある。姉が用意してくれたのだ。さっぱりして二階に上がると、チリンと涼やかな音が勝利を迎えた。

ああやっと風が出てきた。

机の前に陣取っておもむろにガリ版の原紙に向かう。まず学園祭の台本だ。そいつを書きあげた勢いで、長編の原稿にぶつかってゆく!

流れはじめた首筋の汗を手の甲で拭い、鉄筆をとった。

第五章　キティ台風襲来の夜に

1

夏休みは峠を越そうとしていた。セミの声もアブラゼミからツクツクボウシに代がわりしていたが、暑いことに変わりはない。出校日でもないのに勝利が部室にいるのは、脱稿した台本をみんなに読ませるためだ。読後の部員たちの目が怖くて、部室へ逃げ込んだ勝利は、窓を全開にしてからぐにゃりとソファーへ沈みこんだ。

複数の足音が近づいた。

誰だろう……今ごろになってクーニャンがきた……わけはないよな。

勝利の元気がないのは、ゆうべ半徹して台本を書きあげたことより、咲原鏡子が顔を見せなかったことの方が大きい。

素顔を知られたのがショックなのか、ぼくがいいふらすとでも思ったのか。あーあ、信用なかったんだな……気温が三五度を超えると、脳の活性度が三割落ちるそうだが、勝利の思考ときたらマイナス限定で落ちてゆく。

「けっきょく刑事はあれっきりかね」

聞こえた声の主が用宗校長だったので、勝利は体を起こした。

「はい」答えたのは別宮先生だ。

「学園に警察はまだ……?」

「電話一本かかってこないよ」

用宗はホッとしていた。学園経営では辣腕《らつわん》をふるうという噂だが、面と向かえば線の細い学究タイプにしか見えない。操にいわせると「案外タヌキ」だそうで、よくも悪くも勝利には理解しにくい大人なのだ。

「まあいい。県警本部には顔がきく。多少のことはなんとかするよ。任せておきなさい」

頼りない声で図太いことをいう。ふたりは戸口で立ち話していた。

「せっかくの修学旅行が台無しで、生徒たち気を滅入らせてはおらんかね」

校長の気配りを、巴先生は笑い飛ばした。

「亡くなった被害者には申し訳ないが、推研なぞ嬉しがっていますよ」

「別宮先生。間違っても不謹慎《ふきんしん》な口をきかんように」

釘を刺す用宗だが、操の口調は遠慮がない。

「安心してよ、おじさん」

勝利はたまげた。巴御前が、校長をおじさん呼ばわりした!

「人前でこんなことというもんか。徳永先生はラジオに番組を持ったこともある名士だからね」

「わかっているなら結構。……あんたの父上も危うかったが、きみはそれを上回る。油断できん」

ああ、そうか。先生のお父さんは校長の先輩だったんだ。それにしても「おじさん」にはたまげた。いったい巴先生のどんな点が危ないいんだろう。

冗談まじりでいいおいた校長は、足音をたてて去って行き、操が部室の戸を開けた。

「いたのか」

予期したようで、勝利を見ても驚かない。

「はあ、いました」

あくびを堪《こら》えて尋ねた。顧問の彼女に台本の感想を聞きたくて、部室に待機していたのだ。

「どうですか」

「まあまあだな」

操は手にしていた台本のプリントを、テーブルに載せた。

「トーストたちはどういってました?」

大杉たちは教室に残っていた。勝利としては面と向かって酷評されても辛いし、トーストたちもいいたいことがいえないだろう。もちろん操は、その気持を見抜いていた。

「安心しなさい。みんな出来ばえに満足した。これで準備を進めるそうだ。四人そろって読んでからの結論だよ」

「四人ですか？」

「ああ。あの後、咲原も顔を見せた」

「そうでしたか」

反射的に声を弾ませた勝利を、巴先生はジロリと見た。

「彼女にいったんだろう。学校で会おうと」

「ええ、……はい」

「だから来たといってる」

よかった！　あのおばさん、クーニャンにきちんと伝えてくれたんだ。自分でもびっくりするほど嬉しくなっていた。

「……で、みんな舞台へ駆けつけたはずだ。だからきみを呼びにきた」

「舞台ですか？」

すぐわかった。第六聯隊《れんたい》の営繕《えいぜん》棟だ。

「はい、行きます！」

窓を閉めるとツクツクボウシの声が低くなったが、それは校庭に下りるまでの間のことだった。丘の松林が爆発したみたいに喚いていた。

「ご苦労さま！」

営繕棟へ足を向けた操が初老の守衛に、手をふった。

正式に学園用地が広がったと宣伝したいのか、守衛室の小屋が学園と営繕棟の双方を睨む位置まで、移動されていた。

卵坂に平行した敷地なので、だらだらと長い斜面がつづき、しかも広い。門から営繕棟までゆっくり歩くと一五分かかる。黙って歩くには距離がありすぎたので、勝利は話しかけた。

「先生のお父さんと校長先生は、仲がよかったんですね」

「家が近かったからよく顔を見せた。今の校長と私は、そのころおじさんとミー公の仲だった」

「ミー公ですか」勝利は笑いを堪えた。

「小学校にはいったころだ。私は男とも女ともつかない教育を受けていた」

「お父さんがスパルタだったんですか」

「母親だよ、私をしごいたのは」

「ああ、別式女《べっしきめ》……」

「後釜にすえるつもりでいたからな……アナクロもいいところだ」

操はククッと笑った。

「父は反対だった。私を女の子らしく育てたかったんだ。あいにく気の弱い父に発言権はなかったがな。母と軋轢《あつれき》のつづいた父は、自分の思い通りになる女を外で作った。口説き上手の優男なんだ。おじさんはそんな親父を見て見ぬふりをした……」

「男同士の友情、ですか」

「お、凄いことを知ってるね。女のところへ走った親父に代わって、おじさんは詫びにきた。小学生の私だったが、母とおじさんの会話は十分に理解できた。ああそうか、父親は二度とここへ帰ってこないんだということが」

「……」

「わかったとたん、私はおじさんを殴りつけていた。手元にあった裁縫の物差しで、頭を肩を力まかせに殴りつづけた。母に教えられた小太刀《こだち》の型でワイシャツの胸をどついた」

「わあ」

「裏切った父親の仲間だ、そう思うと容赦なかった。おじさんは黙って私に打たれていたよ。しまいに鼻血が止まらなくなって、さすがに母は止めた。……校長が私を危ないというのも当然だ。頭に血がのぼると見境がなくなる私を知っていたから」

そのあとでつけくわえた。

「母も母でね。父がいなくなるとすぐ後釜の坊主を見つけた」

二の腕で額の汗を拭ってから、前方の水たまりを見た。

セミの声が少しだけ遠くなっていた。

「ワスレグサだ。……まだよく育っていないが」

塀越しに卵坂から流れてきた水が溜まっている。側溝が壊れたまま放置されていたので、小さな池ができていて、一隅に樺色《かばいろ》の花がチンマリと開いていた。

「はじめて聞きます。ワスレナグサではないんですね」

「萱草《かんぞう》だが中国では昔、忘憂草《ぼうゆうそう》といった。この花を見ればイヤなことを忘れるというんだが……」

「だからワスレグサですか」

「そうだ。溝や池の縁に生える……こんな花が育つようでは、ここも本格的な廃墟になったな」

操は笑った。

「電気と水だけ引いてある。とりあえずは井戸水だがね。取り壊して校舎を建てるのは、年末か来年になるか」

三階建ての大型墓標みたいな営繕棟の入り口に着いたころは、ふたりとも汗に塗《まみ》れていた。

「おう、カツ丼。お疲れ！」

三階の窓から大杉が手をふり、礼子が隣でいつもの笑顔を見せていた。

入り口だの窓といっても、それらしい場所にそれらしい開口部があるだけの、コンクリートの直方体であった。

焼夷弾ばかりか爆弾も投下されており、満身創痍《そうい》の焼けビルだが、さすが軍の収納施設だけに建物自体はがっちりしていた。

階段の手すりは随所が焼け焦げたままでも、操や勝利は苦にしない。地階の司令室は埋まったままだが、階上にはちゃんと通じている。リズミカルに三階までのぼった。北側の入り口に近いこちらは甲階段と呼ばれ、奥にあるもう一組は乙階段だ。甲乙両方の階段にはさまれた三階の一部だけ清掃ずみで人間の活動を許しているが、三階全体からすれば半分もない広さだ。あとは階下をふくめて荒れ果てたままで、焼け残った造作や備品、仕切りや棚などは解体され搬出されたが、地階はずっと放置されていた。

パイプ椅子が何本か三階まで運ばれており、そのひとつに腰を下ろした若者が「やあ」と手をあげた。

2

勝利が目を大きくした。

「那珂先生！」

一兵が苦笑した。「そのセンセイはやめてくれよ」

「あんたは月になん回か名古屋スタジオへ、職人たちに看板を描くコツを教えにきてるじゃないか。立派な先生だ」

操にいわれて頭をごしごしかいた。身の回りをかまうタイプではなさそうだが、信州から着いたばかりらしく、今日は真新しいアロハに袖を通していた。

「あいにくぼくは、別宮さんの生徒たちになにも教えていないから」

「だからこれから教えるんだよ」

「え、なにを」

一兵がキョトンとすると愛嬌があってなかなか可愛い。勝利は年上の青年に失礼な感想を抱いてしまった。

その場に顔を並べていたのは大杉、弥生、礼子。あれ、鏡子がいないと思ったら、魔法瓶を提げて階段を上がってきた。壜の意匠の桜色を記憶していた。ゾネハウスの私室から持参したらしい。今日はオリーブ・オイルの髪留めだったから、なんだかホッとした。

勝利に他意のない微笑を送った鏡子が、湯飲みに水をついで一兵にすすめると、喉が渇いていたとみえ美味《おい》しそうに飲み干した。

「井戸水だから、少しは冷えています」

「ありがとう」

笑顔になった一兵を、部員一同に向かって操がひきあわせた。

「この一角が学園祭のスチールドラマの舞台になる。そのために美術全般のご指導を願う那珂先生だ……な、先生に違いないだろう」

一兵もしぶしぶ納得した。

「わかったよ、別宮先生。……えー、俺が那珂一兵です。全員、もう台本を読み終えたんだね」

「はい、那珂先生！」

みんなを代表して、姫が元気よく手をあげる。

「この台本の作者はきみだったな」

改めて聞かれて、照れ臭そうに勝利がお辞儀した。

「まだ俺もざっと目を通したきりだが、およその雰囲気は摑んだつもりでいる。演出の大杉くんから、特に台本へ注文はない？」

「ないんですが、できるだけ重厚で見応えのある画面にしたいです！」

操はニヤニヤするばかりだが、勝利は少々不安になった。ぼくらにとって最初で最後の学園祭だ。張り切るのは当然だが、力みすぎるなよトースト。

一兵は大杉の言葉をゆるく受け止めていた。

「重厚ときたか。派手に華やかにというのが俺の商売だから、うまくゆくかどうか心配だが、ベストを尽くすよ。まず最初にカメラの位置決めをしよう」

え、そこからはじめるのか。まごついた勝利に、一兵が問いかける。

「カメラマンもきみだね。メインのアングルをどう決める？」

「あ……はい。女性ふたりの決闘が主題ですから、テーブルを挟んだAとBを対等にいれた構図で撮りたいです」

「ツーショットというわけだ。だけど話にはもうひとり重要なキャストがいる」

「私ですね」

礼子が前に出た。

「そう、女Cだ。大杉監督としては、彼女をどこに座らせるの？」

一兵の立ち位置はいわば監修役だろう。公平に大杉にも質問を投げかけると、彼はやや気負った言葉を返してきた。

「座らせません。立ったままの芝居をつけます。彼女はドラマの進行役だから……それもラストでは仮面をぬいで黒幕の正体を現すんだ。でもそれまでは素知らぬ顔で、決闘の司会役を務めている……凄い悪女だよな、こいつは」

大杉が話をふってきたので、勝利は即答した。

「女はみんな悪女だもの」

「あ、ひどいです」言葉とは逆に弥生が楽しそうに笑った。

「まあ、そうよね」礼子はこともなげに、いつもの笑みを返した。

「……」鏡子は声をたてずに微笑した。

「やれやれ」操は余っている椅子のひとつに腰を下ろした。

「それが風早の共学体験から生まれた女性観か。貞淑生え抜きのオバサン先生が聞いたら怒るだろうな……私はなにもいわないよ。進めてくれ」

「はい。……女Cの定位置はここにしよう」

テーブルの真横に移動する大杉に、礼子がつづいた。

「三人とも自分の位置についてくれ」

弥生と鏡子はそれぞれの椅子に座り、礼子がふたりを等分に眺める場所に立つと、背後から勝利が注文した。

「級長。もう少し左だ。二歩動いてくれる?」

大杉が勝利に並んだ。

「ああ、ここならCの背中でAとBを画面の左右に振り分けて撮れるな。バックの窓もちょうどいい。目いっぱいに空が広がる。……これがドラマ進行のキー・ポジションになるわけだ」

「位置決めができたら、Cの立つ床に印の煉瓦を置こう」

見守っていた一兵が、隅に転がっていた煉瓦を勝利に渡した。戦災前は部屋の隔壁に使われていたとみえる。煉瓦以外にも布だの縄だのベニヤ板といったガラクタが纏《まと》めて山積みされていた。一応清掃ずみとはいえ、焼跡の殺風景さに変わりないのだ。

礼子の足元に煉瓦を置いて、大杉に確かめた。

「監督」

「なんだよ、カメラマン」

照れもせずに応じて、サマになっている。顔が黒いから、監督といっても土木工事の監督にふさわしいが。

「カメラ位置を変えたとき、煉瓦が邪魔になるか」

「いや、足元まで撮る予定はないから、置いたままでいい」

「よかった……」

礼子がホッとしている。

「足元が写らないなら、靴はなにを履いたっていいのね」

「ダメだ、台本をちゃんと読んだのか。女Cは古い邸《やしき》の召使だぜ。厚手の草履《ぞうり》がいいな。最後にあんたが窓から落ちかけるだろう。当然、写りこむさ」

「トースト、厳しいわね」

弥生がいうと、大杉はマジメな顔で叱った。

「この舞台では俺はトーストじゃない。監督だぞ！」

「その通りだよ」

音をたてない程度に小さく拍手を送った操が、勝利を手招きした。

「照明に必要な機材を、那珂くんと相談して決めなさい。勝風荘の手持ちだけで不足なら、名古屋スタジオが貸してくれる約束だ。芸者衆の手踊りを見せたのなら、音響関係の備品もあるんだね？」

「ハイ、用意できます。使い方も本番までに覚えます」

「頼むよ……姉さんにもよろしくいってくれ。次はぜひ私が浴びにゆくと」

「風呂を？」

「ばーか。酒だよ」

ふたりの会話に併行して、大杉監督の演技指導は着々と進んでいて、一兵は安心したらしい。操の椅子に近づいてきた。

「あの穴の下の端を花で飾ろう……棚を吊って植木鉢を並べるんだ。白黒写真でも雰囲気が出せるだろう」

「でもぼくの台本では、あの窓に雷が落ちて砕ける設定ですけど」

すぐ応じたのが操だった。

「そう、絵としては派手だが、学園祭に特殊撮影の予算なんてないよ。たとえスチール撮影でも、どうしたら説得力のある写真になるか、少々気になっていた」

「はあ、それは……」

勝利は口ごもった。

大杉が注文をつけると思っていたのだが、スンナリOKしてしまった。見物客を納得させる場面をつくる自信があるのだろうか。『桑　港《サンフランシスコ》』の大地震、『雨ぞ降る』の洪水シーンを喜んでいた彼だから、成算があるのかもしれないが……。

「もちろん考えてあります」

いつの間にきていたのか、一兵の後ろから長身の大杉〝監督〟が首をのばして請け合ってみせた。

3

勝利の台本によれば、ドラマはこんな具合に進んでいった。

女Aと女Bが、この邸の主人を奪い合って決闘する。どちらかが毒杯を仰いで死ぬのだ。……いや、女ふたりはそのつもりでいたが、実は立会人の女C――邸の召使もまた主人と結婚する計画を巡らせて、グラスの双方に毒をいれていたのだ。

ふたりが死ぬと同時に、悪女の正体をあらわにしたCが笑いだす。

すると、死んだはずのAとBがムクムクと立ち上がって、茫然《ぼうぜん》としたCを窓から突き落そうとする。いつの間にか密約を結んでいたAとBは、Cの計画を察知していたのだ。窓際で争う三人。

その窓に雷が落ちて、三人の悪女は死に――あとに窓を飾っていた花々が散っている――

The End.

操と勝利が危ぶんだのは、落雷の場面である。

「雷が落ちた瞬間は、フラッシュを焚いたみたいに露出オーバーの一枚をいれる。でもその次だよ。窓の前が無人になり、テーブルがひっくり返っている程度では、落雷直後の気分なんか出ないと思う」

そういってから、勝利は苦笑した。

「自分で書いておいて、勝手な言いぐさだと思うけどさ。でもそこは演出の領分だから……」

「俺に押しつけたってか」

監督が笑うと、集まってきた三人の〝女優〟もてんでにいいだした。

「そこは、私も心配していましたわ」

弥生がいい、礼子がうなずいた。

「女たちがいなくなった、というだけのラストでは締まらないでしょう?」

「落雷直後が最後のカットになるわけね。……あら。でも、そうだとしたら」

なにか考えついた鏡子を見て、大杉は満足そうだ。

「さすがクーニャンは推理小説研究部だな。部長のカツ丼より冴えてるぞ」

「わかった、閃いた!」

勝利はパッと笑った。

「最後のスチールだけ、二階で撮るんだろう!」

その一言で理解したのは、別宮先生だった。

「そうか、セットの吹き替えというわけだ」

そこまでいわれても、一兵と少女たちにわからなかったのは、今日はじめてこの営繕棟に足を運んだからだ。

「こいよ。ラストカットの手品のタネは二階にある」

大杉の先導で、みんなぞろぞろと甲階段を下りた。

「ちょうどここが、さっきの舞台の真下にあたるんだ……な?　もう説明は不要だろう」

いわれるまでもなく、一兵が代弁した。

「わかったよ、大杉くん。二階も三階もおなじ位置に窓があって、区別がつかない。だが三階の窓は原形を保っていても、二階は窓の形をなしていない。まるで雷撃を食らったように崩れている」

実際の崩壊の理由は爆撃だ。一〇〇キロ爆弾が二発つづけて飛び込み、一発は窓と壁を破壊して、もう一発は不発弾で床をぶち抜き地階まで落ちた。むろん不発弾はとっくに処理ずみだが、裂けた壁や窓と穴の開いた床は、補修の手もつけられていない。

「四年前のままなのね……」

礼子が感慨深く見回したのは、自分の家が焼き払われた三月一九日の空襲を思い出したからだろう。一〇日の東京下町の惨劇につづいて、名古屋ではおなじ大規模無差別爆撃が三月中に三度行われたのだ。

「あのときは写真一枚持ち出せなかったわ」

「私が持って逃げたのは、大きなキューピーちゃんでしたの」

弥生が笑った。

「でもセルロイドだったから、火の粉であっという間に焼けてしまった。お姉ちゃんは三代前のお内裏《だいり》様を持ち出したけど……」

勝利に見つめられた姫は顔をくしゃくしゃにした。

「とっくに死んじゃった」

死因がなんだったのか、そのときの勝利は聞く暇がなかった。

無残な窓の残骸を指して、大杉は勝利に念を押した。

「カメラのキー・ポジション、よろしくな」

「大丈夫だ」頼もしく首肯してみせる。

「三階とおなじ距離、おなじ構図で狙うから」

「……そこでひとつ、俺に提案させてくれないかな」

操と大杉や勝利を等分に見ながら、一兵が切り出した。

「写真を撮るのは、夜だね？」

そのつもりでいた。モノがモノだから、青空をバックに朗らかな雰囲気で撮るのは場違いだろう。

「となると、正面の窓はただ暗いだけという場面になる」

大杉は不平顔だ。

「仕方ないと思いますが……」

「これが動く写真ならまだしも見映えするけど、止まった絵では迫力が出ない……でもこの舞台は、撮影所のセットじゃない。本物のコンクリート建てだ」

「本物ならどうなんだい？」

操もふしぎそうだ。

「本物の雷雨とか本物の台風を背景に撮ることができたら。そう考えたんだ」

監督にもカメラマンにも想定外のアイデアだったから、顔を見合わせた。すると一兵は、まるで尊敬する金田一先輩を真似たように、頭をごしごしとかいた。さいわいフケは飛ばなかったし、どもりもしなかった。

「短い時間に終わる雷雨と違って、今は天気予報がある。台風もなん日か前から、およその大きさやコースを予想できる。学園祭まで時間的な余裕もある。……こんなことをいうと語弊《ごへい》があるけど、それまでにうまく東海地方へ接近してくれれば、この舞台で台風を迎え撃つことができる」

「ははあ……」

大杉が吐息をついた。その表情を見て、勝利は彼の気持をありありと察することができた。

(トースト、乗ってやがる!)

「まあ、相手が台風では学園としても、簡単に撮影を許可しないだろうが」

「大丈夫ですよ」

果たして監督は請け合った。

「嵐でも撮るのはこの建物の中です。トタン板や木の枝が飛んできたって、怪我するはずはないです。工事にとりかかるのはずっと先で、それまでここはあくびしてるんだから、学園祭で使ってやれば校長も喜びます。ねえ、顧問」

操は苦笑してその場を納めた。

「まあ、用宗先生には伺ってみるけど、現実にそんなあつらえ向きの台風がくるかどうか、それがまず問題だろう?」

操の指摘は的確であった。

だが、そして。

一兵の注文通りに台風は襲来した。

4

昭和二四年八月三一日。台風10号、通称キティ台風が本土に上陸する。

キティは国際名であり、この年の台風10号にあたる。二七日南鳥島《みなみとりしま》付近で発生した台風は、今日三一日にはいって関東地方直撃の気配を見せていた。

隣接する東海地方も午後にはいって風、雨ともに強まっており、こんな形容は不謹慎だがスチールドラマ撮影に絶好の機会を提供することとなった。

部員たちは嵐に対応する支度を整えて午後二時に営繕棟へ集合した。学園備えつけの軽トラに乗った巴先生が、名古屋スタジオを回って入り口に到着すると、待ち構えていた五人が手分けして、借りた小道具や照明器具を撮影現場の三階まで運びあげる。

一兵があらかじめチェックしてくれたから、必要十分な品々が揃ったはずだ。

営繕棟は東西がほぼ三〇メートル、南北が一〇メートルの長方形の建物である。爆撃の被弾跡は二階と一階にまがまがしいが、三階は被弾を免れたものの焼け焦げた。

可燃物や火薬のたぐいの大半は空襲に備え搬出されていたが、のこされた僅《わず》かな重油に火がついて、炎の舌が全館を嘗め回した。その結果が今の荒涼とした廃屋である。

低空からの爆撃はさいわい小型爆弾の二発のみで、一発が二階の壁と窓を砕き、不発弾のもう一発は床に径四〇センチの穴を穿《うが》って地階まで落下した。撤去作業は終わっても二階を貫通した穴がそのままだから、危険防止のため簡易な木柵で囲ってある。

そんな階下に比べれば、軀体こそ荒れ果てているが、大勢が踏み歩いてビクともしない三階である。

「キティ夫人のパンチを頂戴しても、壊れませんわね」

ひと仕事終えた姫があたりを見回す。

戦後の台風には、米軍がすべて女性の名をつけていた。ハリケーンとおなじで、アメリカ流の命名だ。

「室戸《むろと》台風なんかより、耳当たりは柔らかだな」

勝利がいえば、大杉が応じる。

「バカいえ。女名前の方がずっと怖いぞ」

「姫台風。クーニャン台風。級長台風……あまり怖くなさそうだ」

「巴台風だったらいかがでしょう」

弥生がいったとき、甲階段から本人の声が聞こえた。

「ロッキングチェア？　いっちゃん、そんなものまで見繕ってくれたのか。せっかくだけどいらないな」

「じゃあどうしましょう」

「三階まであげても仕方ないんですね」

礼子と鏡子の声がそれにつづいた。

「二階に転がしておけばいい。明かりがいるからスタンドもいっしょに残して」

「はあい……」操の指示にふたりが同調している。

手拭いで額を拭き拭き、操が階段をのぼってきた。

「おっ、もう窓の飾りつけはすんだか。さすが薬師寺のセンスだね」

「はい、ベストを尽くしましたわ」

自信ありげに弥生が胸を張った。造花を植えた木造の棚が縁取ると、四角な穴がお屋敷の窓に見えてきたから大したものだ。

「すみませーん、幕を取り付けるの手伝ってくださーい」

礼子が二階から呼んでいる。

「おいきた！」

男ふたりは階段を下りていったが、弥生は満足そうに造花の花びらを揃えはじめた。操が窓越しに空を仰いだ。

「あやしい雲行きだな。薬師寺、雨が降り出す前に衣装を替えた方がいいよ。ひとりずつキャストを紹介する写真から撮るそうだ。このスチールに嵐のバックは不要だからね」

弥生がキョロキョロした。

「あの、どこで着替えればいいんでしょう」

「二階が更衣室代わりだ。それで幕を下げている。あんなに壁が破れていては、どこから見られるかわかったもんじゃない。夜になったら明かりで目立つし、今のうちに目隠ししておくのさ」

「あ、そうですね。私も手伝いますよー」

陽気な姫君につづいて、操もふたたび下りていくと、あらかた幕張りの作業が終わって、二階は宵闇の暗さに沈んでいた。

「おっと」

勝利がロッキングチェアにぶつかったほどだ。焦げ茶色の椅子は、よく注意しないと床に同化して見える。それよりも乙階段寄りに置かれた囲いのクリーム色が目立った。爆弾がぶちぬいた穴の防護柵だ。

「あそこから落ちたらカツ丼、足を折るぞ」

「そこまで痩せてるもんか。大丈夫」

いいあいながら、持ち込んだフロアスタンドの明かりを点ける。めいめいが用意した懐中電灯はあるが、やはり大型の照明がほしい。工事のため各階に電気がひかれ、コンセントもあるのだ。

たっぷり分厚い綿のカーテンだが、古いだけにあちこち孔が開いていた。

「ちょうどいいわ」

礼子が持参した小型の鏡を、孔のひとつに針金で器用に吊るした。

「ハイ、更衣室の出来上がりよ」

「さっきはラストシーンだったのに、二階も忙しいわね」

鏡子が笑った。スチールドラマの最後の一枚は、落雷の跡を残して無人の情景が映される。悲劇の夜が明けると、いっそあっけらかんと明るい空、崩れた窓。そんな絵は、すでに勝利が撮り終えていた。

幕を隔てて風がうなると、重量感のある幕の裾がわずかにはためいたので、操がロッキングチェアを移動させて重しにした。

殺風景なコンクリートの空間には棚ひとつない。着替えた後の制服の置き場もないから、礼子が機転をきかせた。

「この上に置きましょうよ。床では濡れるかもしれない」

「けっこう役に立つのね、あなた」

鏡子が背凭《せもた》れを撫でると、ロッキングチェアは優しく揺れた。

「『風と共に去りぬ』では、テラスにこの椅子があったの。きまってここに座っていた老女が亡くなると、まるで主人の死を悼むように、風雨の中で椅子が揺れつづけるのよ。印象的なシーンだったわ」

「くそっ」

悔しがったのは大杉だ。

「日本で見られるようになったら、絶対に行こうな、姫」

「ええ、参りましょう。私とヴィヴィアン・リーのどっちが美人か見極めてくださいね」

「ンなもの、お前にきまってらあ」

「はいはい、仲がよくて結構ね」

鏡子は笑ったが、礼子は笑えない様子でふたりを見つめている。勝利もおなじ思いであった。

大杉と天野《あまの》という生徒がもめたことを覚えている。

5

先日の出校日だ。大杉が教室に顔を見せたとたん、クラスメートの男たちがぴたりと口を閉ざしたことに勝利は気がついた。直後に登校した弥生を見て、女生徒たちの間でクスクス笑う声が湧き起こった。

天野という顔に険のある少年が、大声をあげた。

「いっしょに登校したんじゃないのかよ」

弥生はそそくさと自分の席についたが、大杉はめげずにいい返した。

「ひとのことを気にするなって。……それよか天野、お前臭いぞ」

「あ?」

「タバコだよ。トイレで吸ってたんじゃないか」

「バカいえ、そんなもん」

「トイレに手帖が落ちてたって?」

「なんだと」

反射的に胸のポケットに手を当てると、大杉が笑い飛ばした。

「お前の手帖だなんていってやしねえよ」

「なにっ」

ツカツカと近づいた天野が猿臂《えんぴ》をのばすと、一瞬早く大杉がその手首を摑み止めた。力はトーストの方が上らしい。天野が顔をしかめたとき、弥生がふんわりした声をかけてきた。

「アラお手洗いは夏休みのうち工事じゃなかった?」

「違うわよ、トイレ工事は新校舎だけ」

級長にいわれて首をすくめたが、間違えたのではなく姫なりに仲裁したつもりだろう。そこへ出席簿を抱えた別宮先生が現れたので、そのときはそれで終わった。だが自分の机に引き返すときの天野の視線のとげとげしさに気づいて、勝利はいやな気分になった。陽性な大杉は弥生と連れ立って行動するのを、いつも隠そうとしない。

「少しは遠慮しろよ」

注意してやった直後だけ、「あははは。嫉かれて刺されたら、カツ丼のネタにされるからな」

笑いながらも多少はブレーキをかける。だがそんなときに限って、弥生が人なつこく大杉に話しかけたりするのだ。

「『お嬢さん乾杯』行きましょうよ、原節子に佐野《さの》周二《しゅうじ》、監督が木下恵介で面白いって」

「おう。つきあってもいいぞ」

あけっぴろげにＯＫするから、クラスのそこここから睨みつけられる。まだほとんどの生徒たちはアベックで映画に行ったことがなかった。

実際はこの映画に勝利も礼子を誘って、四人いっしょに見に出かけている。

「ブツブツいっていないで、みんなも行けばいいのにね」

というのが礼子の感想であったが、まだ男女共学はスタートしたばかりだ。誰もがトーストと姫のコンビのように、天真爛漫につきあえるものではなかった。進駐軍が考えるより日本の若者たちは、男女交際について長い間世の中から陰湿な――はやりの言葉でいえば〝封建的〟な目で見られていた。横溝映画の中で片岡千恵蔵扮する金田一探偵が、連続殺人の動機を慨嘆《がいたん》する台詞がある。それが「封建的な、あまりに封建的な！」であった。

生徒たちがそうなら、教員たち大人はいっそう頭が固かった。侵してはならぬ男女の境界を根こそぎぶち壊す共学制度など、猛獣を野放しにする暴挙としか思えないに違いない。進駐軍の命令だからしぶしぶ従ったものの、教育委員会が遠回しに修学旅行を否定したのは当然であった。

もと女学校の教員の目には思春期の男生徒は飢えたオスであったし、皇国教育のもと若者に「ハタチまでに死ね」と叱咤した旧制中学の教員は、若々しいメスの扱いに途方に暮れていた。

その点では米軍の本土上陸を待ち構えたと称する夏木先生なぞ、いまだに女性蔑視を口走る硬骨ぶりが、逆に一部男生徒に喝采されていた。

「職員会議の度に、巴先生と対立するらしいわ」

級長の観測は行き届いている。優等生の彼女の目には、勝利の窺い知れない大人の裏が読み取れるらしい。

「トーストと姫を目の敵にしているのね、アブラゼミは」

「しつこいからな、あの先生は」

勝利はわけ知り顔でうなずいた。

しつこくてうるさいからついたあだ名だが、敗戦前後の飢えた季節にアブラゼミを炒めて食べたという伝説が囁《ささや》かれている。

動物性蛋白質を摂取するのに、カエルやヘビを捕食するのは当たり前のころだ。皮を剝《は》いで白い肉がビクビク動くヘビを口にした経験のある勝利は、家業のおかげでそれ以上の悪食はせずにすんだが、本当か嘘か友人の中にはケムシをフライパンに放り込んだ豪傑もいたそうだ。

「マツケムシはまずいが、サクラにつくケムシはいいぞ。ざっと毛をむしって火を通すとホンノリサクラの香りがした」

旧制高校の若者が弊衣破帽《へいいはぼう》をひけらかしたように、ハングリーの世代にも奇妙な見栄を張る中学生が存在したのだ。

あいにくそんな見栄は男にしか通用しない。女には別な美学があるから、とかく喜劇的平行線を辿ることが多かった。映画や小説のように男女共通の話題を持つ勝利や大杉たちは幸運だが、飢えているのに食卓につく勇気も出ない少年少女が大半であった。

「いよいよ本番だな」

操の声が耳にはいると、勝利は過去から現実へ一足飛びに帰還した。

風の急変に気づいた操が、甲階段の上がり口から二階へ呼びかけていた。本格的な嵐がくる前に、少女三人のアップを撮っておく必要がある。

「女優たちの準備はいいか」

「はあい、いつでもいいです！」

三人を代表して、姫の元気な声が跳ね上がる。

「こっちも準備完了だ」

カメラのセッティングを終えた勝利がいい、大杉がまるでメガホンを手にしているみたいに、力んだ。

「クランク・インするぞ！」

「はーい！」

今度は三人いっせいの返事が、階段を駆け上がってきた。

6

薬師寺弥生は、美しく透けた青い絽《ろ》の着物姿で、亡くなった姉三春《みはる》の形見だという。

メガネを外した神北礼子は、母親の着古した衣装に割烹《かっぽう》着を重ねていた。召使というより世話女房の趣《おもむ》きで、勝利はなんとなくこそばゆい気分がある。

咲原鏡子の衣装は勝利のト書に忠実に、墨色の地に金色で鳳凰の刺繡が施されたチーパオだ。殿《しんがり》の彼女が三階に現れたときは、大杉は反射的に口笛を吹いている。勝利にはその気持がよくわかった。

「これは、恐れいったね」

苦笑いで操が迎えた。

「少年諸君には目の毒だな」

「金糸が派手すぎたでしょうか」

鏡子は細い首をちぢめたが、大杉がかぶりをふった。

「モノクロの写真だもの、大丈夫」

三人それぞれのアップは、すぐさま完了した。後は台風がはげしくなるまで待機するほか、やることがなくなった。

そうなると、まず話題にされたのはクーニャンの中国服だ。遠慮のない姫がドレスのあちこちを引っ張っていた。

「黒は中国の五正色《ごしょうじき》のひとつですものね。すてき……男の子ならクラクラっときますわよ。ね、風早くん」

「ぼくに話をふらないでくれ」

「あら、級長さんに睨まれたかしら」

「私はいつもこんな目つきよ」

軽く礼子が応じると、勝利は気やすく笑ってのける。

この程度のやりとりができるほどには、傷口は塞がってきたのかな……自信のなさを誤魔化すために、勝利はもう一度笑ってみた。

さいわいそれ以上少年を追及する者はいなかった。

チーパオのスリットを見つめた大杉は、それこそ感無量の面持ちだ。

「切れ込みの寸法が絶妙だ。天野が見たらひきつけを起こすぞ」

天野の名を出したというのは、あのときの諍《いさか》いを覚えていたに違いない。

照れ臭そうに鏡子が斜めに体を傾けた。

「見てくれが仰々しいだけで、安物よ。私より薬師寺さんの着物の方がずっとすばらしいわ。明石縮《あかしちぢみ》なのね」

お世辞とは聞こえない口調に、弥生は嬉しそうだった。

「名古屋で有数の悉皆屋《しっかいや》に染色してもらったと聞きましたわ。新橋色《しんばしいろ》といいますのよ」

「新橋色?」

勝利には猫に小判だったから、礼子が解説してくれた。

「明治の末から大正にかけて新橋の芸者衆ではやったんですって」

「シッカイヤもわからない」

「染め物や洗い張りを請け負うお店。うちは誰も行ったことがないから、それ以上は知らないわ」

それでは勝利に通じないのが当然だ。

「痩せても枯れても華族さまってこった」

吐息をつく大杉に、弥生がいった。

「父はとっとと売って米にかえろと申しましたのよ。でも母が姉の——三春が好きだった着物だからといって、タケノコ生活でも引き出しの底に隠していましたの。……わかったときは辛かったけど」

「なんだ、姫。なにがわかったって」

大杉に尋ねられて、弥生はハッとした様子である。

「私、口に出していた……」

人形のように整った顔が歪んで見えた。触れてはいけないものに触れたのだと、察したのだろう。大杉は笑い飛ばしていた。

「いいたくなきゃいうな。俺だって聞きたくない」

「ああ、それがいい」

操もいい、そんなふたりの口調が、逆に弥生を決心させたようだ。

彼女はやおら手近な椅子のひとつを引き寄せ、ストンと腰を落した。

「ようございますわ、トースト。ホントのことをいえば、いつか話したくてムズムズしていたんですもの。〝新日本女性〟のこと」

生徒たちは誰も聞いていなかったが、操は知っていた。

「国際親善協会の募集か?」

「RAAをご存じでしたの!」

露骨な嫌悪の語気に、みんなが驚き顔で弥生を見た。

「きみの知り合いが参加したとでも……まさか」

そこで操はハッと口を閉ざしている。だが話すと決めた弥生は、もうためらいはしなかった。

「なにも知らない姉は応募しました。〈Recreation and Amusement Association〉……親善協会が出した新日本女性募集の看板を見て」

さすがに礼子も知らなかった。

「新日本女性て、なんなの」

ふしぎそうに首をかしげている。

「すばらしい名前でしょう? 終戦の年に東京の女学校を出た姉は、名古屋のウチが丸焼けと聞いて、少しでも働こうとしましたのよ。そしたら並木《なみき》通りにね、ブラ下がっていましたの、こんな広告。〈国家的緊急施設の一端として進駐軍慰安の大事業に参加する新日本女性の率先協力を求む〉〈女事務員募集。年齢十八歳以上二十五歳まで。宿舎・被服・食糧など全部支給〉……」

姉に聞いた広告文句を、姫は丸暗記していた。

「食糧全部支給か……いい条件だな。よすぎるな」大杉は呟いただけだが、礼子は表情を硬くしていた。

「進駐軍慰安！」

「募集に飛びついた女の子は、銀座七丁目の料理屋に集められましたの。姉はこの着物を着て、いそいそと参りましたわ。そこでわかったのは、お国のために誇りをもってあちらの兵隊を慰安せよ、つまり抱かれなさいってこと」

国が推進した売春事業の全貌を知って、生徒たちは息を呑んだ。まったく動じなかったのは、クーニャンだけだ。

操がつけくわえた。

「私は知人の新聞記者から聞かされた。八月二一日、敗戦直後の閣議で口火を切ったのは、国務大臣の近衛文麿《このえふみまろ》公だそうだ」

「近衛公って、戦犯にされるのがイヤで自殺した人ですね」

勝利も熟知している。戦前に青年首相として国民の人気をあつめ、国政刷新のため新体制運動を起こし、けっきょく軍専横の波に呑み込まれた華族であった。

「そうだよ。〝新日本女性〟を婦人四〇〇〇万の貞操の防波堤にするため、大蔵省の池田勇人《いけだはやと》主税局長が五〇〇〇万円の金を工面した。男がはじめた戦争の始末を女につけさせようというわけさ」

「姉もその一部を、ありがたくいただきましたわ」

姫の言葉にはいちいちトゲがあった。無理もないと勝利は同情する。操が念を押した。

「事情がわかっても逃げなかったのかい」

「ハイ。お給金の額を聞いて帰ろうとした足が止まったそうです。英語もダンスもできた姉を、業者側も惜しがってはずんでくださいましたのよ……ああ、情けない！」

やにわに自分の頬をひっぱたいた姫に、全員が驚いた。

「こんな話のときまで、いちいち敬語を使いますのね、私って。なんて育ちのいいお姫さまですこと！」

うつむいて笑い声を漏らした少女は、すぐにサラリと髪をふって顔をあげた。笑ったはずだが、目の端が光った。

「姉は名古屋の私たちに〝特別挺身部隊員〟に採用された、それだけ伝えて参りました。挺身隊……国営の売春計画を黙認した警視庁が、新日本女性につけた名前ですわ。身を挺したことに違いありませんわね」

大杉は黙って彼女の白い顔を見つめている。

「最初の夜に三人の兵士の相手をさせられて、半狂乱になったと聞きました。その次の夜に姉は、料亭の鴨居《かもい》にかけたしごきで首を吊りました」

「……日本という国では、今も吉原《よしわら》が繁栄している。名古屋では中村だ。買売春を後ろ暗く思うどころか、ある種文化の源流でさえあった。どこの国でも売春はつきものだが、日本ほどおおっぴらな国は少ないんじゃないか。ときどき私は自分が女だということを、どうにもならない苛立ちの中で思い知るよ」

中性っぽく振る舞っているが、巴先生は女性の魅力抜群だ。男としてそう信ずる勝利は、彼女の本音を耳にして辛い気持であった。そうなんだ、この先生は女に生まれたせいで、よけいな苦労をしてきたんだ。

礼子が静かな怒りをこめて、尋ねていた。

「それからどうなったのですか。特別挺身部隊のみなさんは」

「性病が大流行して、翌年の春に慰安所はすべてオフリミットになった……働いていた女性はクビだ」

「クビって……もとの体にもどれるわけないのに！」

怒りに満ちた礼子の言葉につづいて、大杉が呟いた。

「五〇〇〇万円はどこへ消えたんだよ」

「話してくれた記者が苦笑いしたんだが……きみたちはペニシリンを知ってるね？」

勝利は顔をこわばらせた。鏡子が父親のため肉体を切り売りして得た秘薬。

「花柳病《かりゅうびょう》蔓延を防ぐため、占領軍はとりあえず京浜の慰安婦一五〇人にペニシリンを注射したという記録がある、無料でね。高価なクスリを日本人相手に大量に使わせたのは、これがはじめてだったらしい。それほど兵隊たちの病気が怖かったのさ」

そうか、無料で手にいれた新日本女性もいたんだ。

つい勝利の視線が鏡子に流れた。椅子にかけた彼女は素知らぬ顔で、チーパオのスリットをまさぐっていた。

7

台風のまがまがしい雲に、空が覆われはじめた。

撮影の好機が到来したのだ。外がまだ暗くなる前から、大杉はいち早く撮影を開始した。勝利の出番である。カメラアングルも少女三人の位置決めも終えていたから、予想外のスムーズさで作業は進んでいった。

一兵がアドバイスしてくれた通称弁当箱が、決闘する姫とクーニャンの大写しに活躍した。女優の目に光をいれるための小型照明器具のあだ名である。縦・横・高さおのおの三〇センチ程度の角形で、投光面を覆うように二枚の可動カバーがある。カバーを操作して、細い光の筋を人物の目にあてるのだ。操作は手のあいていた操が引き受け、正確に光を操ってくれた。

「ウン、ふたりともひときわ美人になった」

大杉監督が調子いい。

「私のアップには使ってくれないの」

級長が頬を膨らませたが、黒幕の彼女をドラマの冒頭から強調しては、オチを見透かされるから使わない。それに代わって勝利は、仮面を脱いだあとの彼女に、顎の下から仰角で光を浴びせ強いコントラストで顔を隈取ってみた。

「つまり私の役は美人の必要がないのね」

愚痴りながらもまんざらではなさそうで、なかなかの芝居っぷりだ。ふだん素顔を見せない彼女には、こうした悪女役がうまく嵌《は》まり、大杉の演技指導にも熱が入った。その結果礼子のワンショットが増えて、新しいカメラアングルを決めるのに、勝利は一汗かいた。

その間にますます風雨は強まってきた。

予報によればキティ夫人は中心気圧九五六ミリバールで、神奈川県西部に上陸の公算が大きい。嵐をバックに撮りたいカットは、三人のアクションがらみの山場である。姫とクーニャンが毒死したと思い込む級長、だが彼女の真意を知っていた女性ふたりがムクムクと起き上がって、悪女を驚愕させる——このシーンは大杉の意向で、わざとアップに割らない。カメラを据え置きしたまま、

•テーブルに突っ伏した女A・女B。見下ろしている女Cは後ろ姿。

•テーブルを回り込み窓を背にした女Cが、ふたりを見比べて笑顔。

•突如として立ち上がったABに、愕然《がくぜん》として体をひくC。

という三枚のスチールを連続して展示する計画だ。

直後に姫とクーニャンが、級長の左右から襲いかかる場面だが、大杉がいくら女優にポーズをつけても、じゃれあっているとしか見えなかった。

「ドタバタの芝居にもならない！」

監督が両手をバンザイの形にした。

「どうすりゃサマになるんだ」

カメラマンも目を覆う。

はじめから難関とは意識していたが、予想を超える猿芝居になってしまった。

台風を背景にしたカットだ。手早くはじめて終わらせようと、入念にリハーサルしたつもりなのだが、実際にその場に立ってみるとひどかった。ド素人《しろうと》の限界だ。

三人とも自前の衣装が気になるのか、カメラ写りが心配なのか、唸りをあげる台風に気をとられるのか、迫真に程遠い、段取りがミエミエのポーズと成り果てた。

「なんとかしてください」

悲鳴をあげた大杉が助けを求めた先は、操だ。椅子にかけてニヤニヤしていた巴先生が、やおら立ち上がった。

「殺陣《たて》指導・別宮操と名前をいれてくれよ」

冗談まじりでも武芸百般の肩書はダテではなかった。ホンの少し三人の手足と視線の方向をいじっただけで、猿芝居がみごとにリアリティ横溢《おういつ》の格闘図になったから、アクション映画ファンを自認する大杉が、鼻息を荒くした。

「すごいぜ、先生。ハリウッドで殺陣をつけられるよ!」

「なに、こんなのはただの振り付けだ。いいからさっさと撮りなさい。女優たちが濡れ鼠だぞ」

中でも礼子は窓から乗り出すポーズが多かったから、雨で溺死しそうな有様だ。割烹着下に着込んだ銘仙《めいせん》の模様まで透けるほどぐしょ濡れになった。

彼女の恨めしげな目つきに、勝利も狼狽した。

「すぐ終わる、すぐ」

ライトを集中させフラッシュまで動員して、まずまずの絵を撮ったつもりである。

「よっしゃ！」

大杉が拳固を振り上げて宣言した。

「クランク・アップだあ」

スチール写真だけだが、気分としては映画の巨匠だ。

満身から雫を垂らした女優たちも、てんでにおでこに髪をはりつかせて拍手している。全員が達成感を満喫して、作者兼カメラマンの勝利も学園祭制覇を確信した。

スクリプター不在の撮影だったが、のちのちのため勝利は腕時計を見た。二〇時三〇分。いつもは腹時計で間に合わせるが、今日ばかりは父親が戦前に銀座の服部時計店で買った完全防水の貴重品を借りていたのだ。

女優陣が二階で衣装を替える間に、男ふたりは機材や道具を片づけはじめた。

「なあカツ丼」

「なんだ」

「ここはガダルカナルかよ」

「なんのことだ」

「俺たち撤収しているからな」

操が吹き出した。

太平洋戦局の分岐点となったガ島攻防戦——今では新聞も「餓島」なぞと書いて、飢えた皇軍の敗退を書いているが、そんな悲劇を『撤収』と粉飾した戦中用語は有名であった。本来の意味は、もちろん今のような後片づけの意味だ。

「あと五〇年もたってごらん、騙した方も騙された方もケロリと忘れて、またぞろ言葉で騙し騙される。忘れっぽいのは日本人の特技だ」

さすが操は、国語の教師であった。

「言葉はともかく、死ぬほど腹が減った体験も忘れますかね」

「当然だ。人間誰だってイヤなことは忘れる、都合の悪い事実はなかったことにする。そんな人間ほど、堂々と生きてゆけるんだから。……忘れてはならないことまで、しっかり忘れる。その方が生きるのにラクなんだよ」

なにかに浮かされたように熱弁した別宮先生の言葉尻が、弱々しく変化した。

「私だって似たようなものか……」

奇妙な自嘲に少年ふたりは疑念を抱いたが、尋ねる時間はなかった。

雨と風にまじって、車の警笛が流れてきたからだ。操も聞こえたとみえ窓に張りついた。鉢植えの棚を外され、ただの四角な穴に返っていた窓だ。

すぐに操はふり返った。

「まずいぞ」

「どうしました」

「車だ。守衛の前を通過して、こっちに向かってくる」

ヘッドライトの小さな光に、少年たちも気づいている。用心しいしい光を左右に揺すりながら近づく模様であった。

「学校の車ですか?」

「違う。屋根が光るのが見えた。たぶんルーフウィンドウだ」

「ルーフ……?」

「車の屋根についた天窓のことだ」

勝利より大杉の方が車に強い。

「アメ車なら、たいていの種類にルーフウィンドウつきがあるそうだ。親父が羨ましがっていた」

いくらか雨は弱まったが、逆巻いて天から落ちてくる風の唸りは油断できない。そんな荒れ模様を突っ切ってまで、誰がなんの用があるというのか。

「終わりました!」

陽気な声の姫を先頭に、少女たちがあがってくる。それぞれ衣装を風呂敷にくるんだ上で雨合羽まで羽織っていた。三人申し合わせたようにゴム引きの完全防水だ。台風を迎撃した撮影なのだから当然の武装だが、このご時世によく持っていたものだ。あとで聞くと、級長は近所からの借り物だったらしい。

「あちィです」

姫は額に早くも汗の玉を光らせている。台風は猛烈な湿気まで太平洋から運んできた。

「撮影が終わったんだから、引き揚げていいんでしょう」

級長にせがまれた操は、難しい顔になった。

「ちょっと待て。人目につくとまずい……厄介な人間がきたらしい」

「えっ」

まちまちな反応がもどってきた。

「厄介って?」

「誰のことでしょうか」

操は不機嫌を隠さなかった。

「みんな覚えているだろう、郡司議員だ」

その名前と顔なら、みんな民主1号の殺人現場で否応なく記憶している。最高に嫌悪の情を浮かべたのはクーニャンだ。

「イヤっ!」

ほかの生徒は知らなくても、勝利だけは彼女の気持を想像できた。

「なんの用があって台風の中へ? でもあの先生でしたら、デブのせいで飛ばされずにすみますわね」

ひどいことをいう弥生だが、みんなを代表した感想でもある。

「郡司議員の車だったんですか」

級長の問いかけにもふり向かず、操は窓の下に注意を向けていた。

「そうだ。ルーフウィンドウつきのフォードを買った。そう自慢していた。……だが、おかしいな。どこへ行った」

「あ……」

確かにおかしい。

エンジンの音は嵐に呑み込まれていた。

いったん営繕棟をかすめたように聞こえたが、そこで音はふっつり消えてしまっていた。いくら耳をすましても、聞こえるのは風と雨の音だけであった。

操の体越しに窓を見たが、ヘッドライトの光はない。

勝利は胸をなで下ろした。

「行ってしまったのかな」

営繕棟を通りすぎれば、構内を下りきってもうひとつの門があったからだ。

「その門なら閉鎖されているはずだぞ」

大杉がいうと、鏡子が重たい口を開いた。彼女はなにか知っているのだ。

「校長先生が困っていたの。郡司議員が今夜の撮影の話を聞いたんですって。それでカンカンに怒ったそうよ」

「どうして！　あの先生と俺たちの部活と、どんな関係があるっていうんだ」

面食らっている大杉に、操が教えた。

「郡司英輔氏は、わが東名学園の評議員だ……学園設立に際して応分の寄付をした。当然用宗先生は頭があがらない」

「そんな大人の事情があったとはな」

匙を投げた大杉の口調だ。

「なぜでしょうか？　なぜ私たちの撮影がカンにお障りになったのかしら」

目をクルクルさせた弥生が小首をかしげた。

溜息をついた操は説明した。

「学園祭を口実に、東名学園の生徒が不純な行為に及ぼうとしている。誰に吹き込まれたか、そう思い込んでいるらしいよ、あの議員さまは」

「まあ……」

弥生はもちろん礼子まで茫然《ぼうぜん》とした。

「そこまで信用されてないんですか」

「実は私も、用宗先生に耳うちされていたんだが、本当に現れるとは思わず黙っていた」

いいわけがましく聞こえるが、確かにこの嵐を衝いてまで乗り込んでくるとは考えなかったのだろう。

「えっと……不純というと、私たちがなにをすると疑っておいでだったのでしょうか」

「きまってる」勝利はじれったくなった。

「接吻するとか、抱き合うとか、セ……」

「まぐあうという表現もあるわね」

しれっとした顔で礼子がいうと、弥生は真っ赤になった。

「そんなこといたしてませんわ、大杉さんと私」

「バカ」大杉が彼女の頭をはたいた。

「いちいち俺の名前を出すな、よけい目をつけられる」

「だって私たちの間柄は、天地《てんち》俯仰《ふぎょう》して愧《は》じませんことよ」

小難しいことをいったが、操に一蹴された。

「実際にしたかどうかは問題ではないんだよ」

「ではなにが問題でございますか」

丁寧というより切り口上になった弥生を、礼子が説き聞かせた。

「噂よ、噂。そんな噂が立つことが、評議員として問題なんでしょ」

「まあ。どなたですの、そんな噂を広めたのは」

「それがわからないから、噂なの。噂に署名はないのよ、姫」

「ぼくたちは写真を撮っていただけだ」

勝利の抗議に、鏡子が首をふってみせた。

「夜遅く男と女が群れていかがわしい写真を撮る、そう思ったらしいの。校長先生はそこまではっきりいわなかったけど」

勝利は呆れ果てた。

鏡子なら、花街で見せたであろう郡司議員の素顔を知っている。その程度に曲解する男と判断したに違いない。だが彼女と郡司の関わりを知らぬ大杉は、まるで納得しなかった。

「俺たちがそんな写真を撮って、どうするというんだ」

「売りつければ効率のいい内職になる。そう思ったんだわ」

「ヒ……」

弥生が合羽の袖で口を押さえると、声を荒くした勝利が、

「そんなもん、誰が買うんだよ！」

「もちろん郡司議員みたいなおじさんたちが高いお金を出すの」

畜生。

拳を握りしめたとき、弥生がはっと階段をふり向いた。

「今、足音がしなかった？」

「しない、しない」

まだしも落ち着いていた大杉が手をふったので、生徒たちは同時に体の力を抜いた。

だが別宮先生は、緊張を強めていいきった。

「ここまでにして、今夜は解散だ」

8

操の声は沈痛だった。

「写真ができれば誤解は解けるのだから、今はあの先生に隙を見せないよう、みんな分かれることにしよう。その点は校長から厳重に釘を刺された。現場にいるのが男生徒だけなら問題はないからね、女三人は出来るだけバラバラに避難しなさい。神北さんは足が早いから、校長先生にロケ終了と報告しなさい。あとのふたりは守衛室まででいい。……いや、待った」

操はいっそう声を低めた。たとえ郡司がすぐ下の階にいても、台風のさなかでは彼の耳に届くまいから安心だ。

「まず私がひと通り下を見回る。彼がもうこの焼けビルにいたら、かえって藪蛇《やぶへび》だ……すぐにもどるから！」

身を翻《ひるがえ》した操は、甲階段を駆け下りたが足音ひとつ立てないのはさすがだった。のこされた五人はしばらく身動きもせず、不安な顔を見合わせていた。

勝利が目を落した時計の針は四五分になろうとしていた。

無遠慮に吹き込む風雨に気づいた礼子と鏡子が、「風早くん」声をハモらせ手招きした。完全防水している自分たちの蔭に呼んだのだ。それがわかって弥生もすぐに真似た。五人は期せずして一カ所に固まったみたいになったので、勝利はわざと離れることにした。

「暑苦しい？　ごめん」

満面に汗をかいている礼子が、彼女らしく気を使った。

「違うよ。デブに見られてもいいように、離れておく」

いちいち〝先生〟をつける義理もないと、デブ呼ばわりした。大杉もおなじ意見に違いない。

「これじゃ俺たち、本当に悪いことをしたみたいじゃないか！」

鏡子は大杉を慰めた。

「今日は校長の顔をたててあげましょう。校長さん、板挟みになってるんだわ」

「けっ、子供の方で大人に気を使ってやるのか？」

「もう子供じゃないと思ってるのよ、議員さんは」

そこで鏡子はフフッと含み笑いした。

「確かに子供ではないわ……」

五分あまりたった。軽い足音を響かせて、乙階段の下り口へ操が顔を見せた。

「大丈夫、今のうちだ。女生徒はそっちから逃げなさい」

口もきかずに甲階段を駆け下りる三人をやり過ごして、自分もつづこうとした操を、大杉の声が止めた。

「先生、俺たちは？」

「予定通り撤収をつづけて。もし女の子を郡司が見つけても、私がいれば誤魔化せる。途中まで見送って引き返すから、三階で待っていなさい」

「はい」

「了解です」

「きみたちだけなら、音はいくらたててもいいぞ」

たちまち操の姿も消え、少年ふたりは申し合わせたように吐息をついた。嵐に負けないほど盛大な吐息であった。

それから作業を再開した。

椅子とテーブルを纏めてから、植木鉢の棚を運びやすいように壊す。音を解禁されたとなると、自棄《やけ》みたいに金槌《かなづち》の音をたてる。力まかせに棚の釘を抜いたら、板がヒステリックに軋《きし》んだ。

ふたりとも腹を立てているのだ。

男女共学だというのに、なぜ異性との共同作業をコソコソやらねばならないんだ。俺たちは悪事を働いているのか、ああ、きっとそうなんだ。

未成年にタバコや酒を禁止するように、男と女がつきあうのは大人だけの特権で、男女が交際すれば、その先にあるのはセックスだけと信じているあのデブ！

「いてててて」

勝利が悲鳴をあげて金槌を投げ出した。

「いてえぞ！」

あいにくその金槌が、大杉の足へ飛んでいた。

「ごめん、指を打った」

「だからって、俺までつきあわせるな」

せっかく撮影が完了したのに、後の空気が悪すぎて、ギスギスした気分になってしまった。

そのとき、荒い息をついて操が上がってきた。

「待たせたね。小道具類は今日のうちに一階まで下ろしておこう」

「了解であります」

大杉の奴、兵隊口調で返事している。纏めた椅子と、テーブルと、フロアスタンド、それに植木棚の残材と……勝利は数え上げた。

「五往復はかかるか。あ、まだ二階にもあった」

「大物がのこっているぜ。幕だ」

「それにロッキングチェア」

「私も手伝うよ、顧問の務め」

心強い言葉を吐いた操は、こわばった笑みを浮かべている。やはり頼りになる巴御前ではあった。

「一階に棚はあったかな」

そういえばがらんどうの二階三階と違って、一階にだけ東西を隔てる隔壁が設けられていた。小型トラックの乗り入れ可能なスペースが乙階段の下にあったと、勝利は記憶している。そのためビルの南側に開口部がつくられていた。

　不発弾が潜りこんだ場所から掘り出した残土は、地階から一階まではみ出している。乗用車の収容だけでもひと苦労だろうが。

「棚代わりに階段を使おう」

「そうだな」

　しゃべりながら大杉は天地逆にしたテーブルを頭にのせ、勝利は三脚重ねた椅子を持ちあげ、操は畳んだ屛風を抱えて片手で丸椅子をブラ下げた。

　三人の撤収パレードが二階まで下りたところで、操が先頭の大杉に声をかけた。

「ちょっと見てくれ。幕の他にどれくらい道具が残ってる?」

「えーと」

　頭上のテーブルごと体を回したが、彼の視点では床すれすれだし、真っ暗でよく見えない。手の椅子を階段に置いた操が懐中電灯を取り出して点けた。自転車兼用ではなく筒形で光量は大きく、光の輪が遠くまで届いた。

　勝利の目が光を追った。

　白い囲いがチラと見えた。その向こうには乙階段しかない。遠すぎたので操が光の輪をもどす。左に広がる質感のある黒は、張られた幕だ。一瞬なにかが光を反射した。少女たちが化粧に使った鏡らしい。下に輪がふられると、ロッキングチェアがあった。

「幕に鏡に椅子に……」

勝利が確認する。光の輪がさらに右下へ——その床になにやら丸いモノが鎮座していた。西瓜《すいか》かな。一瞬そんな間抜けなことを考えた。

モノの正体には、大杉の方が先に気づいていた。勝利の目の前にあった逆さのテーブルが、不意にガタガタと揺れだしたのだ。

「クビだ……人間の！」

「なんだって！」

軋《きし》りだすような操の声が、勝利の頭上から下りてきた。

「確かにそうだ。私の目には郡司議員の首に見える……」

鋭い巴先生の言葉が耳朶《じだ》を貫くのと同時に、少年も見た。紛れもなく見た。

床から生えたように見える郡司議員の首は、懐中電灯の丸い光の輪の中にあった。たちまち光が首を外れたのは、巴御前さえ愕然として手を狂わせたのだろうか。

凄まじい風の咆哮と共に、二階のフロアをシャワーのような雨の飛沫が薙《な》いで走った。

第六章　第二の殺人——解体

1

ガタガタと、金属と木のぶつかり合う音がつづけざまに起きた。

勝利の手を離れた椅子が、次から次へ階段を転げ落ちたのだ。

それさえ気づかず勝利は、今にもその場に膝を突くところだった。また大きな音があがった。

手すり越しに一階へテーブルを投げ捨てた大杉が、勝利の耳元で怒鳴った。

「しっかりしろ！」

「ああ、ごめん」

ようやく勝利は我に返った。危なかった。椅子の後を追うように、少年まで階段を踏み外しそうになったのだ。

「荷物はほっとけ！」

少年たちの頭上から、操が指示した。鋼線のように強靭な意志をこめた声だ。

「守衛のところまで走れ！　姫たちは着いてるはずだ、あそこなら電話がある。警察を呼ぶんだ！　校長にも！」

「せ、先生は」

大杉の声がしゃっくりしているみたいに聞こえた。

（トーストまで震えてる……）

そんなことを思ったが、あとは夢中だ。大杉につづいて一階まで下りて、ようやく嵐の物音が耳に蘇った。少女たちが飛び出していったまま、入り口は開けっ放しになっていた。

遙かな暗天の向こうに、小さく灯った守衛室の明かりが見え隠れする。白熱灯が風で揺れるはずはないが、そう早とちりするほど横殴りの風の勢いだ。

勝利の前で踏みとどまった大杉が、手すり越しに階上の操に怒鳴った。

「先生はどうするんです！」

「ここで見張る！」

遠いがしっかりした口調が返ってきた。

「犯人が逃げたとは限らない！　きみたちも注意しなさい！」

その通りだと考えた勝利は、大杉を促《うなが》した。

「行くぞ」

「気をつけろ」

「どう気をつけるんだ」

「どこかで待ち構えてるかも知れない」

一理あった。用心しいしい外に出る。とたんに横合いから強風を食らって、足を滑らせそうになったが、この風圧では犯人もいたたまれまい。まだ逃げていないとすれば、当然営繕《えいぜん》棟のどこかだ。

ひとり残した別宮先生が心配になったが、おなじことを考えたとみえ、大杉が叫んだ。風音に抗するためには、ならんで走っていても怒鳴る必要があった。

「あの先生なら、ほっとけ。巴御前と五分に渡り合える犯人なんか、めったにいない！」

それは、まあ、そうだ。

「それより、今何時だ」

大杉が勝利の腕時計を覗きこんできた。完全防水はこんな台風の夜、実に頼もしい。

「九時一〇分を過ぎたな」

盤面のガラスの雨滴を拭って、ようやく読み取った。

風向きが変わり、少年たちの真っ向から吹き下ろしてくる。むろん雨も容赦なく、あっという間にずぶ濡れとなった。これが冬なら凍えるところだが、さいわいまだ八月である。

「くそっ」

正面から吹きつける風と雨で息ができなくなり、勝利は懸命に両の掌《てのひら》で顔を拭った。水のにおいが鼻をつく。

一刻も早く警察を呼びたいのに、キティ夫人の暴力に晒《さら》されたふたりは、足をゆるめぬわけにゆかなかった。前方の明かりはいつまでたっても近づかない。

「うおっ」

大杉が水たまりに左足をとられた。

水たまりというより池だ。左手につづく塀との間に、見覚えのある花がへたっていた。操に教えてもらったワスレグサだが、雨に叩かれた今はもとの樺色《かばいろ》も吹っ飛んで、まるで水葬された花の死体であった。

「ち……」

やっと立ち上がった大杉が、また左の膝を落した。

「どうした！」

「くそっ、足首をひねった」

「歩けるか」

「アメ公のＰ51に追われたつもりで歩く」

やせ我慢する大杉に肩を貸した勝利は、守衛室の明かりを目指した。突然、少女の声がかかった。

「カツ丼さん！」

海草のように長い髪をもつれさせて、雨合羽の鏡子が立っていた。台風のさなかだというのに、色白の顔は明かりが灯ったように鮮やかだった。

「クーニャン……どうしたんだ」

とっくに門のあたりまで逃げたと思っていたのだ。

「三人ばらばらに逃げたの。私は右手へ大回りしたんだけど、これが風で吹き飛ばされてしまって……」

後生大事に抱えていた風呂敷包みを見せた。防水のため油紙で厳重に包んでいた、チーパオに違いない。

「やっと見つけたんだけど、風がひどくて……しばらく小屋に隠れていたの」

「え……そんな場所があったの？」

「作業する人の宿舎ね、きっと。建てたばかりだったわ」

闇を見透かす勝利を見て、鏡子は弁解するような口調だった。

「その小屋まで風で傾いたの。逃げ出したところよ」

「それじゃひと休みもできんな」

唸った大杉に鏡子が気づいた。

「怪我してるの？」

「かすり傷だ……といいたいが、痛い」

大杉に白状されて、驚いた様子だ。

「守衛さんを呼んでくる！　もうデブなんか、どうだっていい！」

風を衝いて足を早めようとした鏡子に、勝利が叫んだ。

「その議員先生が殺されたんだ」

「ええっ……」

クーニャンの足が釘付けになった。

風に掠《さら》われる彼女の髪は、夜の色よりも黒く真横に流れた。

2

勝利たちが守衛室に辿り着くと、一足早く到着した鏡子の注進を聞いて、守衛が警察を呼び終えたところだった。状況を知った弥生が、震えながらクーニャンにしがみついている。

そこへ用宗校長もクロム・グリーンの乗用車で駆けつけた。新校舎まで走った礼子が同乗、運転役は当直だった夏木である。――ここでようやく全員が、郡司議員殺害の知らせを耳にすることとなった。礼子はむろん教師のふたりが、驚倒したのはいうまでもない。

勝利は大杉を弥生と礼子に預け、鏡子といっしょに営繕棟へトンボ返りすることにした。

ハンドルを摑んだ夏木は、水中を走るような飛沫の窓を睨んで、二度も三度も呻いていた。

「郡司先生が首だけにされた……いったいどんな奴が斬ったんだ」

それで勝利は思い当たっていた。

腕に覚えのアブラゼミなら、議員先生の首を一刀のもとに刎《は》ねることができたはずだ……操もそうだが、夏木にも死体処理の能力はありそうだ。

多くの時間勝利の目の届く所にいた巴先生に、その余裕があったとは思えないが、夏木先生ならどうだろう。「どんな奴が」という夏木の言葉は、俺ではないぞという意味にとれるのでは？

車が大きく揺れると、雨の紗幕《しゃまく》をへだてて営繕棟が正面に現れた。夏木がグイとハンドルを切ったので、車は入り口すれすれに停まった。

風はまだ激しく、停車した車は尻をあおられた。波に翻弄された大洋航路の船のピッチングを想像させられる。

勝利はいち早く飛び出した。

「こら、勝手な真似を……」

夏木の声を無視して、真っ暗なコンクリートの箱に飛び込み、甲階段を仰ぎ見た。

「おおい、巴先生！」

反射的にあだ名を呼んだので、後でクーニャンから「苦い顔していたわよ、アブラゼミ」と聞かされたが、それどころではない。

頭上に明かりが灯った。懐中電灯だ。

別宮先生だ！

二段ずつ駆け上がった少年は、二階の直前で足を止める。

「きたな」

緩慢な動作で立ち上がった操がいた。

窓と壁の裂け目から躍り込む雨風で惨憺《さんたん》たる姿ながら、ひとつ大きく頭をふると、いつもの生気を取り戻していた。

「先生……よかった」

涙が溢れそうで横を向いた勝利は、あわてて視線をもどした。電灯の光が届かない闇の中に、郡司の首が鎮座しているはずだから。

つづけざまに起きた階段の足音めがけて、操が懐中電灯をふった。

乏しい光量の中でも、仲間の教員を認めていた。

「夏木先生まできてくれたか……」

校長や鏡子を追い越して、アブラゼミの男臭い顔が現れたのだ。勢い余って勝利を突き飛ばしそうになった彼に、操が軽く注意した。

「議員先生の首なら向こうだ」

「お……おう……」

調子外れな声をあげ夏木が立ちすくむところへ、用宗と鏡子が駆け上がってきた。

「クーニャンは見るな！」

操の鋭い声に、鏡子がビクンと体を震わせた。

まだしも用宗は落ち着いていて、電灯の光輪に沿って視線をめぐらせ、遺体の首を認めた。

首が敷いているのは風呂敷だろう。唐草模様の濃緑色がほとんど黒に染まって、血潮を受けとめていた。

犯人はそいつに包んで首を運んできたらしい。布は十分に広がっておらず、風呂敷の周囲は巻き上がったように見えた。

「まさしく郡司先生ですな」

さすがに用宗の言葉尻は震えていた。

丸々と肉付きのいい首は、チョコナンという感じで床に据えられている。勇を鼓した勝利は、用宗と夏木の間から覗き見た。

想像したほど凄惨な表情ではなく、むしろびっくりしたように目を剝《む》き出していた。

「首だけではありませんでした、用宗先生」

震えもせず電灯の光を固定していた操が、やおら口を開くと、校長より早く夏木が反応した。

「どういうことだ、別宮先生！」

「両手両足と胴体がそれぞれ筵《むしろ》に包まれて、手足は乙階段の途中に、胴体は一階に残っていた。みんなが駆けつける前に構内を点検して見つけた。犯人の姿はなく、それだけが放置されていた。もちろん手は触れていない」

グッという声が夏木の喉の奥から漏れた。

聞いただけで勝利も気分が悪くなったが、背によりかかってきた鏡子に気づいて、嘔吐の気分など消えてしまった。

「大丈夫か、咲原さん」

「あまり……よくない」

ゆっくりと、びしょ濡れの床に膝を落してゆく。

当たり前だと思う。見知らぬ相手ならまだしも、彼女は郡司と城東園で会っているのだ。あるいは関係を迫られたのかも知れず、とにかくそんな被害者だったのだ。

（くそ）

想像しただけで胸の中が煮えた。

死者になんの憐れみも感じないのが正直な気持だ。それでも気が落ち着くにつれて、少年は別なことを考えはじめていた。

（クーニャンは、デブをどんな目で見ていたんだろう……単なる嫌悪か。それとも憎悪、更に……）

「ごめん、風早くん」

その鏡子が、勝利に囁《ささや》いた。

「トイレに行きたい……下へ連れていって」

「わかった」

白い手を摑んで自分の肩に止まらせると、二階の奥から操の声が聞こえた。

「あの階段だ、夏木先生！」

「乙階段の下に、転がっているのか！」

アブラゼミのいがらっぽい声が届くと、用宗がつまずいたらしく。ガタンとなにかが倒れる音がした。

「先生、危ない……その柵の中は爆弾の」

「あ……ああ、失礼した」

穴を囲む木柵を倒したようだ。落ち着いて見えたが用宗校長だって足をもつれさせていたのだ。

教師三人の足音につれて懐中電灯の光が階段に沈むと、二階のすべてを闇が包んだ。手近なはずの首もその先の白い木柵も、なにも見えなくなっている。ただごうごうと窓の外の咆哮はつづいた。

ずず……ずず……重いものが床を這う音に、勝利はぞっとした。外されたままの幕が、風の力で床を移動しているのだ。

「うわあ……」

間の抜けた悲鳴が下から聞こえた。夏木の声だ。郡司の体の一部を見つけたのだろう。

苦くて酸っぱい吐息が、勝利の口から零《こぼ》れ出た。

原稿用紙に描写する事件と現実の殺人とでは、まるで様相が違う……ひしひしと少年の全身に絡みつくのは、その実感である。

（でもそのおかげで、ぼくが書く小説に、少しはリアリティを盛り込めるんじゃないか）

鏡子を助けながら甲階段を下りる勝利が、死者を冒瀆するようなことを考えていたら、唐突に鏡子に咎《とが》められた。

「風早くん、なにか可笑《おか》しいの？」

「えっ」

勝利は狼狽した。

ぼくは今、笑っていたのか……少年は自分自身に悪感を走らせた。

そのときであった。高らかなサイレンを伴ってヘッドライトの光が疾駆してきて、卵坂に沿った長い塀を縦縞に煌《きら》めかせた。

3

それからの騒ぎを、勝利は二度と思い出したくない。

だがむろん思い出さないわけにゆかず、それどころか自分の台詞を一字一句間違えずに復唱できるほど、執拗《しつよう》な警察の事情聴取が反復された。

尋問の先頭に立ったのは、湯谷でも会った犬飼警部補だ。

彼はみんなをよく覚えていた。

「またきみたちか」

勝利の方こそおなじ台詞を返したかったがそうもゆかないので、自分にいい聞かせることにした。この長丁場は、ぼくの推理小説の取材なんだ……現役の警察官とやりとりできるなんて、すばらしい体験じゃないか！

聴取された場所は学園の新校舎、それも校長の応接室であったから、ソファーのクッションひとつとっても、部室とは段違いだ。

そこへ部員五名がズラリと並ばされた。

時間も遅いことだし、部員たちが見聞きした内容はおなじだからというのが、用宗校長や操の主張で、これでも短く終えてくれたらしい。

「いずれ学期がはじまってから、各個随意に話を聞くよ。そのつもりで」

と釘を刺されたときは、全員が死にそうな顔になった。

関東平野を北上したキティ夫人が熱帯低気圧と名をかえたころ、ようやく解放された少年少女は帰り道につくことができた。

荒れくるった空は嘘みたいに晴れ渡り、台風一過の夜は満天の星に飾られていた。セミに代わって草むらの虫たちが、秋の訪れを告げてすだいている。

さいわい部員たちの家には、警察や学園から連絡がはいっていたので、頭ごなしに叱り飛ばされることはなかったが、全員この夜の記憶は生涯消えることがないだろう。

そんな目にあいながら、勝利はしぶとかった。

二学期がはじまって最初の日曜日、礼子を呼んで誰にも内緒で、事件の総括を目論んだのだから、大した根性の持主だと内心呆れている。

「こないだは大変だったわねえ。勉強する気にもなれなかったでしょう。今日はその分、かっちゃんをしごいてやってね」

礼子の優等生ぶりを知る姉だから、無料の家庭教師がきたと思っている。まさかバラバラ殺人の真相究明とは知らないから、

「呼ぶまでこないでくれよ」

弟につっけんどんにいわれても、「はいはい、ごゆっくりね」と、茶菓子をサービスして気分よく出ていった。

「いいお姉さん。優しくて美人で」

べた褒めする礼子に、勝利は苦笑した。

「あいつ、級長がぼくとできてると思ってる」

「なあに？　あなたと私が……」

いいかけた級長の顔が真っ赤になった。死体の生首を見ても彼女なら悲鳴をあげまいと失敬なことを考えていた勝利は、不意を食った。

「いやぁよ、そんなの！」

椅子を蹴らんばかりの剣幕だ。

「ど、どこへ行くんだ」

「お姉さんにいいます、私、そんな関係じゃありません……」

という間にも短い興奮はさめたとみえ、ぐずぐず座り込んでしまった。

「抗議したら、よけいお喜びになりそうね、あのお姉さん」

「そういう奴だよ、ほっとこう」

「だけど風早くんは、迷惑じゃない？」

「別に」

勝利の笑みに底意がないとわかったようだ。礼子はホッとして矛《ほこ》を納めたが、それから改めて勝利の部屋を見回した。

「今日はいらっしゃらないの」

「誰が」

「……咲原鏡子さん」

ああ、やはり気になるんだ。そう思うと胸にチクリと痛みが走った。

「クーニャンは呼んでない。きみと逆で、姉は彼女を毛嫌いしてるよ」

「おやまあ……いい子なのにねえ」

言外に勝利者めいた余裕が窺われて、勝利はちょっとめげた。うわべはにこやかな女の子同士でも、裏では火花の出るつばぜり合いが演じられているのだろうか。

（女って面倒だ！）

そんな大人びた結論に達したのは、実体験の教訓以上に、ミステリの中でからみ合う人間感情の裏表を読みつづけたせいかも知れない。

チリンと風鈴が鳴った。

気がついて勝利は窓際に寄り、風鈴を外した。ほっておくとこいつは、来年まで定位置で鳴

っている……。（いや、そうじゃない）

この家はクリスマス前に取り壊される。やがて名古屋の象徴になるであろう一〇〇メートル道路に敷地を譲るからだ。

日はゆるゆると西に回って部屋をあたためはじめたが、秋風のたつ頃合いだから陽光は邪魔にならない。それでも気が散らないよう、半ばまでカーテンを閉じてから、椅子にもどった。

礼子と直角に机を挟んで、バラバラ殺人事件の全容解明だ。

「バラバラ事件と呼ぶのは、猟奇的すぎてイヤ」

礼子が少女らしくいい出した。

新聞記事ははじめの第一報から〝バラバラ殺人〟で通しているが、生前の被害者を知るだけに、勝利たちには抵抗があった。

「じゃあなんと呼ぼう。だいたいぼくだって、手足や胴体は見ていないんだ」

操の説明によると、手と足はそれぞれ左右一纏《まと》めに階段の途中に、胴体の包みは一階にあった。筵の包装はごく雑なものだったらしい。

「ぼくとクーニャンが見たのは生首だけど……」

「生首殺人？　それもいやだわ」

級長は拒否した。

確かに生々しすぎる。民主1号が現場の事件は〝密室殺人〟が通り名になったが、さて宮繕棟の事件をなんと呼ぶか。体験をモデルに小説を書き継いでいるのだが、第二の事件については呼び名をまだ決めていなかった。

「嵐の夜の殺人……台風殺人……キティ殺人……ピント外れだな。バラバラ殺人を、もう少し遠回しな形容にして……」

思いつきをならべたあげく〝解体殺人〟と呼ぶことに決め、礼子も賛成した。

「順序立てて、関係した人たちの動きを追ってみたの。チェックしてくれる?」

級長が大学ノートを拡げた。紙は粗悪でも大判だから、ふたりで見るのに都合がいい。

19時ごろ　営繕棟にて撮影開始

（別宮・勝利・大杉・鏡子・弥生・礼子）

※この時間、用宗は校長室、夏木は校内巡視（ふたりは自己申告）

以降、スチール撮影は三階・二階で続行

20時30分　撮影終了（勝利が計時）

女生徒三人は更衣のため短時間別行動、ただし三人同時

35分　郡司の車が営繕棟に向かう（守衛の証言で決定）

40分ごろ　郡司の車を勝利・大杉・別宮が目撃する

車は間もなく視界をはずれる

45分　別宮、構内をチェック（勝利の計時）

50分ごろ　別宮、乙階段からもどって女生徒たちに指示

女生徒たち別宮に従って退去
（別宮・鏡子・弥生・礼子）
女生徒たち　三方に散る
勝利・大杉は撮影現場を撤収
21時5分ごろ　別宮、乙階段からもどる
撤収完了して、三人で甲階段から階下へ
その途中、二階で郡司の生首を発見
10分ごろ　別宮を残して、勝利・大杉は営繕棟を出る（勝利の計時）
おなじころ（営繕棟からの移動時間を参照して推測）礼子は新校舎へ
用宗校長に注進する
15分　守衛室に弥生が着く（守衛の証言）
20分ごろ　大杉の負傷
勝利・大杉に鏡子が合流
25分ごろ　用宗と礼子が、新校舎のガレージで夏木と合流
30分　勝利・鏡子・大杉　守衛室へ到着
警察に急報
つづいて学園の乗用車で用宗・夏木・礼子が着く（この間、守衛の証言）
大杉・弥生・礼子を残して、乗用車で営繕棟に向かう

35分

（勝利・鏡子・用宗・夏木）
勝利たち、営繕棟二階で別宮と合流（勝利の計時）
この間別宮は、乙階段と一階で莚に包まれた郡司の遺体の大部分を確認
（別宮の自己申告）

「えーっと」

勝利がつけくわえた。

「巴先生は乙階段だけでなく、一階二階をぜんぶチェックした。このときに目の届かなかった営繕棟東側の外周も見回った。そう聞いていなかったかい？」

「いけない。書き落しがあったわね」

勝利の指摘で、礼子はノートの最後に書き添えた。

〈郡司議員のフォードが東の外壁に駐車していた〉

自慢のルーフウィンドウが開けっ放しだったため、車内は嵐の爪痕でさんざんだったが、鑑識は血痕の残留を認めている。あれだけ風と雨にかき回されても、容易に鑑定できたのだから、かなり大量の血が飛び散ったものと推察されている。

「断定はできないけど、殺害と解体の現場が車の中だった可能性は強いそうだ」

勝利がいい、感心したように礼子がいった。

「よくわかったわね。ニュースソースは？」

「姉ちゃんだ。馴染み客に新聞の社会部記者がいるから、色仕掛けで聞き出したんだろ」

「トーストが聞いたらからかうでしょうね。愚弟賢姉」

「賢弟熟姉だ」勝利が訂正した。

「なんなの、そのジュクシって」

「柿じゃなくて姉と書く。弟の目から見ても熟した女性だもの。記者さんなんて一発でノックアウトさ」

「あらまあ」

礼子はコロコロと笑った。

「私に弟がいなくてよかった……でも風早くん」

笑い納めて睨まれた。

「私のことは熟柿じゃない、渋柿だ。今そう思ったでしょう」

4

当たった、というわけにもゆかないから、咳払いした勝利は話題をスケジュール表にもどすことにした。

「はじめから順に検討してみようか」

「ええ、そうしましょう」

級長だけあって――あるいは推理部員だけあって、難題に挑む礼子は生気に満ちて見える。こんなときの彼女は、確かに人の目を引きつける魅力があった。

「私、守衛さんからいくつか証言をもらったのよ」

「なにを？……って、あの晩の人の出入りかい」

礼子の強みは学園の裏方――たとえば事務のスタッフ、保健室のナース、守衛たち――に、絶対的な信頼を得ていることだ。弥生や鏡子がいくら美少女でも、その点では礼子に太刀打ちできなかった。

手練手管をぬきにして、他人を安心させ信頼させるオーラを発するのだ。彼女の周囲についたファンが、天女とあだ名したのも大げさと思えない。

ふだんはメガネの中の細い目が眠そうにさえ見えるのに、こんなときには爛々という形容を使いたいほど瞳が輝く彼女であった。

「この表の範囲に当てはめると、人の出入りはありませんでした。例外は亡くなった郡司先生だけ。表にあるように、二〇時三五分と、守衛さんが日誌に書いています。あそこには大きな掛時計もあるわ。間違いなくご本人が運転していて、助手席も無人だったそうよ」

「後部座席は？」

勝利にいわれた礼子は、首をかしげた。

「そこまでは目配りしなかったらしいけど」

「門をくぐった後、車はどの方角へ？」

勝利が念を押した。右に進めば営繕棟だが前進して旧校舎を回りこめば、新校舎に用宗校長が在室していた。

「もちろん右よ」

「行先を見て、ヘンだと思わなかったのかな……外部の人には来訪の相手を記入させるんじゃなかった？」

「ええ、議員先生は自筆で書き込んでいたわ。営繕棟で別宮先生に会う……」

「巴御前に？」

勝利は面食らった。あのとき郡司の車を目撃した操は、紛れもなく本気で驚いたと思っていた。

郡司がでたらめを書いたのか、まさかと思うが操が演技してみせたのか。

その後の議員の行動は不明である。車を下りて営繕棟の構内へ入ったか、それともフォードの中で誰かを待っていた……。

（待つって誰を）

その疑問は勝利の胸の内に生まれたが、礼子が話をつづけたので、口にすることなく終わった。

「いずれにしても郡司議員は、営繕棟に別宮先生がいることを知っていたんだわ」

「それは当然だろう」

勝利が切り返し、即座に礼子が応じた。

「そうよね。だって郡司先生は、私たちが営繕棟でよからぬ撮影会をしている……そう聞いて飛んできたんだもの」

級長は回転が早い。そう思いながら勝利はいう。

「集まったのは推理部と映画部。双方の顧問が巴御前なんだから、デブが別宮先生の名前を出したのは自然だ。まさか咲原の名前を……」

ついクーニャンの名を出したので、急いでつけくわえる。

「大杉やぼくの名前を書くのも妙だからね」

なにかいうかと思ったが、チラと勝利を見ただけで、礼子は先をつづけた。

「車ごと隠れていたのなら、議員先生は待ち構えていたのかな。誰かと会うんじゃなく、息を潜めていただけかも」

「待ち構えるって、なにをさ」

「不良少年少女が台風を目くらましにして、淫行をはじめるところを」

インコーってなんだ。聞き返そうとして、〝淫行〟の漢字が頭に浮かんだ。

「有無をいわせぬ現場を押さえる、そんな魂胆だったんだな」

「現場を押さえるというよりも」

礼子はクスッと笑った。

「現場を見たかったんだと思うわ。議員先生は」

勝利はデブと呼ぶが、礼子はこんなときでさえ、礼儀正しく先生呼ばわりする。意地の悪い女の子でもあるのだろう。

「あーあ、気の毒なデブ。待っても待ってもなにも始まらない……フォードの中でジリジリしていたんだろう。……あれ、車は棟の東側に駐めてあった。でもあそこでは場所が悪いぞ。ぼくたちは三階だ、たとえ酒池肉林の騒ぎをやらかしても、あの嵐では聞こえないだろう?」

それともいったんは車を営繕棟の一階に乗り入れたか。不発弾を掘り返した残土で荒れているが、駐車くらいできる。

「そうね。郡司先生は車と一階を行ったり来たりで、様子を窺ったのかしら」

ノートをはさんで、しばらくふたりは黙考する。

やおら礼子が口を開いた。

「……殺すのは一瞬でも、人間を解体するのは容易じゃないわね」

「当然だ。それも相手はあの……」

デブといおうとしたが、話題が話題なので言いなおすことにした。

「あの体だもの、時間はたっぷりかかるだろう。五分や一〇分でできるはずがない」

「剣道の有段者でも?」

該当するのは、もちろん操と夏木だが、

「いくら名人でも簡単にはゆかないよ。人体切断なんて誰も経験がないだろう」

だから江戸時代には、山田《やまだ》浅《あさ》右衛門《えもん》のような専門職がいた。

礼子がかぶりをふった。

「アブラゼミは体験してるって」

勝利がのけぞるゼスチュアをした。

「南京で中国の便衣隊を大勢斬ったというの……法螺《ほら》かも知れないけど」

便衣隊というのは、民間の衣服で非戦闘員になりすまし、不意を衝く兵士たちだ。「本当かよ」

「だが、あの先生に郡司を殺す動機がある?」

「そんなの、わからない。本人に殺人の理由がなくても、誰かのために殺すとか誰かに頼まれたとか……」

共犯の線か。誰かというのは、誰だ。

一瞬イヤな空想が頭をよぎった。あわや妄想に突っ走りそうで、踏みとどまった。

「それにしてもおかしいよ」

「なにが?」

「バラバラにした理由がわからない」

首ばかりか手足まで斬り落したのが、勝利はどうにも納得ゆかなかった。

「小説だと死体を運びやすいとか、後始末が楽だとか、いろいろ理屈をつけるけどな。ウーン、まだ他にどんな考え方があったかな……このリスト、巴先生に見せてもいい?」

礼子はあっさりと答えた。

「いいわよ」

「解体できる力のある先生だ。なにかわかることがあるかもしれない……」

つぶやいている勝利を盗み見ていた礼子が、やがてヒョイと問いかけた。

「ずーっと書いてるんでしょう、ミステリを」

唐突に話題が変わったので、勝利はびっくりした。

「まあね」

「その中に解体殺人は出てくるの」

「まだ……」

「じゃあ、密室殺人は。もうそこまでは書いてるんでしょ」

畳み込まれてギクリとなった。そらした目に窓越しの青空が飛び込んでくる。ああ、あの流れるような雲は秋の訪れだな……。

5

という調子で誤魔化すつもりだったのに、級長は追及の手をゆるめなかった。

「ねえ、どうなの？　ひとり殺し終えた、次はどんな舞台装置で殺そうかな。ニコニコ顔で報告してくれたじゃない」

そういえば級長とキャピトル劇場で、クルーゾー監督の『犯人は21番街に住む』を見たとき口走ったような。

「……うー」

「いっておくけど、人殺しの話なんて、デートのとき持ち出すもんじゃありませんよ。相手が私だから構わないけど、これから気をつけてね」

突っ込んでおいて、ニコリとした。

クーニャンのような美形ではなくても、賢くて可愛い。それは大いに認めるんだが……そこまで考えたところで、勝利は慄え上がった。

おい、よしてくれ！

いつの間にか彼女の手元に紙袋があり、鉛筆のお尻で袋を撫でている。小さな消しゴムがくっついている。袋の中にあるのは勝利苦心の習作で、そういえば昨夜から机の上に出しっぱなしにしていた。

ついさっき自分が、トイレで中座したことも思い出した。

「級長、それ……見たのかよ！」

「三五六枚まで書いてあったわね」

「……」

「安心して。ぱらぱらっと覗いただけ」

「そ、そうか」

「でも私、速読術ができるのよ」

「ソクドク?」

「そ。アルバイトで忙しいの。それでも読む必要のある本は、精神を集中してページの中心を睨むのね。すると周囲の文章までボンヤリ視野にはいるから、文意を辿ることができるの。ダメですよ、風早くん。本人に断りもなく小説のモデルに使っては。せめて名前を変えてお書きなさい」

「……」一言もなかった。

「クーニャンが出るわ、トーストが出るわ、姫が出るわ。……私の役はどんななの? 無理して美少女にしなくていいけど、せめて賢いとか可愛いとか書いてほしいんだけど。もしブスなんて書いたのなら、目の前で消してくださる?」

ヌッと鉛筆の消しゴムが突き出された。

まったくどうも、まずい相手に見られたものだ。

天を仰ぎたくなったが、あべこべに頭を下げることにした。

「第一稿くらいいいだろうと……モデルにするからには、本名でないとイメージがバラつくから……この方が書くのが早く進むんだ……もちろん、見せる前になんとかするつもりでいたんだが……」

我ながらしどろもどろだ。

「あらまあ」

礼子は呆れ顔だった。

「見せるって、誰かと約束していたの？」

「……那珂さんと」

「あの絵描きの先生！」

すぐに級長は納得した。

「先生は、実際の事件で探偵をしていたのね、別宮先生も関係した博覧会の事件。それに銀座では、金田一耕助って本物の名探偵をアシストしたというし……あの人なら優しそうだから、原稿を読んで頭ごなしには批評しないでしょうよ」

「うん」

正直なところを白状した。

「はじめての小説をコテンパンにされたら、ぼくは一生書けなくなると思うから」

「弱虫なのねえ、カツ丼さんて」

その通りだ。

ショボンとしていた勝利はやっと顔をあげた。目を怒らせているかと思ったら、意外に少女の顔は和んでいた。

「あのね。私って家庭教師のアルバイトをしてるでしょう。やればできるのにやる気のない生徒がいてね。でも私は怒らない。煽《おだ》てることに決めてるから。そしたら試験の点数があがったわ。多少見え透いてても、褒めて煽てて調子づかせて、結果オーライならそれでいいじゃなくて？　風早くんもきっとおなじタイプよ」

「そ、そうなんだ！」

文字通り勝利は調子づいた。

「褒められて本領を発揮するのが、ぼくだよ」

「自分でいうの、ソレ」呆れられた。

「……まずいかな」

またしょげてしまった。だが級長は笑顔を消さない。

「いいのよ。だって風早くんはお坊ちゃんですもの、栄町に冠たる料亭のひとり息子じゃない。打たれるのに弱いと思っていたわ」

ニコニコしながら遠慮のないことをいう。この人、家庭教師でもこんな風にアメを舐めさせながら、ムチの音を聞かせるんだな。

「だから構うことないわ。はじめて書いた推理小説で、堂々デビューしてみせる。それくらい威張っていいと思うのよ」

「そ……そうかな」

「そうですってば。じれったいなあ、もう。クイーンの国名シリーズ、読んでいるでしょう。読者に挑戦状を叩きつけるような、あの高飛車なポーズを真似てはいかが」

「挑戦状？」

勝利はびっくりした。

「そうよ。推理小説と銘打つからには、八幡《やわた》の藪《やぶ》知らずみたいにドロドロドロの仕掛けで読者を脅かすだけじゃなく、目の届く範囲に伏線を張りまくって、それを見抜けば密室殺人も解体殺人も真相を突き止めることができる。これはそんな小説なんだ！　作者がそう主張するための看板だもの。ミステリに目のない読者をつる餌だわ！」

「ハハア」

恐れ入った。すぐ隣にいた推研部員が、これほど能弁な少女であったとは知らなかった。いつ部室で会っても黙々と本に没頭している、そんな印象だったせいだが、考えてみれば紛糾するホームルームを、彼女が立板に水で説得する場面を、なん度も目撃していたのだ。

「いかがですか、部長」

またにこやかな笑みを向けられた。

「な、なんでしょう」

「せっかくの初長編でしょ。ミステリファンに挑戦状を叩きつけるくらいのハッタリ——というか、稚気があっていいと思ったの。風早くん、やってみない？」

「……やってみる」

行き掛かり上請け合ってしまったが、自分という人間にハッタリは似合わないと、かねて考えている勝利でもあったのだ。

「ただし挑戦状なんて、偉そうなものは書けない」

「あら、そうお？」

「せいぜい書くとしたら、質問状くらいかな。賢い読者のあなたならトリックがわかったのではありませんか。それくらい下手に出て纏《まと》めてみるよ」

そういうと、礼子に溜息をつかれてしまった。

「あらあら。風早くんなら、推理小説版『風と共に去りぬ』を書くと思ったのに」

処女作の長編が大ベストセラーになった、マーガレット・ミッチェルなんか引き合いに出されても困る。

だが……。勝利は考えた。

ハッタリは自分の属性にないが、ミステリファンの稚気なら心得ているぞ。

処女作には、その作者のすべてがぶちこまれる。そんな言葉を聞いた気もする。

笑われてもともとだし、どだいクイーンの真似なんか無理だ。

「……ぼくはぼくだもんな」

「そうよ、風早くん」

「解体殺人の話がある程度進んだら、思い切ってぶちこんでみるぞ!」

「そう! その勢いだわ。『読者への……」

「質問状』」

「挑戦じゃないんだ」

拍子抜けした礼子だが、それでも拍手で励ましてくれたから、ぶちこむことにした。

読者への質問状

・密室殺人はいかにして行われたか？
・解体殺人はいかにして行われたか？

伏線をたどって解答できた方でも、残念ながら動機まで推測するのは無理があります。まだ物語は途中なのですから。

従いまして、トリックを解明できたあなたも、解明の努力を放棄したあなたも、つづけてこの後を読んでくださるようお願いいたします。

第七章　共学最初の学園祭にて

1

解体殺人の捜査は遅々として進まなかった。

犬飼にいわせると、民主警察に衣替えしたせいで、万事が慎重になったのだ。ときに彼は遠い目で戦前の強権ぶりを思い出している。口には出さなくても、捜査につきあわされた操には、犬飼警部補の不満が手にとるようだった。

もっとも操に次いで警部補のお供を務めることの多い夏木は、意外に犬飼と息が合っていた。進駐軍お手盛りの戦後教育が、いかに日本の青少年をスポイルするかについて、同感であったらしい。

そんな夏木を敬愛する天野でも、戦前戦中の徹底した皇国教育にはさすがに閉口したようで、勝利に零《こぼ》したことがある。

「教育勅語を正座して聞かずにすむ、今の小学生は楽だよ」

女子にもてる大杉とは不仲だが、勝利には気やすく口をきく天野だった。誰とも公平に、いいかえれば薄く広くつきあう勝利が、天野には与《くみ》し易く見えるのだろう。勝利自身はくすぐったいが、天野という男に腹黒さを覚えたことはないから、一定の距離をおくのを前提に口をきいていた。

彼は女生徒にはともかく、男子の一部には人気があった。

彼の兄は第八高校に在学中に特攻を志願して、敗戦を迎えることなく散っていた。兄譲りの男臭さをまき散らす天野は、いわばバンカラの嫡流であった。

「だから意外にいるのよ、隠れ天野ファンが。女子の間にもね」

礼子に聞かされても、勝利は驚きはしなかった。戦後教育になじむ大杉がいれば、天野みたいに戦前の色濃い男がいたっていい。いろんな奴が混在するから面白いんだ。そう考える少年であった。

天野を中心に硬派の男生徒が大挙して、夏木が顧問を務める剣道部に入部しており、女に目もくれずストイックに稽古に熱中している。その話を聞いても、勝利は天野らしいと思っていた。だが礼子は、いやな噂を耳にしたという。

「天野さんたち揃ってアンチ大杉くんだって」

「ふうん」

まだそのときも、聞き流しただけだ。

「トーストに喧嘩を売るってのか」

一対一なら体格も栄養もいい大杉はめったにひけをとらないし、集団で襲いかかったりしようものなら学校だって黙ってはいまい。

雰囲気が険しいというだけなら、トーストのことだ、カエルの面に水とばかり平然としているだろう。

そう思った勝利は、ほうっておいた。

はっきりいえば、そんな暑苦しいことにかかわりたくなかった。推理小説の第一稿が進んでいる最中に、気を散らされたくなかったのだ。

その間にも時計の針は確実に時を刻んで、いよいよ東名学園高校第一回の学園祭がはじまった。

推研・映研の合同イベントには、新校舎で宝の持ち腐れになっていた予備教室が、ふたつつづけて割り当てられた。おなじ校舎には美術部や音楽部、服飾部、料理研究会などが軒を並べる。服飾部は女生徒だけで運営されていて、発足時にはトウメイファッションクラブを名乗ったが、カタカナ表記を嫌う一部の教師の顔をたてて、この名に落ち着いたそうだ。

残念なことに時代は貧しい。アイデアに凝っても具体化するだけの生地や小物が手に入らず、大半はデザインスケッチの展示にとどまったけれど、優雅な曲線と色彩の多様さが、女生徒たちの溜息を誘って盛況であった。ファッション音痴の勝利には、大杉が洋画仕込みの知識で流《りゅう》暢《ちょう》に解説してくれた。

音楽部では生徒のリクエストに応じて、部員がピアノやオルガンで演奏してくれた。大部分の注文はあらかじめサクラと打ち合わせずみだったが、ときには大杉みたいに、『酔どれ天使』で、笠置《かさぎ》シヅ子が歌い踊った『ジャングル・ブギー』をオーダーして、部員を困らせたりした。

「あれっ、知らないの。売り出し中の黒澤監督が自分で作詞したブギーだぜ」

得意顔のトーストを勝利と弥生が左右から睨みつけてやった。

料理研究会では乏しい材料をフルに使って、一見したところ豪華な洋菓子を創作して、年中空腹を抱えている男生徒の羨望を集めた。家がベーカリーの大杉にいわせると、「まずくて腹を壊す」ような代物らしかったが。

男生徒の人気を集めたひとつは、工作クラブだ。戦前に買い集めた材料を空爆下でも抱えて逃げた生徒が中心になり、模型を作っていた。最初の作品が未完成に終わった六発超重爆撃機『富嶽』のソリッドモデルだったから、進駐軍に知れては大変と震えあがった顧問の指導で、ついこの間走りはじめた戦後最初の特急『へいわ号』の模型に切り換えた。

教科書の飛行機の絵に墨を塗らされた体験者の生徒たちは、黙々として顧問の指示に従った。敗戦国に飛行機はあるはずのない存在だったから。

そんな中で推研・映研合同のスチールドラマは、大好評を博した。

勝利の両親や姉の撫子もやってきて、出来ばえを褒めちぎってくれた。

「嵐をバックにした三人の対決、最後の一枚がびっくりするほど大きく引き伸ばしてあったでしょう。雨と風の擬音も迫力だったわ！」

一兵の頼みで名古屋スタジオがＪＯＣＫ（ＮＨＫ名古屋放送局）から擬音の道具を借りてくれたのだ。

厚い布を撓《たわ》ませたドラムを、大杉が馬鹿力で回転させる。布とドラムがこすれあい異様な風音を孕《はら》む。あとの四人は両手に大型の渋団扇《しぶうちわ》を持って、渾身の勢いでふってふりまくる。団扇には無数の糸がつけられ、糸の先端に小豆粒《あずきつぶ》が結ばれているから、豆が団扇を叩く音がそのまま雨音になる。

見物客がくる度に実演しては身が持たないので、適宜客足が増えたときのみのサービスだったが、評判になったおかげで五人はのべつまくなしの重労働を演ずる羽目になった。

それでも効果がうまくいったときは、生徒や親が喝采を送ってくれたから、汗をふきふき大満足の両部員だ。

はっきりいって勝利は、展示の開催をいったん諦めていた。イベントを決定する職員会議の雲行きがあやしくなったからだ。

口火を切ったのは夏木で、「殺人事件の舞台を撮影現場にしたイベントが、あっていいはずはない」という趣旨で、反対の辞を述べ立てた。

これに女学校からやってきた教師の大半が賛同した。

そもそも青少年の聖域であるべき学園祭で、女の子同士が決闘する話を、たとえ写真とはいえ公開するのは非常識ではないか。

もっとも強硬に反対したのは、戦時中は国防婦人会でパーマネントを率先して禁止させ、戦後は民主婦人団体の米よこせデモのプラカードに巨大なシャモジを自作した女傑である。大杉が〝永遠の処女〟とあだ名をつけた教師だった。

予定通り展示すべきですと主張したのは、むろん両部の顧問別宮先生だ。

「事件と撮影に関係はありません。スチール撮影がすべて終わってから、あの事件は起きました。若者が懸命になって独創的な作品をつくった努力を、彼らに責任のない事件のせいで踏みにじるのは、民主教育の逆をゆくものではないでしょうか」

操はあとでそっと勝利に囁《ささや》いている。

「ミンシュミンシュってセミの掛け声みたいと思ったけど、こんなときは使い勝手のいい言葉だね」

時代を統《す》べる呪文の魔力か、直後に口を切った用宗校長のおかげか、曲がりなりにも展示は決定した。校長はこういったのだ。「わが学園の校訓は、つねに開かれた論議の教育であるべし、ということです。撮影場所がたまたま不幸な事件の現場となった。それは事実に相違ない。だがそれがなぜ展示中止の理由となり得るのか。新聞やラジオの質問に対して、誰が説得力のある論議を展開できるのか。少なくとも私にはできませんな。どなたか自信のある方にお譲りしましょう」

タヌキらしい逃げ口上といえるが、まずは正論である。反対組はしぶしぶ沈黙した。その結果スチールドラマは喝采を浴びたのだから、両部員合わせて五名は大喜びで胸のすく思いを味わった。

辛口の姉撫子が、鏡子のことまで褒めたのは意外といえる。生身でなく写真ということもあったろうが、

「すてきな雰囲気だったわ。あんな子が相手では、ふられて当然だったわね、郡司先生……あら」

思わず口走ってから、姉は薄ら寒い顔になった。

「もうその先生もいないのか」

首と両手両足、胴にまで解体されて、姿を消した郡司英輔。

鮮烈な印象を残した殺人事件だったのに、捜査はいっこう捗《はかど》らない。その後に勝利が聞いた新しい情報といえば、鏡子が漏らした一言だけであった。

「作業小屋で台風を凌《しの》いでいたとき、風とは違う音を耳にしたの。車のエンジンかなと思ったけど、すぐにやんだわ。私の勘違いだったかも知れないけど……」

耳寄りな情報はすぐ犬飼に届けられ、いったん彼は色めいたらしい。

嵐を衝いて車を走らせることができたのは、夏木の運転する学園所有のクライスラーしかない。そう考えたのだろうが、当の車を精査しても走行の証拠が摑めなかったのだ。

勝利の考えではそれはなさそうだ。夏木に郡司議員を殺害する動機がないからだが——もしあったとすれば、何者かに夏木が犯行を教唆《きょうさ》されたケースである。

そんなことができたのは、鏡子くらいなものだ。彼女の白い顔を思い浮かべて、勝利はイヤな気分になった。

夏木は高校に編入される前のクーニャンを城東園で見初めたかも知れず、郡司議員は鏡子にしつこく纏《まと》わりついていた……。

殺人教唆と実行犯？

つい想像を逞《たくま》しくした勝利は、それだけで彼女を侮辱したような気分になった。

夏木を犯行に駆り立てたのが鏡子なら、わざわざ嵐の中でエンジンの音を聞いたというはずはなかったし、夏木先生も噂の童貞ではないことになる……。

これ以上推理をこねくるのをやめた勝利は、翌日にのこされた学園祭のステージの照明プランに、頭を切り換えることにした。

2

学園祭の最後をかざるイベントは、講堂を使った各種の発表会である。

才能のある一年、二年生たちは、入学当初からピアノ・歌唱・ダンス・演劇と、晴れの舞台が約束されていた。もちろん入学したときは中学校又は女学校だ。途中で四年生以上は新制高校に切り換えられたから、メンバーや顧問の教師が一部変わる事情はあったけれど、それぞれ四年間、五年間という長期を通してトレーニングすることができた。

だが寄せ集めの三年生、それもワンクラスではそうはゆかない。

特に団体訓練が必要な合奏や演劇などは、はじめから学園側も期待していなかった。けっきょく上演時間一〇分を上限として、希望者にのみ舞台を利用させせようと、生徒会に打診があった。

申し込んだのはたった一組、大杉と弥生のペアである。

級長こと学級委員だった礼子も、ちょっと驚いた。

実は彼女も応募者はないと思っていたからだが、弥生の独唱を大杉がハーモニカで伴奏すると聞いて、なるほどとうなずいた。

かねて姫の歌唱力は、音楽教師が太鼓判を押していたし、トーストのハーモニカも玄人《くろうと》はだしと聞いている。

教師の一部からお手軽すぎるとダメだしを受けたが、格調高くポピュラーな曲目を選ぶことで折り合いがついた。実際に学園祭のラストステージを三年生無視の形で進めるのは抵抗があったから、弥生の独唱が三年生を代表して舞台のトリを務めるという、なんとも晴れがましいプログラムになったのである。

伴奏役とはいえ親友の大杉がステージに乗るのだから、勝利も張り切った。スチール撮影にも借用した照明器具をふたたび動員して、文字通り弥生にスポットを当てることとしたわけだ。

当日は鉛色の雲が眉を覆って、今にも秋の長雨がはじまりそうな、鬱陶《うっとう》しい天候であったが、そんな戸外の雰囲気を吹き飛ばすような、明るくしっとりしたステージを構成するつもりだ。

当然とばかりに、トーストの全面協力を要請した。

「そのバトンにスポットを三個吊ってよ」

「なんだよ、俺が？　ボーダーライトがあるじゃないか」

東名学園と名を改めたのは最近でも、戦前に創設された興亜中学以来の講堂だから、古めかしいがしっかりした造りだ。客席の定員三五〇人と、こぢんまりして使いやすかった。

だが音響設備にくらべて、照明はやや手薄だ。緞帳《どんちょう》と中幕、ホリゾントは揃っているのに、二本のバトンのうち、ボーダーライトを備えたのは一本きりで、もう一本は出番のないまま宙に浮いていた。

「これでは、ただ舞台が明るくなるだけだ。地明かりにサスをつけなきゃ、アクセントのない光の海ではつまらないよ」

一兵から仕込んだ知識で、トーストを脅かしてやった。

「彼女がクラゲみたいに見えるぞ」

「わかった、わかった」

痛いところを突かれて、大杉は今朝早くから講堂に駆けつけてきた。ボーダーライトを増設、サスペンションライトを勝利の指示通りの位置にとりつける。重労働なのに嬉々として見えたのは、明かりに浮かぶ恋人の麗姿《れいし》を想像しているのか。礼子も早ばやと顔を見せたが、これは舞台の成果が、学級委員の責任に直結するからだ。

サイドスポットを調光盤につなごうとする勝利に近づいて、職員室の情報を伝えてくれた。

「アブラゼミが校長先生に談判していたわ」

「なんだよ、またなにか文句があるのか」

しゃがんで重いコードを引き回すせいで、立ち上がった勝利は、目に汗が染みてきた。

「そうじゃないの」

なんとなく訝《いぶか》しげな口調だ。

「最後の舞台くらい、生徒たちの好きなようにやらせましょう、そういってた」

「へえ……」

だしぬけに物分かりがよくなったのか。勝利も首をかしげたくなった。

「若者のエネルギーを、大人のわれわれも寛容の目で見てやりましょう、だって」

近くにいた操にまで、わざわざ声をかけてきたそうだ。

「そういわれて、反対するはずないものね」

「なにか企んでいるんじゃないか」

「アブラゼミが？」

「彼や天野たちが」

腹黒いとは思わなくても、でかい悪戯《いたずら》でもやりそうな気がした。

「そうね……」

級長は曖昧にうなずいた。胡乱《うろん》な気配だがなにが怪しいのか見当もつかない。三年生の舞台（といってもプログラムは弥生のソロだけだが）では、勝利はむろん礼子も裏方に回っている。せいぜい注意して、なにか起きたら臨機応変に対応しようと話しあった。照明器具の位置決めを手伝っている鏡子にも、その旨を伝える。昨日、彼女は欠席していたので、ちょっと心配だった。

「風邪でもひいたのか？」

するとクーニャンはくすっと笑った。風邪どころか若々しい頬をうすく火照らせて、快活な返答がもどってきた。

「大丈夫。私なら元気一杯！」

ふだんの彼女にない陽気さだったから、思わず見直してしまった。

「なんだよ。なにかいいことでもあったのか」

すると彼女は、声を落して囁いてきた。

「客としてきてるの、今日の学園祭に」

「え……誰が」

「彼」

というと、ロビンソン少佐か。不意を打たれたせいもあって、少しばかり胸が詰まった。学園の中と外で、クーニャンは仮面をつけ替える。いったん下校すれば、そこにはもう咲原鏡子という女子高生はいない。米国軍人のオンリーがいるだけだ。

勝利の感情が読めたのだろう、鏡子はいっそう声を小さくした。

「ごめんね」

「バーカ」

荒っぽく返事した。

「謝ることかよ」

「わかってる」

鏡子はまたライトを決める作業にもどった。

緞帳の隅から勝利は客席を見渡した。一、二年のステージが終わったタイミングで、出演した生徒の関係者は現金に席を立っていたが、まだ七分通り椅子は埋まっていた。あのどこかに少佐がいるんだろうと思いながら緞帳から手を放すと、客席はすぐに見えなくなった。

3

準備万端整ったと、別宮先生にも連絡しておいた。彼女は客席の最前列で、用宗校長や夏木先生たちと顔をならべている。今日の最後の締めとして、校長先生の挨拶が予定されているので、手すきの職員一同がズラリと雁首を揃えていた。

勝利がろくに面識のない先生でも、級長はすべて顔と名前を一致させているらしい。三年生ただひとりの学級委員として、このステージについては生徒会から全権を委任されていた。にこやかな笑顔を送りながら、ステージ端の階段をあがって緞帳の中へ滑り込んできた。

調光盤の前に立つ勝利の隣にならんで、またニコリとした。

「明かり、よろしくね」

「了解」

笑顔で応じながら、勝利はちょっとふしぎな気がした。

袖とはいえ幕が開けば、もっとも目立つポジションだ。これが姫とトーストのコンビなら、からかいと焼き餅の口笛が投げつけられるだろう。

ところが級長とカツ丼のふたりでは、みんなそこにいるとも思ってくれない。なんとなく、あっちは映画俳優で、こっちは裏方かよと僻《ひが》みたくなる。

予鈴が鳴り渡った。

映画館ではないから、けたたましいだけの無趣味なベルだが、さすがに威令行き届いて客席の喧騒はみるみる静まった。

舞台の明かりは一切ない。

客席に面した窓は暗幕がかけられているので、講堂がまるまる闇に沈んでいた。

咳ひとつ聞こえない中で、ハーモニカの演奏がはじまった。

世にもオーソドックスな選曲の『さくら』だ。

悲しいことに前明かりを用意できなかったから、両袖に用意したスポットで舞台の正面に進み出た姫を抜くのが精一杯だった。

それでも増設したボーダーが降りそそぐ地明かりの効果で、舞台一面にやわらかな光が瀰漫《びまん》して、中央に佇む明石縮《あかしちぢみ》の薄物を纏った薬師寺弥生の姿を浮き彫りにした。青のぼかしに菖蒲《しょうぶ》が立ち上がっている。

本来は盛夏用の絹縮だから季節違いだけれど、時節柄贅沢をいってはいられない。薬師寺家の着物は底を浚《さら》えていたから、実はこの衣装は焼けのこった知人からの借り物だったのだ。

ハーモニカの前奏が終わると、姫は囁くように歌いはじめた。そんな歌唱ぶりなのに声は心地よく場内へのびてゆく。

「さくら　さくら　やよいのそらに……」

大杉がこの歌に拘《こだわ》った理由はよくわかる。冒頭に彼女の名が読み込まれていたからだ。勝利としてはむしろ微笑ましい気分で、袖の調光盤越しに姫の晴れ姿を眺めていた。

そのときである、蛮声が客席からあがったのは。

「櫻という字はヤッコラヤノヤー！」

不意を打たれた勝利は、文字通り驚愕した。

客席の中央に仁王立ちしているのは天野だ。彼は傍若無人《ぼうじゃくぶじん》にパンパンと手を鳴らして、歌いつづけた。

「分析すれば
のう稚児《ちご》サ
二貝（二階）の女が木（気）にかかる
木にかかるー
ヤッコラヤのヤー　ヤッコラヤーのヤー！」

天野ひとりの声ではなかった。

気がつくと客席の上手から下手から、あるいは後ろから、さらには立ち見していた男生徒が、我がちに手を鳴らし拍子をとり、声を揃えはじめたのである。
「娘という字は　ヤッコラヤーのヤー！
　分析すれば
　のう稚児サ
　どこからヤッても　良い女
　良い女ー
　ヤッコラヤーのヤー　ヤッコラヤーのヤー！」
　驚愕の後に茫然《ぼうぜん》がきた。
　むろん弥生は歌いつづけた。
　大した度胸と感心するのは、そんな不意打ちにあっても彼女の歌声は、ただしく旋律《せんりつ》に乗ってのびやかであったことだ。
　だがボリュームの違いはどうにもならない。客席で歌うというより怒鳴っているのは、一〇人をくだらない男生徒であり、弥生は舞台の中央で勝利が指定した光の輪から出ることがない。結果として姫の美声を耳にできたのは、校長たちと来賓、最前列の客たちだけだ。せめてマイクを用意するべきだったと、勝利はほぞを噛んだ。
　このキャパシティなら十分肉声で届くと、当の弥生が主張したのだから、今さらどうにもならない。制止しようにも調光盤に張りついた勝利は、持ち場を離れることができなかった。
　礼子だけがいち早く動いた。ステージを飛び下り、腰をかがめて教員たちににじり寄った。

そのときはもう操も立ちかけていたが、夏木が機先を制した。

「生徒の好きなようにやらせる。そのはずでしたね」

だまし討ちだ！　冷静な級長さえカッとなったという。

もとより操も顔色を変えていた——「夏木先生！」

あわや来賓の目の前で、巴御前はアブラゼミの胸倉を摑むところだ。それこそが夏木の思う壺ではなかったか。

あっと声を出そうとした級長の耳に、用宗の頼りなげだが時宜を得た声が飛び込んだ。

「別宮先生。教師同士の争いはやめていただく」

とっさに操も我に返ったに違いない。

自分を罠にかけるつもりだ——そう気がついて矛《ほこ》を納め——しかしそれでは、姫を見殺しにすると気づいて困惑した。

この間も天野たちのドラ声はやむことがなかった。

「妾《めかけ》という字は　ヤッコラヤーのヤー！

分析すれば
のう稚児サ
立ってヤルのにいい女　いい女
ヤッコラヤーのヤー　ヤッコラヤーのヤー！」

おそらく天野は、旧制高校に在学した兄から聞き覚えたのだろう。稚児サという呼びかけから容易に想像できた。男と男の間だから伝えられた戯《ざ》れ歌だが、しっとりムードの『さくら』に、春歌《しゅんか》の大合唱をぶつけられてはたまらない。

それでも弥生はめげずに歌いつづけた。

「さくら　さくら　花ざかり……」

可哀相に姫の声は、調光盤にとりついた勝利にすら聞き取れなくなった。

来賓は教育委員会のお歴々だから、さぞ怒り心頭に発していると思った勝利は、最前列の様子を窺って啞然とした。

腹を立てるどころか初老の男どもは、半眼を閉じて口ずさんだり膝に乗せた手でリズムをとったり。考えてみればこのおっさんたち全員が、戦前の旧制高校をへて大学にはいっている。バンカラ気質は雄々しくて野趣がある、そんな男天下の価値観に首まで漬かって成人したのだ。

(本音は男女共学の忌避なんだ……共学は女々しい日本人に改造するための進駐軍の謀略、そう考えているんだ)

その共学を体験中の自分である。拠って立つ足元の地盤が音をたてて崩れるような錯覚を味わった。明治以来の帝国教育の伝統に、敗戦後わずか四年の民主教育が太刀打ちできるはずはなかった。表向き星条旗に頭《こうべ》を垂れても、大人は腹の中でせせら笑っていたのではあるまいか。

天野たちの怒号が高潮した。

「嬲《なぶ》るという字は　ヤッコラヤーのヤー!

分析すれば

のう稚児サ
ふたりで女をヤル形　ヤル形
ヤッコラヤーのヤー　ヤッコラヤーのヤー！」

さすがに用宗校長も、男生徒の狼藉にたまりかねていた。なにかいおうと客席に向かったとき、それまで律儀につづいていたハーモニカの伴奏がハタと途絶えた。

「いい加減にしろ！」

中幕の蔭から飛び出した大杉が、客席めがけて絶叫した。

姫の苦境を見ぬふりできなかった彼の思いは、勝利に痛いほどわかったが、残念なことにそれは逆効果であった。

客席がドッと湧き返った。桁違いのどよめきがトーストを迎えた。

4

男生徒だけではなかった。女生徒の半ばが喝采していることに、勝利は目を疑いたくなった。たまげた来賓が近くの教員に尋ねている。相手をしたのは例のオシャモジ女史だった。彼女の顔に漂う冷笑の色を勝利は認めた。

先入観で悪意にとったのかと反省したものの、女史の説明に耳を傾けた来賓が好奇の目で舞台を見た事実は紛れもない。

なるほどそうかね、共学が生んだカップルなのかね、あのふたりは。

そんな目つきであった。これも勝利の邪推だろうか。

容赦なく黄色い声が飛び交った。

「キャー、おふたりさーん」

「ご結婚おめでとーっ」

「高砂《たかさご》やー、高砂やー」

男生徒の野次はいっそう直截的であった。

「なんべんヤッたの、ねェ教えてッ」

「赤ちゃんもう四カ月だって?」

唐突に、短い真空が生まれた。

舞台の端で仁王立ちしている大杉に、明石縮の袖をひらめかせた弥生がすがりついていた。

恋人の声を聞くと同時に、彼女の心は折れてしまった。

「……泣くな」

叱咤にもかかわらず、姫は舞台にストンと両膝を落した。

「泣いたら負けだ」

大杉の声さえ弥生には聞こえなかったに違いない。彼女はバトンから降り注ぐ光を浴びたまま、ワーッと泣きだした。身も世もあらぬ号泣に、さすがの天野たちも気を吞まれたように沈黙した。

だが女生徒たちはひるみもしない。

「ヤダー、泣いちゃった」

「身に覚えがあるんだわ」

ケラケラケラと高ぶった笑声をあげると、とたんに男どもも息を吹き返して、それまでに倍する嘲りの渦が、大杉と姫に襲いかかっている。

女の嫉妬のエネルギーを、勝利はしみじみと思い知った。

畜生！

発作に見舞われたように、少年はスイッチをいくつか、つづけざまにオフにした。舞台の地明かりがすべて消えると、生きているのはサイドライトだけだ。上手のサイドライトに飛びついた勝利は、下手のヒステリックな笑い声を目当てに光を向けた。まぶしげに顔をそむけたのは、大杉に近づこうとして失敗した女生徒だった。

勝利はライトを左旋回させた。

今度は上手で吠えていた天野が標的だ。距離が近いだけに、光は正確に彼を捉えることができた。

顔を覆った彼は照明に向かって、歯を剝《む》き出した。まるで猛獣だ。小心な勝利をぎくりとさせたほどの悪相に見えた。

そのとき駆け寄ってきたのは礼子だ。

「明かりをのこらず消して！」

「え」

「舞台を暗転させてから、また明るくして。後は咲原さんがなんとかするって！」

どういうことかわからないが、こんな混乱のままで緞帳を引くのは不可能だ。本能的に反応した。

「了解」

調光盤に飛びつきサイドライトまでオフにした。

舞台も客席もなにもかもが暗黒に沈んだ。その隙を縫って退場したのだろう、大杉たちの気配も消えた。面食らったとみえ天野も怒声を呑み込んでいた。

しばし場内を支配したのは闇と沈黙であったが、やがてそこから、澄んだピアノの音が滲み出てきた。

聞き覚えのある曲の前奏だ。

それは『哀愁』の劇中曲——原曲はスコットランドの民謡だが、映画では『別れのワルツ』として演奏されている。

勝利に張りついていた礼子が囁く。「ライトを灯して」

おぼろげながら勝利は、次になにをすればいいか見当がつきはじめた。

ボーダーライト、サイドスポット、サスペンションライト、すべての電源をオンにしてやった。

決して潤沢な光量とはいえなくても、暗黒から転じたために、客の目にはさぞ煌《きら》びやかに映ったろう。

流麗なピアノ演奏はつづき、センターに歩み出た鏡子がひっそりと歌をはじめていた。旋律は『別れのワルツ』でも、明治一四年に小学唱歌として作詞されて以来、誰ひとり知らぬ者のないあの歌であった。

「蛍の光　窓の雪……」

明石縮を纏っていた弥生に比べて、素顔でセーラー服の彼女はひどく地味に見えた。京人形のような姫と違って、鏡子は大人しやかな学校生活を送っていた。学期の途中で転入したためもあって、スチールドラマを見た級友が「この子誰？　こんな美人いたっけ」と囁き交わしたほどだった。

彼女のもうひとつの顔を知る生徒は、勝利くらいなものだ。

その鏡子が今、舞台中央で堂々と歌っている。

「書《ふみ》読む月日　重ねつつ……」

あたりが少し暗くなった。

勝利がボーダーのひとつをオフにしたのだ。

「いつしか年も　杉の戸を……」

またふっと明かりが落ちた。

『哀愁』の名場面、ヴィヴィアン・リーとロバート・テイラーが静かに踊りつづけるうち、照明がひとつまたひとつ消えてゆく——あの纏綿《てんめん》たる情緒に少しでも近づけたかった。

「明けてぞ　今朝は別れゆく……」

失われてゆく光を惜しむように、鏡子はしっとりと歌いつづけた。

「とまるもゆくも　かぎりとて
かたみに思う　千万《ちよろず》の
心のはしを　ひとことに
さきくとばかり　歌うなり……」

最後にのこされたサス一本の光芒の中で、鏡子は静かに歌い終えた。

（クーニャンは照明を手伝ってくれた。だからサス残しの立ち位置も、きちんと把握していた！）

勝利はすっかり嬉しくなってしまった。

いつの間にかピアノもやんでいる。

拍手が高鳴った。来賓のおっさんが最前列で力をこめて手を打っている。弥生の歌を助けられなかった代償のように、用宗校長も別宮先生も惜しみない喝采を送りつづけた。

（良かった……）

勝利は心の底から安堵した。

終わりよければすべて良し、だ。学園祭の掉尾《とうび》をクーニャンはみごとに飾ってくれた！

思わず拍手に参加したようとした勝利の肘を、礼子が摑んだ。

「アブラゼミが……」

「待て、咲原！」

声をかけた夏木が、短い階段を使ってステージに駆け上がった。注視の的になるのを承知だろう、斜に構えたポーズで七三に校長たちと鏡子を見た。

「おかしいじゃないか。プログラムにないぞ。今、ピアノを弾いていたのは誰だ！」

5

勝利も虚を衝かれた。

そうか……誰が弾いたんだ。音楽の教師なら操のすぐ後ろに控えたままだ。生徒が臨時に応援してくれたというのか。

ピアノは舞台の奥――中幕の蔭に据えつけられていた。

『別れのワルツ』前奏は、ステージが暗黒のうちに始まった。暗譜していたから出来たのだ。そんな手慣れた弾き手が、生徒の間にいたのだろうか。

客席の疑問に答えるように、鏡子が舞台奥に向かってゼスチュアを送った。

中幕が揺れて、ゆっくりと歩み出たのはハヤト・ロビンソンであった。

小さな驚きの声が、そこここから湧いた。

引き締まった肉体が機能的な軍服にフィットしている。

「みなさん、はじめまして。米国陸軍少佐ロビンソンです」

鏡子とならんだ彼は、日本式にうやうやしく頭を下げた。反射的にいくつかの拍手が起きようとしたが、その軽率な客を睨みつけた夏木は声を高めた。

「咲原！」

「はい」

「きみは知っているだろう」

「なにをでしょうか」

「舞台に立つ資格があるのは、職員と生徒、それにその家族だけだ」

夏木は居丈高に言い放った。

ハヤトが現れても意外な顔を見せなかったのは、少佐が舞台にあがる姿に気づいたからだと、勝利は推測した。

さあどうだといわんばかりな夏木に、鏡子は落ち着いて答えた。

「存じています」

「なんだと」

押し返された夏木は、ほとんど怒鳴り返した。

「米国の軍人が、なぜきみの家族だ！」

「ハヤトは私の夫です」

きっぱりといわれて、アブラゼミは沈黙した。

「……？」

言葉を失ったのは、彼だけではない。その場にいた勝利も、もちろん来賓も客席の全員も、呆気にとられてふたりを見つめるばかりだ。

「私たちは昨日、白川のチャーチで挙式しました」

名古屋での進駐軍は役所街の将校用キャンプをはじめ、御園座にほど近い白川の一帯に居住区が広がっていた。カマボコ形の仮設住宅がずらりとならぶ間に、十字架を屋根に掲げた小さくて清潔な教会堂が見え隠れしていた。

「用宗先生と別宮先生に立ち会っていただき、正式な書類もできています」

遠慮がちに白い歯を見せた鏡子がいった。

「ですからハヤトと私は家族ですわ」

見事に自然な動きであった。ふたりがどちらからともなく顔を寄せる。ハヤトは心持ち前かがみになり、鏡子は精一杯背伸びをして、キスしていた。

逞しい腕が細い腰に回され、一体となったふたりはその姿勢で動かなかった。

誰ひとり野次を飛ばさず口笛も吹かず、息を呑んで見つめていた。

オシャモジ女史が顔中に口をひろげ、夏木が二、三歩後ずさりしたのがわかった。……

誰の指示があったわけでもなく、勝利の右手が動いた。サスに連なる抵抗器のレバーをゆるやかにスライドさせると、セーラー服の人妻を照らしていた最後のライトが、音もなく溶暗した。

6

舞台を片づける間、部員の全員が無口だった。

客席が空になってから、はじめて大杉と弥生が頭を下げた。

「さっきはすまん」

「ありがとう」

勝利と礼子は照れ臭そうにかぶりをふった。

「よせよ、トースト」

「お礼なら咲原さんにいってね」

その鏡子はハヤトを送り出すと、すぐ箒《ほうき》を手にもどってきた。顔の下半分を手拭いで覆い埃を掃きだしている。舞台を使ったのは一、二年もおなじだから、勝利たち以外のなん人かが作業していたが、ときには女生徒が瞳を潤ませて、鏡子に視線を送っている。

あの瞬間で彼女は学園トップの名物生徒になったに違いないが、そんなことは忘れきってきびきび立ち働いていた。それでも大杉たちに礼をいわれたときは、やはり照れに照れた。

「おかげで気分よく歌えたわ。あの曲だけなのよ、私がハヤトのピアノに合わせられるのは」

「それノロケかしら」

礼子にいわれた鏡子は手拭いを外し、素顔を見せてククッと笑った。勝利が突っ込む隙のないほど幸福そうな表情だ。

コン畜生と思いながら、勝利もいつの間にか顔をゆるめている。我ながら人のいい奴めと、胸の中のモヤモヤを我慢していた。

「それにしても不意打ちだぞ」

大杉にいわれて、鏡子は真面目な顔を取り戻した。

「ハヤトの時間がとれなくて、別宮先生に話すのがやっとだったわ」

「そんなに急ぐわけがありましたの」

弥生の質問にコクンとうなずいた。

「彼のグランマが重体になって……」

意識があるうちに孫の嫁に会いたいと、祖母が願っているという。鏡子との結婚を決めていたハヤトが、かねて彼女の写真を見せ喜ばせていたのだ。

「おばあさまが亡くなる前になんとしてでも……ハヤトを引き立ててくれた将軍の計らいで、便さえ空けば渡米できることになったの」

いつＯＫになってもいいように挙式、病床の祖母へ駆けつけるつもりだという。

羨ましげに見ている下級生に気づいて、彼女はまた忙しく働きはじめた。

学園祭の行事もすべて終わった。

彼女の口ぶりでは、明日にも退学届を出す予定で、用宗校長に諒承を得たそうだ。

「だって旦那のいる女子高校生なんて、ヘンじゃなくて」

鏡子は可笑《おか》しげにそういい、その通りだと勝利だって考えるけれど、

(クーニャン……いなくなるのか)

やはり寂しい。卒業以前にそんな日がくるなんてやりきれない気分だ。

作業が終わった。勝利が頼んだトラックの荷台に照明器具を載せると、舞台はびっくりするほど広びろと見えた。後はこの機材を勝風荘に届けるだけだ。

「別宮先生に報告してくる」

いいおいた勝利は、職員室に向かった。

廊下の突き当たりが校長室、その隣に来客をもてなす応接室があり、職員室は手前にならぶ三枚の扉だ。そのひとつのノブに手をかけたとき、応接室から用宗と犬飼警部補が現れた。

校長の表情はこわばっている。

捜査になにか進展があったのだろうか。それにしても犬飼の顔は険悪だった。職員室のドアに隠れて、勝利はふたりを見送った。

どんな会話があったのだろう。落ち着かない気分だがひとまず操の顔を探した。

学園祭の後は明日明後日と学校の休みが決まっており、職員室はガラ空きだった。手近な席の音楽教師が教えてくれた。

「別宮先生ね？　まだ応接室だと思うわ」

では校長といっしょに、警部補の相手を務めていたのか。ちょうどいい、どんな話が交わされたのか教えてもらおう。

そんなつもりで廊下へもどり、応接室のドアをノックした。

即座にいつもの元気な声が聞こえると思ったが、返答はなかった。もう一度ノックした。やはり応答がない。

行き違いかな。首をかしげた勝利は試しにそっとドアを開けて、少したまげた。

テーブルを挟んで、ソファーと肘掛け椅子が数脚向かいあっている。犬飼警部補の事情聴取をうけた場所だから、配置はよく覚えていた。

そのソファーに掛けた別宮先生が、ドアに背を向け上半身をテーブルに投げ出している。彼女のはじめて見る隙だらけの姿勢に、思わず声をかけた。

「先生！」

とたんに操が反応した。ガバという勢いで起こした体を、電光の速さでドアに向けた。そこにいたのが勝利と知って、大きな吐息をついた。「風早……きみか」

「どこか具合がわるいんですか」

そっと声をかけながら、考えた。ぼくはこれまで別宮先生に向かって、いたわりの言葉をかけたことがあったかな……彼女はいつだって、エネルギッシュに生徒全員を引っ張り回してくれた。そんな先生でも、むろん疲れ果てること、精根尽きることだってあるはずなのに——。

「ありがとう」

にこやかに応じた操は、もういつもの活気に満ちた巴御前にかえっていた。

「講堂の清掃は終わりました。あとはライトの機材をうちに――勝風荘に運べば完了です！」

「ご苦労さんだったね」

ねぎらいの言葉も快活だったが、勝利はなんとなく違和感を覚えた。足の裏に小さなトゲが刺さったような気分が残った。

教室ばかりか部活や旅行や撮影の日々で、いつも慣れ親しんでいた別宮先生だから、ぼくにはわかる、そんな気がした。どこかムリをしているみたいだ。人の秘めた思いに鈍感な癖に、今日ばかりは先生を裏読みしてしまった。

操が知ったらきっと笑っていうはずだ。

風早が女の、それも大人の気持を測ろうなんて、一〇年早い！

……気がつくと操は、勝利の顔を穴の開くほど見つめていた。

「きみたちのためにも覚悟のときだな」

かすれ声でそう呟いた。

「え、なにがでしょう」

「犬飼警部補だよ」

腹立たしげな口ぶりに変わると、憤懣《ふんまん》を一気にぶちまけた。

「あの警官も講堂にいたんだ。それで咲原鏡子のことを知った。校長に質《ただ》して彼女が渡米する予定だと知った。するとこうだ。事件が解決しないのに関係者を国外へ出すわけにゆかん！

それが県警の意向だという」

「そんな！」

勝利も大声になった。

「それじゃあアメリカのおばあさんは……」

「米国に帰化した老婆より惨殺された日本人の市会議員の方が重要だ！　あの男はそう吠えたよ」

「つまり……犯人が逮捕されるまで、クーニャンは……咲原さんは、名古屋を離れることができないんですか！」

鬱屈を言葉に出したからか、操はかえって落ち着いてきた。

「正にきみのいう通りだ。だがそれなら解体殺人の犯人を突き止めればいいわけだな。そして司直の手に引き渡せば、咲原は天下晴れて出国できる」

ここで操は一種異様な笑いを浮かべた。

「それができる人間を私は知っている。那珂一兵くんだ」

7

その晩、勝風荘のスタンド割烹《かっぽう》は別宮操先生に占領された。長野県にいる那珂一兵に電話したいというのだ。

長距離電話を申し込んで相手と繋がるまで、相当に長い待ち時間が必要なため、東名学園の職員室で待つのは無理だ。電話事情によっては、三時間四時間と待たされてしまう。むろん操の居室に電話なぞあるはずがない。都市圏に集中していた電話網は、中小都市まで空爆の対象とされた昭和二〇年の夏にかけ、全国規模で壊滅に瀕《ひん》した。そんな状態が四年くらいで復興するのは無理だ。電気や水道など基本的インフラが優先されて、通信網は後回しにされていた。

そこで操は、勝風荘のスタンド割烹を思い出したのだろう。あそこなら営業のため電話が引かれているし、長野の一兵に繋がるまで待つこともできる。

「いいですよ、先生」

話を聞いた勝利は、すぐに請け合った。

「閉店が近づいて、親父ももう商売を諦めてます。今夜だって客なんかいないと思います。安心してください」

「ひどい息子だな。ひとりやふたりは来るだろう、客が」

「大丈夫です、長っ尻の客は、姉貴に追い出させます」

安請け合いではなかった。少年が操を連れてゆくと、いいタイミングでひとりだけいた客を撫子が丁重に追い出していた。

「先生、いらっしゃい！」

撫子はよほど操と気が合うらしい。愛想いっぱいの笑顔で迎え、用向きを聞いて歓迎した。

「どうぞ、お使いになって。ちょうどいいわ、今夜はもう店じまいにしますから」

ズルズルとコードをひきずって、色気のない黒い電話機をカウンターの操に渡してから囁いた。

「一兵ちゃんが電話に出るまで、ふたりで飲みましょうよ」

ろくに話したこともない那珂先生を、ちゃん付けで呼ぶ姉に呆れていたら、「しっしっ」と猫を追い払うような手つきをされた。

「未成年者は自分の塒《ねぐら》にお帰り」

そうもゆかない。一兵を探偵役に仕立てることはわかったが、別宮先生がどんな口実で呼ぶのかじかに耳にしておきたかった。

とはいえ操と姉が杯を交わす間、ぼんやりしているのも間が持たず、いったん自分の部屋に引き揚げることにした。

離れに向かう勝利を迎えるのは、壮大な秋の虫の交響曲であった。マツムシ、スズムシ、キリギリス、ウマオイ。焼け残りの勝風荘の庭園には、薄墨色の草の海に黒々とした樹影が折り重なっていた。塀ひとつ越えた焼跡の整地は手つかずで、赤茶けた瓦礫《がれき》が明かりひとつない闇の底に横たわっている。

だから虫たちはコンサートの会場を勝風荘の庭に選んでいた。業火の中を卵たちがどう生き抜き、どう成虫になったのか、生命のふしぎさを覚える暇もない。ただ彼らは鳴きに鳴きつづけた。

はじめのうちこそものの哀れを覚えていた勝利だが、毎晩の合唱にいい加減飽きていた。一匹や二匹なら「かそけき」と形容できるけれど、満場の大合唱のこれはもはや「どよめき」でしかない。

下駄の音高く少年が石畳を歩く間は鳴りをひそめた虫どもだが、足音がやんだとたんに息を吹き返した。

勝利が立ち止まったのは、石畳に月明が刻んだ自分の影に気づいたからだ。

(中秋の名月というんだな……)

柄にもない詩心を覚えて見上げると、夜空には雲ひとつなかった。

繁華街栄町もまだ戦前の賑わいに遠く、穹窿《きゆうりゆう》に鏤められた星々は鮮やかに明るい。それでも月輪の周囲では星が光を潜めて、輝く金貨のような月に勝利は見下ろされた。

夢幻の情景に上乗せして、虫どもは命の限り鳴きつづける。

うるさいといいたかったが思い止まった。

(好きなだけ鳴けよ、今のうちに)

来年の今ごろ確実にこの庭はなくなっている。やがて無機質な舗装道路が完成するはずであった。

諦めろよな。ぼくたちももうここにはいないんだから。

いくらか感傷的になって部屋にもどると、ガリ版と鉄筆が勝利を待っていた。分量の多寡《たか》はあるが、毎日必ず書く！　自分自身に課していた責務だ。まがりなりにも、少年の創作は前進しつづけていた。

机の前に腰を据えようとするのをやめ、印刷ずみの原稿の束だけ抱えこんだ。予定のまだ三分の二でも、けっこう厚みがあった。

後生大事に割烹まで抱えてゆくと、おしゃべりに余念のなかった女性ふたりがふり返った。推研顧問は目ざとい。

「きみの原稿だね。どこまで進んだ?」

「えっと、二人目を殺しました」

「コラ殺人犯」

原稿を覗こうと無遠慮に撫子が首をのばしたから、勝利はアルコール臭に辟易《へきえき》した。厨房には賀茂鶴《かもつる》の菰被《こもかぶ》りが鎮座している。人目がないのを幸い、ごっそりくすねてきたのだろう。

「題名はどこに書いてあるのよ」

「まだ決めてない」

「なぁんだ」

「悪いか」勝利は喧嘩腰だ。

「そうはいわないけどさ、犯人は誰なのよ」

原稿に手をのばそうとするからあわてて止めた。

「姉貴に見せにきたんじゃない」

「ははあ。モニター役は私かい」

顔を近づけた操は酒臭くない。顔色もシラフのままだった。

「ヘンなの。別宮先生、私より飲んでるのに」

口をとがらせる姉はほっておき、目の前で原稿をパラパラとめくってみせた。操が感心した。

「思ったより読みやすいな。文字も整ってるじゃないか。テストの答案は教師泣かせの悪筆だが」

「ガリを切るときだけは、特別あつらえの書き方にしているんです。読んでもらえませんか。謎解き場面までまだ間があるけど」

引っ込み思案の勝利も、こんなときには強気に出た。

すると操は、差し出された原稿に顔を寄せず、質問してきた。

「二人目を殺したといったが、もしかするとこの原稿は、実際の事件や人物をモデルにしているのか」

「……はい、まあ」

「ダメよ勝利！　被害者の遺族に告訴されるわよ！」

またアルコールのにおいが鼻を衝いた。

「心配しなくても書き直すとき人名を変えるよ。でも第一稿はできるだけぼくの視点で書いてる。そのほうが、書くぼくもだが、内輪で読む人だってイメージが湧くと思った」

「参ったな」

操が苦笑した。

「直すとき名を変えるといったね。つまり原稿は」

「はい、今はまだ本名をそのまま使っています。大丈夫ですよ、部室の奴ら以外には絶対見せません」

「ということは……ははあ、神北には読ませたのか」

「一部だけですが。ぼくひとりの見聞では、事実と食い違う心配があって」

「だから私にも読ませたいんだね」

「いけませんか」

また撫子が茶々を入れた。

「先生はお忙しいのよ。五枚や一〇枚ならこの場でさっと読めるだろうけど……」

原稿の最後の一枚のノンブルを見て、驚き顔になった。

「ずいぶんあるわね。この一ページで原稿用紙なん枚ぶん？」

「えっと、一行四〇字で三〇行だから」

「一二〇〇字、四〇〇字詰原稿用紙の三ページ分ある……最後が一五六ページというと、その三倍、四六八枚はいっているぞ」

操がスラスラと暗算すると、撫子は目を大きく見開いた。

「これでもまだ話は途中なの！」

くるっと操に向き直って、大真面目にいった。

「センセ、やめた方がいいですよォ。ドのつく素人《しろうと》が書いた小説の、それも人殺しの話だなんて。せめて吉屋信子《よしやのぶこ》の『花物語』みたいにロマンチックな小説なら、私が読んであげるけどさ。『我が世悲しと鳴れよ、鐘草《かねぐさ》、鳴れよ鐘草……』『釣鐘草』の最後なんてまだ覚えてるくらいだもん」

「うるせえ、姉貴」

「作家面するな、カツ丼」

ちゃんと弟のあだ名を知っている。

まあまあというように手をふった操が、原稿の束を勝利の前に押し返した。

「読みたいのは山々だけど、時期尚早だ」

「早いんですか?」

「事件だけ展開しておいて、肝心の解決編抜きで読まされても、半端な気分になるだけだ。最後まで書いたところで見せてくれ。だいたい風早、頭の中では事件ふたつの真相を究明できてるのか」

少年は肩をすくめた。

「全然です」

「ぶは」

後ろで撫子が笑っている。

「全然わからずにこんなに書いたの! なんか無駄な努力と思わない? そんな時間があったらラブレターを書けばいいのに。ひとり五枚、一〇〇人に宛てて出せば一通くらい色好い返事が来たかもね」

姉は放っておいて、先生に陳弁することにした。

「那珂さんの推理を聞いたあとで、更に強力なクライマックスを創ります」

「いっちゃんの推理ねえ……」

操が複雑な表情を浮かべると、撫子は強烈にひやかしてきた。

「一兵ちゃんに、おんぶに抱っこしてもらおうってのか」

「だからア、ぼくだって考えてるさ。だけどこれまで集めた情報が全部とは限らないだろ？

推理するなら少しでも材料をふやした方がいい」

「それはわかるがね。ではいつになったらきみは、情報収集にピリオドが打てるんだ」

操に突っ込まれて、返答に詰まった。

小説なら書かれた文章がすべてだが、現実世界はそうはゆかない。現在までのデータが犯人Aを指していても、次に飛び込んだ情報がすべてをひっくり返して、犯人Bを指摘したらどうなるのか。

返答できなくなった勝利に救いの手をさしのべるみたいに、電話が鳴った。

那珂一兵に繫がったのだ。

8

「今、いいかい」

悪くても話すという意気ごみで、操は単刀直入に口を切った。

「きみに探偵を頼みたい。湯谷の密室殺人と、わが東名学園の一角で起きた解体殺人だ。その犯人を突き止めてくれ。いや、きみがびっくりしているのはわかる。わかるがね」

別宮先生は繰り返した。

「きみの考えはおよそ察しがついている。にもかかわらず、だ。あえてその役割を押しつけたのは私の方に事情がある。ひとりの生徒の将来がかかっているんだ。是が非でも一週間以内に、真犯人を特定しなくてはならない……」

よほど一兵の抗議の声が高かったとみえ、操は顔をしかめて送受器を耳から離した。おかげで青年の鋭い声が、勝利にまで届いた。

「操さん、あんたわかってるのか！　そんな場面に引っ張りだされたぼくが、な、な、なにをいいだすか知ってるんだろう！」

……ややあってから操は、おもむろに黒い筒を耳にあてた。

「もちろんだ。万事承知の上で頼んでいるんだ。私がよく知る名探偵のきみに……黙れっ」

操が怒鳴ったのには、勝利も撫子も驚いた。よほど一兵の態度が強硬だったとみえる。相手の沈黙を確かめてから、彼女はやや言葉をやわらげた。

「ここには風早がいる。ふたつの事件をもっとも手近な視点から説明できるはずだ。といってもきみはすでに、密室殺人を解く手がかりを得ていたんだね」

勝利もはっきり記憶している。一兵は確かにいった……「あの事件は、密室ではないと思う」。その内容はとうとう話してくれなかったが、彼が謎を解明しているのは間違いない。

「だがまだ、バラバラ殺人の詳細を知らないだろう。それについても風早なら事件の全体像を摑んでいる。黙って聞いてやってくれ。彼も作家志望なら、要領よく一〇分以内で纏めるはずだ。……いいね?」

沈黙する一兵に念を押してから、匕首《あいくち》を突き出すような構えで送受器を勝利に渡した。

「よろしく頼む」

真剣な表情と口調だ。

待ってよ先生。あの事件を一〇分で纏めるのか……困惑した勝利は、礼子のメモを思い出し、急いでジャケットを探った。

それを頼りに、一兵に向かって時間の流れを語ることにした。

一〇分の間一兵の反応はまるでなかった。底なし井戸に石を落とした気分だったが、受話口からは息遣いが返ってくる。傾聴されているのは確実であった。

「だいたいそんな経過です。確かめたいことがありますか」

「いや……」

遠慮がちな一兵の反応があった。

「ありがとう。あとは実際に現場に立ってから考えるよ」

「それで、これからどうなさいますか」

手帖をめくっているのか、紙を繰る音がした。

「のこされた時間は一週間だね」

頬をすりつけそうに傍聴していた操が、とっさに電話を代わった。

「一週間以内に犬飼刑事を呼んでいいかい、いっちゃん」

「いいよ」

一兵の返事が溜息まじりに聞こえた。

「来週の月曜午後五時に、みんなを集めてくれる？　授業にぶつからなければ、ね。もと歩兵第六聯隊営繕《れんたいえいぜん》棟の三階、つまり事件が起きた日の撮影現場だ」

「みんなというと、あの刑事の他に……」

「あなたと、あなたが顧問を務める推研と映研の部員五人。それに用宗校長先生、夏木先生。場所が名古屋だから『旅荘ゆや』の小木曽さんは難しいな。もうひとり――恩地先生は俺が頼んでみるよ」

恩地の亡き実弟は、台湾で一兵とおなじ小隊に属しており、戦病死した彼の最期を看取ったと、勝利は聞いていた。遺品を渡そうと、復員後に病院を訪ねてもいた。

「先生は名古屋大学に出かけることが多いんだ。うまく時間をすり合わせてもらうよ」

「いっちゃんは、恩地先生と親しかったんだな」

一兵のちょっと自慢げな声が聞こえた。

「小児科の病棟に張ったポスターは、みんなぼくが描いたのさ。児童マンガを描く調子でね」

「なるほど！」

操がうなずいた。

「注射は痛い、痛いから効く、なんて惹句《じゃっく》に合わせて、針を刺された子供が泣き笑いしていた。あれがきみのセンスなのか」

操たちの電話をよそに、勝利はまだよくわからない。

民主1号の事件はともかく営繕棟が舞台の解体殺人に、遠く離れた設楽市民病院の院長がどう関係してくるのだろう。

考えている間に、電話は終わっていた。

不意に、とってつけたような快活さで、巴先生がいった。

「風早、後は頼むよ」

「え……」

「聞いての通りだ、部員全員を集めてくれ。私はまず用宗先生にスケジュールをあけてもらう。それから県警の犬飼刑事だ。来週月曜午後五時、営繕棟三階！」

「はいっ！」

一段落ついたところで、大人しくしていた撫子が声をかけてきた。

「ご用はすんだんですね。だったら別宮先生」

「待たせたね、お姉さん。では本格的に飲みましょうか」

「待ってました」

たちまち勝利は追い出されてしまった。

第八章　密室殺人はいかにして行われたか

1

その日の朝はときおり日が差す薄曇りの天候だったが、授業が終わるころになると、雲が重く垂れ込めてきた。天気予報によれば秋の長雨がはじまるらしい。

買ったばかりの蝙蝠《こうもり》傘を濡らすのが惜しい勝利は、雨粒が零《こぼ》れる前に行こうと、足早に営繕《えいぜん》棟へ向かっていた。

雲に覆われた太陽が光を弱めている。一日一日短くなる日脚を痛感するほど、秋は深まっていた。

「待って、風早くん」

息を切らせて、礼子が追いついてきた。

「大勢が集まるのに、席の用意はできてるかしら」

級長らしい気配りだ。ふたりとももっと早く行きたかったが、ぎりぎりまで数学の教師にねばられこの時間になった。大杉たちは彼の店から配達される洋菓子を、営繕棟まで運んでくるそうだ。

急ぎ足の礼子が、苦笑いしてみせた。

「ケーキを食べながら謎解きなんて。探偵ごっこもいいとこね」

「『犯人は貴様だ!』ホームズがいったとたんに、口の端からシュークリームがトロリ……締まらないよな」

軽口を叩くほどには少年の表情がほぐれないから、礼子が尋ねた。

「風早くんはどう思ってるの、犯人は」

「……」

立ち止まり顔を見合わせてから、また足早に歩きだす。湿って凸凹《でこぼこ》した地面が歩きにくく、用心しながら言葉を継いだ。

「犯人は誰だって質問なら、やめてくれ。聞きたいのはぼくの方だぜ」

それが勝利の本音だ。

一兵が名をあげた今日の出席者の中に犯人はいるのか、まさか。

――と思いたい。

だがふたつの殺人事件を推理小説に見立てるなら、これから幕をあける解明シーンに犯人がいないはずはなかった。

ついさっきまで親しげに口をきいていた誰かが、殺人鬼の――そう断定していいだろう、残虐なバラバラ殺人までやってのけたのだ——正体をさらけ出すなんて、想像しただけで息が苦しくなる。

礼子もおなじ思いに違いない。営繕棟に近づくまでふたりは沈黙をつづけた。

予定の時刻まで三〇分以上ある。誰も来ていないと思ったのに、一階の出入り口に柿色のフォードが停まっていた。見慣れない車だが、見たような気もする。中途半端な気分で近づくと、車の窓から紳士が声をかけてきた。

「ここでいいんだね、第六聯隊《れんたい》の営繕棟は」

「あ、ハイ、ここです」

見たことがあるはずだ。第一の事件の日に郡司議員を乗せて現れた、院長の自家用車だった。

「恩地先生ですか」

「そうだよ。きみはあのとき現場にいた中学生だね。いや、失敬」

車を下りた紳士は、温厚な風貌で苦笑いした。

「新制の高校生だったな。六三三制といったね。旧制の教育を受けた者には、まだ当分なじめない」

「ぼくたちだっておなじです。まだ一年とたっていません、高校生といわれてもピンとこないんです」

「もっともだな」

同意した恩地は、大人の都合で実験台にされた若者を、ねぎらうような口調だ。

「で、場所はこの上かね」

「はい、ご案内します」

勝利が先頭に階段を上った。二階を通り抜けようとしてつい顔をそむけた少年を、恩地は見逃さなかった。

「ここが惨劇の舞台なんだね」

「そのあたりでした、生首があったのは。……えっと、もう少し向こうだったかな」

今は壁の亀裂を塞いだ幕もなく、崩れた窓から薄日が差している。壁の荒々しさはおなじでも、あの夜の陰鬱《いんうつ》から遠いせいか距離感が狂ってきた。

用宗が手配したとみえ、三階には椅子やテーブルが並んでいて、水差しとコップも用意されていた。

椅子のひとつから、立ち上がったのは一兵だった。黄土色のルパシカはいかにも絵描きの風情だが、頭髪がすっかりのびていたので、勝利も礼子も危なく見違えるところだ。

「早かったですね、恩地先生」

「ああ、今日の名大は、資料をもらうだけだったから」

高校生ふたりはおずおずと挨拶した。

「あの……どうも」

「その節はありがとうございました。ずっと前からいらしていたんですか」

「ああ、結論を出すのに現場をきちんと見ておきたいから」

「現場百遍ですね」

勝利がいい、礼子にクスッと笑われた。

「それは刑事の心得でしょ」

「そうだった。現場に必ず帰ってくる……というのは犯人だったな」

今度は恩地が笑った。

「推研だけあって余裕で謎解きの開幕を待っているね」

「違います、ドキドキするのを誤魔化してるだけです」

率直な心情だ。これで思いも寄らぬ犯人を指摘されたら、ぼくはぶっ倒れるんじゃないか。本気で心配になった。

「……どうぞ。お水しかなくて申し訳ありません」

そつのない礼子が恩地にコップをすすめたとき、いくつもの足音があがってきた。

大杉、弥生、鏡子の若い三人につづいて、用宗校長の背を押すように操が顔を出した。最後にぶすっとした面構えの夏木が現れる。

みんな思い思いの椅子に腰掛けるのを見届けて、勝利が正面の一兵に声をかけた。

「那珂先生、どうぞ」

「やめてくれよ。ここには本職の先生が三人もいるんだ」

そうだった。勝利はイガグリ頭に手をやった。

「那珂さんでいいですか」

「いいとも」

はじめて彼は白い歯を見せた。

「那珂一兵です。よろしく、みなさん。……だが待ってください。まだ大切な人がきていない」

そういわれて、勝利はきょろきょろした。

荒々しい靴音が起き、〝大切な人〟が階段からぬっと顔を出した。

「やっぱりあんたか、那珂一兵！」

キンと高い調子の声の主は、犬飼刑事である。

いけない、忘れてた！　勝利は内心首をすくめた。

県警捜査一課の犬飼は、所轄署の刑事を同行していた。いつかも学園に顔を見せた渥美という若者だ。

空いていた椅子にむんずと腰を下ろした犬飼は、一同を睥睨《へいげい》した。

「われわれが殿《しんがり》だな」

「そうですよ、刑事さん」

一兵は応じた。

肌に染みる冷気が窓から忍びこんでくる。湿気を感じるのは予報通り雨が近いからだろう。

全員が沈黙したきり一兵を見つめていた。当の探偵役は、小さく溜息を漏らした。

するとと犬飼が、高音の横柄な口調でいいだした。

「さっさとはじめないか、俺たちは暇じゃないんだ」

対照的に渥美刑事の声は野太かった。

「だいたいおかしいですよ、犬飼さん。素人《しろうと》の探偵談義を聞きに、われわれまで時間を割《さ》くなんて」

尖った口調の渥美だったが、恩地院長に視線を走らせた犬飼は、あわて気味に若者をさえぎった。

「そういうな。この一兵という男の実績は、俺が認めているんだ」

「しかし……」

戦前の事件を知らない若い刑事はまだなにかいおうとしたが、恩地が先に穏やかな調子で一兵に話しかけていた。

「まだ考えが纏《まと》まらないのかね」

「そんなはずはないよね、いっちゃん。みんなをここへ集めた時点で、きみの推理は固まっていたんだろう?」

操に念を押された一兵は、ほろ苦い笑みを浮かべた。

「もちろんそうだよ。……ではこれからみなさんに、ぼくの考えをお話しします」

2

両膝に拳を乗せた一兵は、おもむろに口を切った。

「最初は民主1号の事件です。一見したところ典型的な密室殺人でした、あれは。むろん、そんなはずはありません。犯人は被害者の側頭部を平滑な板のようなもので打撃、脳挫傷《のうざしょう》で死亡させている。その際、犯人は間違いなく被害者のすぐ傍《そば》にいました。にもかかわらず犯人が、現場から脱出した経路が見つからない」

「わかりきったことをいうな」

犬飼が割り込んだ。

「だから密室なんだ！」

「いいえ、そうじゃありません」

「なんだと」

「被害者——徳永信太郎氏は、密室で殺されたのではない。みんなの話を聞いて俺は確信しました。ことに風早勝利くん、きみが前後の状況を詳しく観察してくれたおかげで」

名指しされた勝利はぶるっと体を震わせた。

「……で、でも、ぼくは、ぼくとトーストは別宮先生の指示に従って、押し入れの中まで調べたんです。犯人は現場にいませんでした、絶対に！」

「その通りですよ」

ガタンと音がしたのは、大杉が椅子ごと体を乗り出したからだ。

「間違いなく犯人は家の中にいなかった。逃げ出したに違いない、それなのに出入りした方法が見つからなかった！」

「ヘビならラクに出入りできたけど。痛ぁい」

茶々を入れた弥生を、大杉が軽くゴチンとやったのだ。だが一兵は、彼女を称賛するような顔つきだった。

「それはどこから？」

「窓です、台所の窓が開いていました。ふだん半開きなのに、あの日に限って一杯に」

「人間は無理だって。腕を入れるのがせいぜいだぞ」

大杉が念を押すと、一兵がうなずいた。

「とにかく窓は開いていたんだ。それは外部から開け閉めできたのかい」

「はい。格子があっても、鍵はかかっていないから開閉できます」

答えた勝利にうなずきを返した一兵は、みんなを見回した。

「いつもと違って窓は開け放されていた。それが俺は気になりました。一刻も早く現場から遠ざかりたい犯人が、なぜわざわざ窓を全開にしていったか」

しばらく応答はなかったが、やがて礼子が口を開いた。

「犯人は事件を早く発見してほしかった……のでしょうか」

「そういえば猫の死骸が捨ててあった」勝利がつけくわえると、大杉がつづいた。

「そのにおいで別宮先生が民主1号まで下りていった……」

そして台所の窓から遺体に気づいたのだ。

「においやハエなら窓から出入りできたが、それだけかい」

確認を求める一兵に、弥生が手をあげた。

「竹の葉っぱが吹き込みました」

「そんなもん関係ないだろう」

恋人にまた叱られて、美少女はふくれ面だ。

「だって出入りしたものと仰《おつしや》ったから……」

「その通り。一面に葉が散っていたようだね」

こと新しく一兵がいったので、何人かが目をしばたいた。

「もうひとつ、風早くんから聞いたよ。押し入れを検分したときだ。頭上から竹の葉が舞い落ちて操さんの髪に絡んだと」

「……そんなことがあったのか」

本人としては無意識のうちに葉を払いのけたのだろう。今ごろになって操は髪を撫でていた。

一兵がつづけて質問する。

「おかしいと思わないか、風早くん」

勝利はふしぎそうだ。「なにがですか?」

それまで黙って耳を傾けていた鏡子が、はじめて口を開いた。

「もしかしたら、葉が上から落ちてきたことですか」

「ああ、おかしいわ!」礼子が口走った。

「窓から吹き込んだ竹の葉が、なぜ真上から落ちたのかしら?」

(真上には屋根があったはずだ……ああっ!)

僅《わず》かな時間だったが、勝利の思考は思い切った飛躍を遂げた。

「事件のとき、屋根板は開いていた! だから密室じゃない、一兵さんはそれをいいたかったんだ!」

「な……なにイ」「どういう意味だ」

刑事たちは色めき立ったが、勝利の結論についてゆけないとみえ、犬飼が怒鳴った。

「順序立ててしゃべれ!」

「……ハイ、そうします。あの民主1号は組み立て住宅でした。恩地先生がご存じのように」

話をふられてまごつきながら、院長は首肯した。

「それがどうしたんだね」

「だから犯行のとき、屋根板を一枚滑らせて長方形の穴を開けることができました」

「カツ丼よ」

大杉がゼスチュアまじりで、勝利をさえぎる。

「それは無理だ。いったん組みあがれば、中からでは屋根板を動かせないんだぞ」

「わかってる。でも外からはどうなんだ」

「あ……？」

戸惑う大杉に、恩地が助言した。

「できるはずだよ。トラスの溝に嵌《は》まった屋根板は、内部から動かせない。動かそうにも指をかける凹凸がない。だが外からなら組み立てたときと逆の手順で、屋根板をスライドさせればいい。北側なら急勾配になっているから、人の力で動かせる……なんだって！」

説明の途中で、恩地も気がついた様子だ。

「すると那珂くん、徳永先生の遺体は外から民主1号に運び込まれたのかね」

一兵は答えた。

「そう考えています。犯行時には幅三尺、屋根板一枚分の細長い開口部があった。操さんの髪に落ちた葉は穴が閉じられるとき、たまたま板の隙間にひっかかり、押し入れの襖《ふすま》が開いた衝撃で落ちてきた。犯人は屋根の穴から降る竹の葉を予想した。だから竹の葉が現場に散乱しても自然なように窓を開けておいたんだが、竹の葉一枚が屋根板に挟まっていたのは、犯人にとって不運だった」

「待て、それはあり得んだろう！」

犬飼が吠えた。

「剝《は》がした屋根板の間から家の中へ、人間をどうやって投げ込んだ？　いくら被害者が痩せっぽちでも、起重機とはいわんが、投石機くらいの道具がなくては無理な算段だ」

「そんな道具は使いません。それに投げ込まれれば人体に痕跡がのこるでしょうし……恩地先生、遺体にそんな痕がありましたか」

「まったくなかった」

臨場していた現役医師の言葉に重みがある。犬飼刑事がかさにかかった。

「それ見ろ。たとえ屋根に大穴が開いていたとしても、死体を移動させる方法が見つからんのでは……」

「それがあったんです、犬飼さん」

「どこにあった！」

「『夢の園』にです」

勝利たちが、ハッと顔を見合わせた。あの廃園に遺体を運び入れる施設がのこっていたというのか。

一兵が、少年少女たちを眺めた。

「思い出してごらん。民主1号の屋根は『夢の園』の手すりから見下ろせる位置にあっただろう」

「竹藪《たけやぶ》でよく見えませんでした」

弥生はぼやくが、礼子と鏡子は位置関係を把握していた。

「藪の間から斜め下に見えたわ、赤い屋根が」

「犯行のときは、その屋根板一枚分の穴が開いてたのね」

「するとあの評論家先生は、『夢の園』から屋根の穴めがけて放り込まれた……いや、落下したとは考えられないから……どんな方法で？」

大杉の疑問に勝利が応じた。

「滑り台だ」

「あっ」

声があがった。大杉も廃棄された滑り台を見ていたのだ。

「手すりの一部が壊れていたよ……そこから斜め下の屋根まで滑り台をかけたらどうなる？」

「自分で滑ったからよく覚えている。最後の一〇メートルは直線コースになっていた」

どうだといわんばかりな勝利に、弥生が文句をつけた。

「穴だらけでしたけど」

「幅も狭すぎやしないか」

大杉も追及した。

「カツ丼が滑ったのは、まだ中学に入ったころだろう」

「徳永先生はミイラみたいに痩せていたけど、あんなボロボロで狭い滑り台に乗せて、ちゃんと家の中まで届いたでしょうか」

「ウーン」

礼子まで加わり三方からつつかれて、勝利は弱った。

刑事たちも教師たちも、部員の議論を黙って聞いているだけだ。一兵や操が助け船を出す様子はない。

やけっぱちで勝利は口走った。

「六畳間へ被害者を下ろすのに、他の道具も使ったんだ」

「なんだよ、それ」

ポンポンと大杉がいう。

「他の道具って、あの場にあったなにかということか?」

「そうだ!」

力みながら、頭の中では懸命に取材したときの記憶をまさぐった。奇蹟的にその道具を思い出した。

「姫!」

「へ、私?」

びっくりする弥生につづいて、鏡子を見た。

「そしてクーニャンだ……おかげで今、思いついたよ。ソロバンを走らせるというアイデアに!」

3

「ソロバン……？」

すぐには博物館の展示物を思い出せないようだ。そんな弥生の肩を、大杉がドカンと叩いた。遠慮のない馬力に美少女は悲鳴をあげた。

「痛いですわ！」

「なるほど算盤か……カツ丼のいいたいことがわかったぞ。看板代わりの算盤は幅が二尺あまりで珠も動いた。裏蓋に腰を下ろせばゴーカートに使えるといったのが、クーニャンだった」

鏡子も目をしばたいた。

「それがどうしたというの？」

「裏蓋に被害者の遺体をうつ伏せにくくりつけて、走らせたんだよ！」

「ど、どこを」と、姫。

「滑り台の上を！」

「わかったわ！」と、クーニャン。

礼子も笑顔になった。

「滑り台の直線部分が転がっていたわね。あれを『夢の園』の手すりから、民主1号の屋根にかけるの。風早くん、そう考えたんでしょう」

「ああ。滑り台の幅は子供用で二尺くらいだ。あの算盤の縦幅の寸法は二尺以上、横幅は六尺あった。裏返して算盤の珠を滑り台の手すりに食い込ませる」

「なるほどね。レールみたいにして一〇メートルを直滑降させたんだ。滑り板に大穴があっても問題ない。左右の手すりは頑丈だった」

補足した大杉に、弥生が抗議した。

「途中で竹藪に邪魔されて、脱線したら大事故ですわよ」

「当然遺体は算盤にロープでくくりつけておく。家の中に着陸したところでロープと算盤を引き揚げる……これならどうだ」

「そんな縄をかけた痕はありませんでしたか、恩地先生」

勝利に尋ねられて、医師は自信なさそうだ。

「いわれてみれば、徳永先生のあの姿勢は、下肢から突っ込んだように見えんこともない……それならロープは、遺体の両脇にかけたんだろう。衣服の上だから目立った痕は残らない……」

それまで推理を高校生たちに任せていた一兵が、ここで口添えした。

「そんなに強くくくりつける必要はないでしょう。少しずつロープを繰り出せばいい。藪をかいくぐって下ろすだけです。遺体を屋内に残して、算盤や滑り台は回収します。六畳に到着した遺体は、支えるものがなくなってガクリと上半身を畳につける。それであの姿勢になった……」

一兵の指摘を部員たちが全員納得ずくで聞いていた。

「……最後に屋根板をもとのように嵌める。時間さえあればひとりでできる作業量です。板そのものは軽量らしいから」

探偵役の纏めを耳にして、部員たちは大役を務めた後のような表情を浮かべたが、勝利だけは例外であった。メタンの泡のように浮かびはじめた疑惑が胸を締めつけてきた。

「すると殺害の現場はどこなんです?」

渥美が犬飼に小声で伺いをたてていた。

「被害者が殴打されたのは民主1号の中でなかったとすれば……」

「博物館だ!」

部下の疑問を、キンキン声の犬飼が意訳した。

「犯行の現場は算盤のあった展示室……だったらどうだ」

「そうなりますね。警察はあのとき、博物館や『夢の園』の敷地を捜査したんですか」

物静かに一兵が持ち出した質問に、犬飼は答えられない。事件は民主1号ハウスではじまり終わっている。誰もがそう思い込んでいたから、斜め上にひろがる園地まで捜査する必要を感じなかったのだ。

一兵が改めていいだした。

「密室殺人と称する事件を聞かされたあと、俺は恩地先生の病院を訪ねました。その機会に博物館を見ています。算盤もロープの束も聞いていた場所にありましたが、俺は壁にかかっていた〝新高ドロップ〟の広告が気になりました」

勝利も鏡子に聞かされた話を思い出していた。麗々しく木枠に嵌め込まれていたドロップの看板。

「壊れたベンチの残材の中に〝ウテナ粉白粉《おしろい》〟がありました……背凭《せもた》れ部分の広告板ですが、一見したところ大きすぎた。〝新高ドロップ〟はもう少し小ぶりだったので、入れ換えられた場合を想像したんですが。……ええ、そうですよ、犬飼さん。俺は今凶器の話をしています」

胡乱《うろん》な顔だった犬飼が、やがて驚愕の色を浮かべたことを、勝利は知った。

そうだ、凶器だ。平滑な板――たとえば船の櫂《かい》みたいな道具で、徳永は側頭部を打撃されていた。ベンチに組み込まれる細長い看板。そいつが凶器だったとすれば、遺体の状況に符合するはずであった。

展示された広告は木枠で飾られていたが、紙芝居のように横からさし替え可能な形だ。〝ウテナ粉白粉〟より小ぶりな〝新高ドロップ〟なら、簡単に代替できたはずである。

「警察の邪魔をしないように手を触れませんでしたが、ドロップの広告板をぬいて裏側を調べれば、新しい事実がわかるのでは」

「よし、そうしよう」

彼の示唆に犬飼は素直に従った。一二年前の一兵少年の、たどたどしくも正確な推理を追想させられたはずだ。

ここまでの推理の経過に、勝利は納得していた。

あとは彼のぼんやりした疑念をふりはらうように、明快な犯人の指摘だけだ。そう確信していたのに、唐突に風向きが変わった。

「では次に、この営繕棟で起きた殺人事件です」

肩すかしを食った思いは、勝利だけではない。大杉が反射的に「ええ？」と声をあげたし、礼子もはっきり不満顔をつくった。弥生は目をパチクリさせるし、終始控え目だった鏡子ですら、顔をあげてまじまじと一兵を見た。

そんな空気を無視して、探偵は告げたのだ。

「第二の事件の問題は、犯人がなぜ解体殺人を演じたかという点ですね」

そこまで飛ぶのか！

いったい那珂さんはなにを考えているんだろう。

勝利は途方に暮れていた。

4

戸惑っているのは勝利だけではない。平然としているのは操くらいで、ほかは困惑の表情を浮かべたり、ひそひそ話を交わしたり。それに構わず一兵は第二の事件を推理しはじめた。みんな彼の話に耳を傾けるほかなかった。

「事件現場の状況を、俺は主として風早勝利くんから聞かせてもらいました。別宮先生と共に最初に被害者の首を発見、それから部員の鏡子さんや校長先生、夏木先生たちを伴って引き返し、現場を守っていた別宮先生に合流——というのがきみの行動でした。そうだったね、風早くん」

「はい」

「念のため確認するよ。……きみが目撃したときの郡司議員は確かに死んでいたね？」

真っ向から尋ねられ、勝利はうろたえたが、なにか意味があるのだと前向きに考えて真面目に返答した。

「間違いありません。あの顔色は、絶対に死んでいました」

しばしば空襲に遭遇した少年は、絶命直後の人体を目撃したことがある。焼夷弾《しょういだん》攻撃に晒《さら》された全員が消炭状態になるのではない。恐怖の形相を浮かべながら一見無傷に見える遺体もあった。煙に巻かれて窒息したらしいが、それでも魂のない無機物だと直感できた。

近代戦に銃後も前線もないことを否応なく知らされ、知ったときにはもう命を吹き消されているのが、昭和二〇年三月一〇日以後の無差別爆撃であった。

血の吹き出るような体験のおかげで、今も断言できるのだ。

「死んでいました」

一兵は淡々と勝利の返答を受け入れた。

「ありがとう。……そこでこのスケジュール表なんだが」

わら半紙に鉛筆書きされた表を見て、目を見開いた礼子に、一兵が微笑を送った。

「最初にノートに書き出したのはきみだったね。ご苦労さま」

「聞き書きを纏めただけですから」

「かまわないよ。俺もまだ別宮先生に渡されただけだ。これからみんなの意見を聞いて、修正してゆこう」

驚いたのは、おなじ表をみんなに一枚ずつ配ってくれたことだ。一兵はガリ版で人数分を印刷していた。

「まず問題にしたいのは、被害者となる郡司議員の動静に不明な時間が多いことだね。二〇時三五分、郡司くる。メモにはそうある。この時間については俺もじかに守衛室で確認したし、この窓から大勢が目撃した事実でもある。そうだね、部員諸君」

水を向けられた五名が、いっせいに肯定する。

「そして、別宮先生」

操も大きくうなずいた。

「たしかにあれは郡司議員の車だったよ。ご自慢のルーフウィンドウが、あの嵐の中でもよく見えた。だが車の行先は、誰も見届けられなかった。北向きの窓だから、車が西へ回り込めばすぐ死角にはいってしまう」

彼女のあとに一兵がつけ加えた。

「——それ以後の車の行方は誰も知らない。運転していた郡司議員を見かけた者もない。次に彼を発見したのが」

　勝利に視線を移した。

「大杉くん、つづいて風早くんだった。時刻は二一時を一〇分ほど回っており、そのときはもう議員は、首ひとつの姿にされていた」

　みんな黙りこくって、一兵を見つめている。

「再びメモをチェックしてほしい。二〇時三五分乃至四〇分をもって消息を絶った被害者は、三〇分ほど経過してから、風早くんたちの前に首を晒すこととなった。この間に郡司議員の身の上に、どんな異変が起きたのだろうか」

　沈黙する人々を、一兵は改めてゆっくりと見回した。

　勝利・大杉・礼子・鏡子・弥生・別宮先生・夏木先生・用宗校長・恩地院長・犬飼刑事・渥美刑事。この一一人が全員である。

「わかっている事実を列挙しよう。郡司議員が殺害されたこと。遺体が解体されたこと。首が二階の床に残されたこと。のこる手足と胴体は梱包……というか筵《むしろ》に包まれ、二階の乙階段に放置されていたこと」

　その度に指を折っていた一兵は、ここでひと息ついた。

「以上を風早くんに聞かされた俺が、反射的に抱いた疑問がある。犯人は、なぜ遺体をバラバラにしたのだろう？　こんな形容は被害者に失礼と思うが、実態を明快に伝えるのにわかりやすいので、あえて使わせてもらいます。なぜ被害者はバラバラにされたのか」

「よほどの恨みがあったのだ。そうとしか考えられん」

腹立たしげに応じたのは犬飼だ。渥美が先輩の言葉を上書きした。

「残虐極まりない犯人の性格を象徴していますな」

「そう見るのが自然でしょうね」

刑事ふたりの意見をいったん肯定した一兵は、さらにいった。

「それでも疑問は残るのです。ただ憎い、口惜しい、それだけの理由で、ここまでの危険を冒すものなのか」

後輩と顔を見合わせた犬飼が、問いかける。

「どういう意味だ、那珂くん」

「はい。現場のすぐ上には、別宮先生と高校生五人が集っていました。いくら嵐の最中といっても、誰が下りてくるかわからない。それなのに犯人は死体を刻んでいる。どういうつもりでしょうか」

「台風が荒れ狂っていたんだ。部員たちの撮影騒ぎに、犯人が気がつかなかったと考えられないかな」

口をはさんだ夏木に、一兵はかぶりをふった。

「そもそも被害者がここを——営繕棟を訪ねたのは、部員たちの行動を知ったからですよ。それを追って現場にたどり着いた犯人が、部活を知らなかったとは思えません」

「つまり犯人は郡司議員を追って、営繕棟までたどり着いた?」

勝利の疑問を一兵が補強する。

「追跡したのか同行したのか」

指摘されて勝利はハッとした。

あり得る……。

犯人が郡司に向かって、いっしょに淫行現場を押さえましょう、そう持ちかけたとすれば郡司も愛車にそいつを乗せたのではないだろうか。

勝利たちが見下ろしたのは、車の屋根だ。乗員の人数までわかりようがない。そして守衛は後部座席を確認していなかった。

「事後に郡司氏の車が発見されたのは、建物の東側でした。するとあの先生は、ぼくたちの目につかぬよう、営繕棟の西から南へ迂回したんですね」

勝利の言葉を、犬飼が補足した。

「南側から建物の中へ車を乗り入れた形跡もある。乙階段ぎりぎりまでな。階段を使ってあんたたちの様子を探るつもりだったのか」

「ですが、もし俺たちが乙階段を見下ろせば見つかる危険は大きいです」

大杉がいうと、勝利も賛同した。

「だからすぐ車を東側に回したんじゃないかな。郡司氏と犯人は車を下りて乙階段の下へもどってきた……」

頭上の動きに注意をはらいながら、三階の有様に耳をすましていた——?

「俺たちの和む様子を見たくてね」

嫌悪の色を浮かべる大杉の隣で、弥生はもっと直接的な表現を使った。

「気色わるい助平デブですこと！」

「待ちわびていたんだわ、セックスシーンを」

ストレートな鏡子の表現を、礼子が文学的表現に翻訳した。

「私たちが口吸いして乳繰り合って媾合《まぐあい》する姿態を、鑑賞するおつもりだったんですね」

「おいっ」

憤然《ふんぜん》とする夏木を制して、用宗校長が生徒たちを叱った。

「口を慎みなさい。なんだね、神北くんまでが」

「はい」

礼子と弥生は黙ったが、鏡子は黙らず口を歪めた。

「そんな男だったもの、あいつは。蛭《ひる》みたいに吸いついてきたわ、しつこく！」

爛《ただ》れた形容が、勝利をゾッとさせた。

「咲原」

低いが強く操がいった。

「郡司氏はもう亡くなっているのだよ」

「……ごめんなさい」

鏡子は別宮先生に従順だった。スーッと潮がひくように真顔にかえる鏡子から、目をそむけた勝利は、肩を並べた用宗と夏木、ふたりの教師を見つめている。

父親を知る校長は痛ましげに少女を見やり、夏木は夜道で出逢った妖怪を見る目で畏怖していた。

『アブラゼミってまだ童貞じゃない？』

わけ知りの女生徒が叩いた陰口を、勝利は思い出していた。

この熱血教師が、セーラー服姿で紅ひとつ引いていない鏡子に、素朴な憧れを抱いたとすれば、ぼくの同類項なのかも知れない。

残念なことに鏡子はもう、自分たちの傍にはいない。月より遠く隔てられたんだよ、アブラゼミ先生。

エイいっそ事件なんて解決するな！　せめて卒業の日まで隣にいてくれよ、なあクーニャン。

自分勝手な思いの直後に、勝利はまたも心中を雷に撃たれている。犯人を特定するために操は一兵を呼び、一兵はこの場にみんなを集めた。

それなら。

推理小説の熱心な読者であり、着々とミステリの原稿を書いている自分はいったい、（誰が犯人だと考えている？）

――その答えを、勝利はおぼろにわかりつつあった。

第九章　解体殺人はいかにして行われたか

1

さんざん郡司をあげつらった女子高校生に、とりなすつもりか恩地はいった。

「先生はある種正義感の権化《ごんげ》だったよ。戦時中のあの人は、厳格な警防団長として名を馳せたものだ。それだけに戦争が終わった後は悔いがのこると、私に零《こぼ》されたこともあったがね」

操がフッと顔をあげた。

「なにを後悔していたんでしょう?」

「それはいろいろだね。三河の直下型地震のときなぞ、絶対に被害の程度を漏らすなと口を酸っぱくしていた。うっかり私が、地震計のある現代では隠すにも限度がある……去年の大震災も今年の三河地震も、日本人を頭越しにして敵に筒抜けだ。そういったら、嚙みつかんばかりに怒鳴られた。……なにしろあの先生は、最後まで日本敗戦を認めない人だった」

温和な恩地の口調だが、内容は手厳しい。

「警防団の詰所のラジオは、雑音まみれでね。詔勅《しょうちょく》の内容はまるで聞き取れなかったそうだ。さいわい私の病院は明瞭に受信できたが、後で聞けば付近の国民学校でさえ、理科の教師が校庭にたてた空中線を使って鉱石ラジオに耳をつける有様だった。……われわれの説得が通じて、ふたりが日本の負けを認めたときは、一五日も夕方になっていた」

「ふたり、というのは」

用宗が尋ねた。

「郡司さんと、たまたま講演のため設楽にきておられた徳永先生だ」

「ああ」という声が、部員の間から聞こえた。

彼らが出逢った殺人事件ふたつ。その被害者たちは、敗戦の日におなじ設楽で顔を並べていたのだ。

「よりによって、講演はその日でしたの」

礼子が尋ねるとやや意地悪なニュアンスが返ってきた。

「その日だけじゃなくてね。飯田線沿線のいくつかの町で、戦意高揚の催しがつづいた。徳永先生は主賓として、一週間あまり郡司さんの家に起居しておられた」

「そんな長い間ですか」

鏡子はちょっと驚いている。彼女が大陸にいたころの話だ。

礼子が注釈した。

「食い出しだわ」

「なるほどな」

大杉が笑う。

焼跡の東京より、地元の招待を受ければ飢える心配をせずにすむ。

勝利も納得した。

老境の徳永に召集の恐れはなく、小都市が連なる飯田線沿線なら、空襲に晒《さら》される危険も少なかった。

「郡司氏の警防団も便乗して、徳永先生による米英撃滅講演会を開いただろうね」

一兵がいい、自身の観察をつけくわえた。

「そんな草の根運動が、郡司団長の地方選挙の地盤造りに役立ったのさ」

「米英撃滅の講演が、民主選挙の票集めになったんですか」

礼子が笑うと一兵もほろ苦い笑顔になった。

「看板なんて書き換えるだけですむ。看板描きの俺がいうんだ、間違いない」

「有権者の大人たちはコトバの裏を読むべきだよ。候補者の戦争中の言動を……」

さかしらな口をきく勝利に、大杉が水を浴びせた。

「日本人がそんなに賢けりゃ、あんな戦争はさせないさ。戦争前にも選挙はちゃんとあったんだ」

「あいにくだが、徳永先生も郡司さんも、本気で日本が勝つと思っておいでだった……繰り返すうちに、ご本人もその気になったらしい」

郡司に比べてもずっと若い恩地院長は、そういった。

「だからおふたりとも敗戦を、あの日の夕方までご承知なかった」

恩地の言葉を勝利が引き取った。

「ずっとごいっしょに行動していたんですね」

「そうだろうな……」

言葉をにごした恩地に、今度は礼子が質問した。

「ピンときません。いくら地方でも、敗戦を知らずに半日も過ごしたなんて。町のみなさん全員が？」

「そんなことはないよ。敗戦の知らせを徹底しようと『旅荘ゆや』の音頭取りで正確な内容を触れ回ってる。自転車に乗った役場の者が、メガホンで知らせてまわった」

心許なくとも、精一杯の広報活動であったろう。

それでも徳永と郡司の耳に、敗戦の知らせは届かなかったのか。いったいその日の午後、彼らはどこへ姿を消していたんだ。

もやもやとした気分で、勝利は尋ねた。

「郡司氏たちは、行先を話されたんですか」

「話さなかった」

「どういうことでしょう」

「どうもこうも……」

答える恩地の表情も曇っている。

「山道で迷った。そう仰《おつしや》ったきりでね」

「はあ……？」

眉を寄せた勝利に代わって、大杉が質問する。

「地元の警防団長ですね、郡司氏は。その人が迷ったんですか」

「方向音痴なのオ」

そんなことをいう弥生を大杉が睨み、鏡子が代わって質問をつないだ。

「ふたりが山にはいった理由というのは？」

生徒たちをさえぎったのは夏木だ。

「お前ら、脱線しているぞ。八月一五日の話をしてるんじゃない。那珂さんが探偵した結果を聞く場だったろう」

「そうでしたわね……」

弥生が素直に賛同したし、勝利も納得して一兵に視線をもどして——オヤと思った。明らかな脱線であったのに、むしろそれまでのやりとりを歓迎しているかに見えたのだ。

それでも操が夏木と別に、みんなの注意を喚起した。

「刑事さんたちをご覧。さっさと話をもどした方がいい」

まさにそのとき、犬飼はわめいた。

「きさまら道草もたいがいにしろ」

ふかしていたタバコを灰皿代わりにコップへ放り込んだ。立ちのぼる紫煙に、しかめ面の弥生が手をふった。

そんなしぐさに一顧もせず、犬飼が声を張った。

「先をつづけろ。乙階段の下に潜んだ被害者と犯人の話だ。生徒たちの動静を窺っていた……それからなにが起きたというんだ、一兵」

県警の刑事は、不作法に探偵を呼び捨てした。

2

「つづけましょう」

犬飼と対照的に穏やかな一兵であった。

「ですが一言。刑事さんは道草と仰ったが、それは違います」

「なんだと?」

「それどころか交わされた会話には、きわめて重要な情報が含まれていたと思ってます」

大半の出席者が頭上に疑問符を載せたが、一兵はもう恩地に向き直っている。

「咲原さんのさっきの質問は、病院をお訪ねしたときの俺といっしょですから」

恩地院長がうなずいた。背筋をピンとのばし、たまにコップの水で喉を潤すだけの行儀よい先生である。

「ああ、当日のおふたりだね。なぜ迷子になるような山深くまではいったのか。想像するに、山狩りに自主的に参加したんだと思うよ」

「はい、そこまではお聞きしています。……でも収穫はなかったんですね？」

確かめようとする一兵が、犬飼はじれったそうだ。

「話をもどせといったぞ」

「承知しています」

刑事の口ぶりに動じる気配がない。

ふたりの間の空気に、礼子がハラハラしているように見えたが、勝利は心配していなかった。スタンド割烹《かっぽう》の電話で話したとき、説明を受けていたからだ。

『最初会ったときの犬飼さんは、大声を出す刑事ではなかった』

『そうですか？　恫喝《どうかつ》したがるイヤな警察官に見えたけど』

『いや、今は彼も若い刑事を連れている。有名人が殺害された大事件だ、若手としては前のめりに手柄を立てようと焦る。犬飼さんにしてみれは、危なっかしい後輩だ。だから先回りして、口うるさい役を演じているんだと見るよ』

へえ、と思った。一兵は大人の目で刑事を見ようとしている。一二年前の似顔絵描きの少年はちゃんと成長していたのだ。

思い出すと勝利は後ろめたい気になる。小説を書くのに必須な人間観察を、ぼくはまるで訓練されていない……。

渥美刑事が特攻帰りのことは、聞いていた。

命を張って国を守るという一点に絞って、純粋培養された若者たちは、敗戦と同時に心のつっかい棒を外された。自暴自棄で暴力沙汰を頻発させ、敗戦国の世相をいっそう殺伐とした空気に染めた。そんな中で刑事の職についた渥美は、人一倍向上心に富んでおり、犬飼が目をかけるのは当然であったろう。

一兵はそこまで読んでいるのか。

勝利が在籍した旧制中学では、二年先輩の上級生は全員が特攻を志願した……美談の形をとっぱらえば、志願させられていた。文部省から愛知県へカミカゼの枠が割り当てられたと噂も流れたが、自分の言葉に感動して、落涙しながら生徒を励ます教官の姿は、まさに愛国心の権化であった。そのときの教官は今もケロリとした顔で健在だが、将来を嘱望されていた少年たちの多くは、帰ってこなかった。

あのまま戦争がつづけば、自分もお国を守ったつもりで死に、当のお国は焦土となって負けたんだ……。

犬飼の大声で、勝利は自分が今どこにいるのか思い出した。

「――被害者は同乗した犯人の殺意に気づかず、営繕棟の乙階段の下に潜み、隙を狙われた。そういうことだな」

「ですが、鑑識によればその一帯に、殺傷の痕跡は認められていません」

渥美に補足されて犬飼が首肯する。

「被害者は一撃を食らっただけだ。血塗《ちまみ》れの現場はフォードの車内だ」

「はあ。傷を負わされた郡司氏は、営繕棟東側に駐めておいた車へ逃げ込んだ……」

「だがドアを閉める余裕もなく、追いすがった犯人によって致命傷をうけ、肉体を寸断されたんだ。新聞やラジオで発表された通りだ……これが捜査本部の見解だな」

凶器は特定されていないが、直後に遺体を切断したのだから、犯人は鋭利な刀剣類を所持しており、当然それが凶器として使用されたはずであった。

じれったくなった刑事たちは、一兵の頭越しに探偵役を演じはじめた。

「しかるのち犯人は、切断した遺体を営繕棟の二階へ運ぼうとした。たまたまそのとき、三階の撮影が終了して、気配を察した犯人は遺体を放棄して、逃亡した。キティ台風が絶好の隠れ蓑《みの》となったわけだ」

勝利の視覚と聴覚に、狂奔するあの夜の豪雨が蘇ったとき、メガネを光らせた礼子が質問を試みた。一足飛びの果敢な疑問だ。

「聞かせてください。警察はもう犯人を特定していますか」

ざわっと座が揺れた。おとなしやかに見えた級長が、こんなストレートな球を投げるとは思わなかったろう、犬飼は不愉快そうに答えた。

「きみ、そこまではまだ……」

「刑事さんは、犯人が遺体を切断したと仰いました。ですが、表でおわかりのように解体に費やせる時間なんてごく短いんです。そんな簡単に人間を解体できるものでしょうか」

「はっきり聞く生徒だな」

間をもたせるつもりか、刑事はまたタバコをくわえながら、

「女の子だろう、あんた。アプレゲールかね」

このころの流行語のひとつが〝アプレゲール〟（戦後派）だ。それまで存在しなかった価値観の生み出した非常識な――あるいは新鮮な常識に則《のっと》る若者を一括して、マスコミはそういい習わした。多分に批判的な意味合いをこめて、であったが。

「私は人を斬ったことがないから、わからないんです」

礼子が受け流すと、鏡子がヒョイと口にした。

「夏木先生ならご経験があるんでしょう?」

「俺が?」

教師の目が揺らいだ。

だしぬけの急降下爆撃だった。

「そんなことをいったのは、誰だ」

「先生ご自身なんでしょう?」

わずかに首をかしげて愛らしくアブラゼミを見つめる鏡子が、勝利にはなんとも魅力的に見えた。

舞台でピアノを弾いたハヤトを非難した夏木である。そのときの彼には嫉妬の念があったと

思うし、だとすればここで穏やかに絡んで見せる鏡子はしっぺ返しのつもりではなかろうか。女は魅力的で、女は怖い。

勝利が男女共学から得た貴重な教訓だったが、共学を知らない夏木先生は女に弄《もてあそ》ばれている。

「南京を攻略したときに敵兵を何人もバラバラにした。先生の刀の腕は本物だぞ。感激した天野くんが、丁寧に話してくれましたわ」

いい返そうにも、犬飼と渥美の目が夏木をえぐっていた。

固まっている夏木に助け船を出したのは、操だった。

「人体の切断なら、夏木先生にできるだろうし私にもできる。……もうそれくらいにしておきなさい、咲原」

「はい、そうします」

引き際を知る少女が口を噤《つぐ》むと、一兵は話を本筋へ引き戻した。

「できるといっても、時代劇みたいに一刀両断は難しくないですか、別宮先生。解体にはそれなりの時間がかかると思うんだけど」

意見を求められて、操は笑った。

「それはそうだ。時間も手間もたっぷりかかるだろう。……私に経験があるかないかは、ご想像に任せるがね」

「切り口は鮮やかだったそうだ」

犬飼の言葉に、操が軽く反論した。

「斬るのは一刀の下でも、振り下ろすまで呼吸を整えるのに時間が必要だ。当たるを幸いバッタバッタとはゆかないさ。ここに首斬りのプロの浅右衛門がいてもおなじことをいうだろう」

一兵がうなずいた。

「解体は密室と違って不可能ではない。ただし空間の謎にかわって、時間の謎が現れる。そういうことなんだよ」

ようやく探偵らしい台詞を吐きはじめた一兵を、勝利はまじまじと見つめた。

「もう一度、時間の流れを見ていただきます」

一兵の指示に応じて、みんなの手元でガサガサと紙をひろげる音があがった。

「まず、犯人の行動を検算します。

•被害者を殺害した。

•被害者の首・手足を切断した。

•被害者の首を二階まで運んだ。

•三階の撮影終了を悟って、犯人は逃亡した。

こんなところですね。……犯人にとって恐ろしく多忙なひっときでした。いや、不可能といってもいい」

3

弥生が正直な感想を漏らした。

「できるわけありませんわね……アア、でもそうなんだ」

ひとりでしゃべってひとりで呑み込んだから、鏡子につつかれた。

「なにがそうなのよ、姫」

「二一時一〇分前くらいに、巴先生と私たちが一階へ下りましたわね。そのときあの先生に見つかったとすれば、いかがでしょう。私たち全員が共犯になって、デブ……すみません、郡司氏を殺すことができましたわね……きゃっトースト、ぶたないで！」

大杉より先に礼子が、落ち着いて弥生の言いぐさを分析した。

「それからどうなる？　その一五分あとに被害者の首を、風早くんたちが発見しているのよ。先生を解体する時間なんて絶対にないわ」

いいきってから苦笑いした。

「それに私は、私が犯人ではないと知ってるもの。みんなそうでしょ」

鏡子がうなずき、当の弥生は小さくなった。

「……そうよね。私だって犯人じゃございません」

「ということは、もっと早い時間に被害者は殺される必要があった。だがその時間は三階で全員が顔を揃えていた」礼子がいい、一兵が指摘した。

「例外はあるけどね」

「はあ」

チラと横目で操を見て、礼子は申し訳なさそうな口ぶりだった。

「巴先生が別行動です。といっても五分ほどですが」

操が合意した。

「この建物を見回ったときだね。私は甲階段で二階に下り、乙階段にまわって一階へ出た。あそこは隔壁があるので、フロア全体の見通しがきかない。それで時間をかけて巡視して郡司議員の不在を確認、三階へもどった」

証言を受けた一兵は、一同に念を押した。

「この短時間で殺害から解体まで、とうていできるはずはない……さっき話した通りだね。さて次の動きは薬師寺さんが話した、女生徒たちの退去です。これもみんなが指摘したように、犯行には無理がある。だがまずひと通り神北さんに状況を話してもらおう」

すらすらと礼子は語った。

「嵐の中でも階段を踏む足音は異質だからと、郡司先生に聞かれないようこっそり下りて北口に出ました。見送ってくだすった別宮先生の指示で、三人散り散りに走りました。私は校長先生がおいでの新校舎へ、弥生さんは守衛室へ。咲原さんは遅れて、風早くんたちの少し前に顔を見せたのよね。そこへ校長先生と夏木先生、それに私が、車で守衛室へ着きました」

無口だった用宗校長も、このときは礼子の発言を裏打ちしてくれた。

「神北くんに事情を聞いた私は驚いたよ。郡司先生が難癖をつけにきたらしい……そこで彼女を連れてガレージに下りた。運転免許のある夏木先生を探すつもりだったがさいわい先生は学園の車を整備しておられた」

夏木がすぐにあとをつづけた。

「台風の被害が心配で敷地を見回るつもりでしたから」

「それですぐ車を出せたのですね。わかりました」

一兵はふたたび礼子に視線をもどした。

「甲階段を使って下りたとき、異状はなかったんだね？」

その意味を、さとい礼子はすぐ悟っている。

「首を見なかったかというお尋ねなら、もちろん誰も見ていません」

「あんな暗い二階だったのにいいきれるのか？」

大杉が念を押すと、鏡子は自信をもって否定した。

「私たちはっきり見たの。姫だったわね、懐中電灯を点けたのは」

「ええ……階段を下りる最中スイッチにさわって」

郡司に見つかっては大変と、あわてて消したという。

その短い瞬間に光が掃いた二階フロアを、ずっと向こうの乙階段までありありと見ることができたそうだ。

「もしそんなものを見ていたら、階段を転げ落ちていましたわ」

大真面目にいう弥生にうなずき、一兵は次に別宮先生に向かう。

「三人の生徒を見送って、それから操さんは——失礼」

一兵がかすかに顔を赤らめた。

「子どものころから知ってるんで、この方が呼びやすいです」

「ご随意に」

操は微笑した。

「それからどうしたんです。とって返すまで一五分ほど時間がかかったみたいですが」

「台風に駆け込んでゆく三人が心もとなくてね……ちょっと見送ってから、また一階を調べたよ」

「その理由は?」

「郡司議員がどうなったか、ふしぎで仕方なかった。いったいどこで隠れん坊しているのか。車を東側に寄せたとは知らず、見回ったが収穫がない。諦めて、乙階段から三階にあがって男生徒に合流した」

「わかりました。そのとき二階は……」

「残念だが途中で一瞥《いちべつ》しただけだ。もし首があっても気づかなかったろうね」

「ありがとう」

ひと息ついた一兵に、皮肉な調子で犬飼が声をかけた。

「けっきょくなにもわからんな。誰ひとり犯行に必要な時間を確保できていない。まあ、たとえ時間に余裕があっても、解体は不可能だったろうし……」

含みをもたせたつもりだろうが、一兵はあわてなかった。

「もちろんそうです。誰も解体に必要な得物をもっていません」

「ほう」

犬飼がにやりとした。

「それもあって、警察では犯人は被害者に同行したと考えたんだ。犯人は運転する被害者の目を盗んで凶器を持ち込み、逃亡の際に持って逃げた。もし現場にいた者が犯人なら、凶器をどう始末したか、問題がさらに増える」

「外部からの出入りは可能でしたか？　守衛さんはどういっているんです」

一兵が切りだすと、刑事ふたりは揃って苦い顔になった。

「ああ、なんべんも守衛に尋ねたが、誰も出入りできないとレコードみたいに繰り返す。ふたりのうちひとりはもと陸軍の軍曹で、頑固な爺さんだよ」

渥美も腹立たしげだ。

「台風の前には塀を修理した、鉄線も張った、外部から出入り不可能、なんなら証明書を発行してハンコを押す、ときた」

「そうなると犯人内部説に逆もどりですね」

一兵が予想していた結論のようだ。

「では改めて、犯人はこの中にいると仮定しますよ」

探偵は柔和な表情で全員を見回した。刑事の目が猟犬の目とすると、一兵のそれは牧羊犬の目であった。

「犯人の条件。その一は、郡司氏と顔見知りであること。その二は刀の腕が立つこと。その三は、ひそかに凶器を持ち込む機会があったこと。……校長先生にお尋ねしますが」

「なんだろうね」

用宗も穏やかに応じた。

「ガレージで夏木先生は車の整備中だったと仰いました。その様子を細かくご覧になっていますか」

「いや、先を急いでいたから。早く車を出してほしい、そういうのがせいぜいでしたよ」

「……すると仮に夏木先生が、細長い道具を車の中に隠していても、校長先生には気がつく余裕がなかった」

猛然と反応したのは夏木だ。

「私が刀を持ち込んだとでも！」

「落ち着いて、夏木先生。この探偵さんは、刀とは一言もいっておらん。ゴルフのクラブでも釣り竿でも細長いでしょうが」

一兵はニコニコ顔だった。

「バットでもオールでも細長いですよね……ほう、風早くん、なにかいいたいことがあるみたいだね」

笑顔のまま勝利を見やる。

一兵の目ざといのにびっくりしたが、別宮先生の生徒にサービスで機会を与えてくれたんだ。そう思った勝利は、ここまでの推理を披露させてもらうことにした。

「えっと。ぼくたちが首を見つけたのは、女生徒三人が営繕棟を出たあとです。嵐の中でも急いだのだから、先頭を切った神北さんは一五分とかからず新校舎に着いたでしょう。校長先生と大至急ガレージに下りたはずです。そのときもう夏木先生は車にいた。……頭や髪が濡れていたでしょうか」

「いや、そんなことはなかったね」

用宗の答えを聞いて、勝利は自信たっぷりで一兵に告げた。

「たとえ先生が犯人で、首を晒した直後に全力疾走したとしても、乾いた身なりでガレージにいるのは困難です。嵐を突っ切ったならずぶ濡れのはずなのに。だから夏木先生は犯人になることができません」

「ごもっとも」

用宗が大きく首を縦にふった。

「おなじ理由で、校長先生も犯人ではありません。実は先生が隠れた剣の使い手で、しかも神北さん並のスピードで営繕棟から走ったなんて現実的ではないですから」

校長は目を丸くしていた。

「そうか。私も容疑者のひとりだったか」

勝利は目の片隅で、小さく微笑する鏡子と礼子を捉えている。少年の推理のささやかな報酬であった。

犬飼が鼻を鳴らした。

「要するにふりだしか」

「いえ、そうでもありません。刑事さん」

なぜか楽天的な返答なのに、一兵の声は奇妙に沈んでいた。

勝利まで浮かべた笑みを消してしまった。自分でもどうしてなのか、あいまいな気分ではあったけれど。

4

「そうでもないとはどういうことだ」

組んでいた足をもどした犬飼が、椅子をガタガタと動かした。それまで斜め前に見ていた一兵と、はじめて正面から視線を交える位置に移動してきた。

「わけがわからんぞ。犯人は外部から侵入したのではないという。だがそのとき校内にいた者には、教師と生徒を問わず犯行可能な時間がない！」

弥生が能天気にいった。

「犯人が守衛さんだったら推理の盲点じゃないかしら……痛いです、トースト」

またゴチンとやられている。

「守衛室は常時ふたりが詰めている。動機もないのに共犯するかって。いいか、犯人はこの中にいる、探偵さんはそういってるんだ」

ようやく事態が身に染みてきたのだろう、首をちぢめた弥生はなにもいわなくなった。

一兵はあえて気持を抑えつけているようだ。

淡々と——むしろ平板な、棒読みに近い言葉遣いだった。

「刑事さんがいう通りです。誰ひとりとして犯行の時間がありません。メモを見れば一目瞭然です。それでも事件は起こりました。郡司さんは殺された。遺体を切断され、首を晒され、手足を切り離され、梱包までされていました」

「そんなことはわかってる！」

「これが犯行のフルコースというわけです。メモの通り、あんなブツ切りの空いた時間でこなせる作業量じゃない。とても一度に処理できるもんか。そう、一度では無理だ。ではなん度かに分割して処理したらどうなる……それが俺の思いつきでした」

「？」

はじめ呑み込めなかった犬飼だが、徐々に表情に変化が生じてきた。

勝利もそうだった。だが彼の思考は、刑事より少しだけ前傾して進んでいた。傾きすぎて今にもつんのめりそうになり、動きを止めた。不自然な姿勢で少年は見つめた——巴先生を。

一兵は自分のペースで語りつづけている。

「……たとえば操さんの二〇時四五分にはじまる巡回です。たった五分という短い時間ですが、彼女の技量なら被害者を瞬殺できたのではないか。

もうひとつ、時間の隙間がありますね。

女生徒を見送って三階にもどるまでの間に、被害者の首を晒すことができたのではないでしょうか」

「できん！」

犬飼が怒鳴った。

「殺人はできたとしても、解体したあげく生首を二階の床に……？　一〇分か多く見ても一五分だろう。たったその程度の時間で、できるわけがない！」

「もちろんです。だから解体を後回しにするんです」

「バラバラにする前に首を……男生徒が見た首はまだ生きていたというのか」

「いいえ。風早くんが証言しています。確かにあれは死体の首だったと」

「矛盾したことをいうな。首だけなのに解体の前だ？」

「首の下にまだ体があった……そう解釈してはどうでしょう」

一兵の声は不気味なほど静かだった。

「なんだと」

刑事は茫然《ぼうぜん》とした。

勝利は――凍りついた。一兵が思いも寄らない推理を展開しはじめている。

「今日、早い時間にここへきた俺は、一階二階と漏れなく見て回りました。あらかじめ仮説をたてていた俺は、フォードのルーフウィンドウの寸法も調べておきました。車は南からいったん建物に乗り入れていた。犬飼さんはそういいましたね。だから俺もイメージの中で、フォードを営繕棟の一階に入れてみました。すると車の天窓の位置がぴったりでしたよ」

「なんのことだ」

「二階の床に穴が開いていましたね。爆撃の痕です」

「……」

「車の中からルーフウィンドウ越しに死体を持ち上げる。人の体は重いですが、窓枠に寄りかからせながら上げるんです。そして屋根に座らせ首だけ二階の床から出しておきます。首の回りを布で巻いておけば、暗い中では床に首が据えられているように見えます」

「……！」

勝利は口がきけなかった。

そんなことが……でも、とっさのことだ。まさか郡司の首に体がつながっているとは、考えもしなかった……操の発した言葉が先入観にもなっていた。

「いや……しかし……」

もうひとりの目撃者だった大杉が、抗議した。

「不発弾がえぐった痕は、もっと乙階段寄りだったはずです。カツ丼、そうだろう」

勝利は目を閉じた。あのときの光景を映画のように見直そうとした。

「そう……首の向こうに白い柵が見えた。爆弾の穴の囲いだ。だから首は乙階段よりフロアの真ん中に近かった。……あ？」

もうひとつ思い出すことができた。

「幕に下がっていた、鏡が。光ったからわかった。首はちょうどその正面のあたりだ」

「私たちが着替えに使った鏡ですわね。それでしたら二階の真ん中あたり……」

「そうね、私もおぼえてるわ。爆弾の穴より甲階段に近かったはずね」

弥生と鏡子の証言に、礼子が割ってはいった。

「……ねえ、それ、確かだった？」

「どういうことでしょう」

弥生は怪訝そうだが、鏡子はもう少し回転が早い。

「鏡は幕の穴のひとつにかけてあっただけ……べつな穴を使って、鏡を移動するのは簡単だわ
……そういうことね、級長」

うなずいた礼子は、つけくわえた。

「白い柵もそうだわ。爆弾の穴と無関係にもっと奥へ移動して……乙階段にくっつけただけで錯覚させられるわね……。首は穴から出ているんじゃない、なにもない床に据えてあったんだ

と……」

「錯覚ってなんのこと」

教えてもらおうと弥生が大杉を見た。

その大杉は、操を見ていた——なんとも形容しがたい表情だった。

大杉だけではなかった。それ以前から勝利が見つめており、今や礼子と鏡子の視線まで、別宮操に集中していた。

やっとのことで弥生の判断が追いついた。

「巴先生が首を置いた……イエそうじゃなくて、穴からデブの首を突き出した……なぜ？」

「わかりきったことを聞くなよ」

いがらっぽい声は、大杉と思えない苦い響を伴っている。

「そんなことって！」

弥生の声が裏返っている。

「じゃあ、巴先生が、あのデブを殺したというんですか！」

「最初に見回ったときに、な」

大杉の答えは沈痛であった。

「……その次の空いた時間で車から首を突き出して見せた。そいつをカツ丼と俺は、首だけと思い込んだ。巴先生が被害者をバラバラにする時間なんて絶対になかったと、俺たちに証言させるためだ」

「私、信じませんよ。私をバカだと思って、嘘をついてるんでしょう」

弥生の顔色は、ふだんの白さを通り越して青ざめていた。

美少女は一兵を睨んだ。

「私、怒りますよ。私が怒ったら怖いんだから！」

当の一兵は変わることなく、淡々としていた。

「俺はまだそこまでいってないよ。弥生さん」

「でしたら、どこまで仰ってるんですかッ」

青かった頰に血の気がさして上気しはじめた弥生を、さとす口調で彼はいった。

「仮に操さんに犯行が可能だったとしても、凶器の消失は謎のまま残っているんだから」

「そうだね」

一兵に負けず劣らず平静な声が、相槌《あいづち》を打った。操である。

「それについていっちゃんは、どう考えたわけ？」

お……という声にならない声が、犬飼の口から漏れた。信じられないという表情で、刑事は唇を震わせていた。

容疑者のこの反応は――真犯人の開き直りなのか？

5

「ずいぶんと考えさせられました」

探偵は語りはじめる。

「操さんは尾張徳川家代々の別式女《べつしきめ》の直系です。貴人の護衛が務めの男装の女性ですね」

戦前の博覧会事件を承知の犬飼には既知の事実だから、渥美相手に注釈をつけたのだろう。

「最後の別式女であった母上から、操さんは刀術柔術から小具足《こぐそく》術にいたるまで仕込まれている。その中でも得意だったのが剣だと、ご本人から聞いています。今回の犯行は短い時間で確実な結果を必要としました。それなら腕に覚えのある刀を凶器として選ぶのが自然だと、俺は考えました。操さんなら果物ナイフ一本で殺せるでしょうが、事後の解体作業がある。やはり得物は刀です。凶器を持ち込むのは簡単です。台風に先んじて、みんなはスチール撮影の機材を運び込んだ。むろん操さんも手伝っています」

いっしょにリヤカーを引いた大杉も、後押しした勝利も、耳をすましている。

「撮影の機材には三脚など長い棒状の道具がある。その中に一メートル程度の刀剣を隠すことはたやすい。だが実際に使う予定だった場所は、南側に乗り入れるフォードです。従って凶器を隠しておくのは、南側付近に限る」

勝利と大杉は顔を見合わせた。

辛うじて乗用車の幅くらいは空けてあるが、左右は廃墟となったビルの残骸と残土が山をなしていた。

「その中にパイプはありませんでしたか。あれば凶器の絶好の隠し場所です。生徒たちが機材を階上に搬入している間に、物色する時間は十分あったでしょう」

「隠せたでしょうか」

片手をあげた礼子のメガネが、きらりと光った。

「太めの管はなん種類か見かけました。でもソリのある刀を収納するのはちょっと……」

「失礼」一兵が軽く頭を下げてみせた。

「あなたのいう通り、日本刀にはソリがありシノギがあります。しかし別式女は警護のための付き人だから、ものものしく武装するより隠し武器を多用したと思うんだ。たとえば仕込み杖のように」

「あ、それなら直刀ですね」

「そう……鍔《つば》もソリもないから、直線的なパイプに納められ、刀身の一部に紐をつけてパイプの外へ出しておけば、一挙動で取り出せます。刃渡り七尺クラスの直刀なら、殺傷はもちろん死体を寸断することもできます」

「でもそんな時間は……」

いいかけた弥生は、あげていた手をぐずぐずと下ろしてしまった。

「ごめんなさい……いっぺんにではないんですね。ミシンの代金を月賦《げっぷ》にしたように……」

貧乏華族の生活感芬々のたとえだが、大杉はおでこをはたかなかった。

「いちばん時間がかかりそうな、人体をバラバラにして梱包したのは、男生徒ふたりを守衛室に行かせたその後でしょう」

みんながまた表に目を落した。

犯人を警戒する口実で操ひとりが営繕棟にのこった――二一時一〇分。

夏木がハンドルをとった車で、大杉と弥生と礼子を除くみんなが、営繕棟二階で操と合流した――二一時三五分。

「二五分の余裕の間に、事件の後始末を完了すればいいわけです」

「後始末というが、いっちゃん。凶器自体はどこへ始末するのかな」

他人事のような操の口ぶりだ。

「それだ！」

声の半分を操に、半分を一兵に投げつけるように犬飼がいった。

「われわれは余すところなく調べたぞ。警察が駆けつけるまでに、誰かが不審な振る舞いをしたなら別だが」

「それはないです！」

まず勝利が断言して、大杉がバックアップした。

「俺たちが二階で巴先生に会ったとき、むろん先生は刀も仕込み杖も手にしていない。更衣室代わりだったそのフロアは、校長先生も夏木先生も見ている。棒一本落ちていなかった。てんでに懐中電灯を振り回したから、絶対に見落していませんよ」

級長は冷静に反応した。

「……風早くんたちが営繕棟にもどったとき、凶器が残っていたのなら、どうやって隠すことができたのでしょうか」

「あんたたちが守衛室に行っていた間だ。告発されている別宮操はひとりで建物にのこっていた。凶器を隠匿する時間は十分にあった！」

「隠匿って、どこへ？」

礼子はおかしそうだ。

「外は台風の最中ですよ。営繕棟から放り出したんですか？　この建物の周囲にそんな長いものを隠す場所なんて、ございません。あっても嵐で隠し場所ごと持って行かれてしまいますわ」

「……」

犬飼は押し黙った。

確かにそうだ。一時鏡子が身を潜めた作業小屋も、あの直後のひと吹きでぺしゃんこに潰れていた。

「それに警察がお探しになったのは、営繕棟内部だけではありませんわね？　閉じられた南門から卵坂に面した塀、坂そのものまで草の根をわけてくだすったのに。凶器をキティ夫人が東山公園まで吹き飛ばした？　それでも刃物だから、誰かが届け出たと思います」

「だが！」

渥美が唾を飛ばした。メガネの小娘にやりこめられていて、刑事が務まるか。そういいたいとみえる。

「凶器は間違いなくあったんだ！」

次に反発したのは弥生だった。こんなときでも甘く涼やかに通る声だ。

「ですからそれを見つけるのが、警察のお仕事でございますわね」

「……」

腹立たしげに渥美も黙った。ふくれ面がなんだか子供っぽく見える。打ち合わせたわけでもないのに、女生徒たちの息が合っていた。揃って別宮先生を弁護するように思えた。

6

当の操が口を開いた。

「凶器について、もう少し那珂探偵の話を聞こうじゃないか」

一兵はコクンとうなずいた。

「つづけます。……凶器は必ず存在した。それについて俺も異論がありません。だが一階の残材はもちろん二階三階の床の塵まで警察が調べても、ありかを突き止めることができなかった。それなら調べることのできない場所に隠されたのでは、と思ったんです」

「意味がわからん」

犬飼は鼻息を荒くした。

「われわれは目に見える場所はすべて虱潰《しらみつぶ》しにした」

「目に見えない場所はどうでしょう」

「なんだと」

「俺もこのビルの一階から屋上まで見て回りました。それで気がついたんですが」

「屋上？　望楼《ぼうろう》があっただけだ。殺害の現場とは関係ないぞ」

営繕棟は坂の途中にあって見通しがきかないから、防空対策として建設中に追加された監視《かんし》哨《しょう》だが、米軍機の前にはなんの役にも立たなかった。

「ですが必須の設備として、望楼から地階の司令室まで、必ず伝声管が設置されたはずです。現にそのパイプは三階・二階を貫通していました」

「そんなものなら俺も気づいた。確かにその管なら凶器を隠せるだろう。だが、どこから入れたというんだ。パイプには針の穴ひとつ開いておらん」

伝声管は騒音のはげしい工場や艦船内に、口頭連絡のため設けられた。パイプで伝播《でんぱ》される声は減衰しにくく、両端の漏斗《ろうと》状の送話口を使えば、電気もガスも使わずに音声通話ができ、広範囲で活用されていた設備であった。

「しかし伝声管である以上、送話口があります。地階は土砂で埋まりましたが、望楼の送話口は蓋を取り付けたまま残っていました。錆びた蓋でも、俺が開けられたのは、最近使われたからでしょう」

「使った……凶器を落し込むためにか！」

「はい。伝声管は望楼から垂直に下りています。恐らく凶器はその途中に……」

「何度もいわせるな！」犬飼が吠えた。

「殺害現場はフォードの中だぞ。犯人はどうやって凶器を望楼まで運んだのだ！」

「……はい。それができる者は、時間的にごく限られた人物だけです。風早くん、大杉くん」

「あ、はい」

「なんでしょうか」

不意に呼ばれた少年ふたりが、おなじテンポで返事した。

「屋上にあがる方法は？」

「三階から梯子《はしご》がかかっています。できたときは鉄だけど、今は木の梯子です」

「もうガタガタになってます」

「でもちゃんと使えるね？」

「はい、使えます」

「ほかに望楼へ上がる道はないのかな」

一兵に念を押されたが、顔を見合わせることもなく、いっしょに答えている。

「ないです」

「ありません」

「ではもうひとつ。嵐の日にきみたちが部活していたとき、その梯子を使った者はいただろうか」

この質問にもふたりは即答した。

「いません」

「いません」

返事がハモり、一兵は犬飼をふりむいた。

「これでおわかりでしょう」

「……」

刑事たちは沈黙した。

彼らだけではない、生徒たちみんなが一斉に理解した。

ついさっき、一兵がいったではないか。

『人体をバラバラにして梱包したのは、男生徒ふたりを守衛室に行かせたその後でしょう』

むろんおなじ時間帯に、凶器を望楼へ運ぶこともできたのだ。

するとその人物――別宮操がボソッといった。

「それをすぐ証拠立てることができるの、いっちゃん」

「できませんね」

一兵はあっさりと返す。

「証拠となる物件は伝声管の中ですから。いずれこの営繕棟は取り壊されて、新しい校舎が建つでしょう。そのときには証拠が現れます。でもそれでは……」

「間に合わないわ」

なにが間に合わないのか、質問する者はない。病むハヤトの祖母の命は、やがて尽きようとしているのだ。

静まった一座の中で、一兵がおもむろに切り出した。

「間に合う方法があります。……第一の事件です。刑事さんにお尋ねしますが、あの擬装密室の犯人を今すぐ指摘できれば、関係者の禁足は解かれるでしょうか」

顔を見合わせた刑事たちだったが、今度は地元の渥美がいった。

「捜査本部は文句をつけんでしょう。立証はまだでも、第二の事件も事実上本人が認めていることだし」

「了解しました。それなら今すぐ犯人を特定します」

「ケチな野郎だ。いっぺんにしゃべれ」

犬飼はぼやいたが、勝利は納得した。

だから解決を曖昧に残したのか。一兵さんが真相をとっておきにしたのは、役人相手の駆け引きだったのだ。わかったとたんだ、一兵が少年を名指しした。

「風早くん」

「はあ?」

「俺が説明しなくても、きみだってもうわかったね」

「なんのことですか」

不意打ちだった。本気でびっくりした。

「密室の謎が解かれた。あの現場は密室でもなんでもなかった。そうわかるのと同時に、犯人は証明されたことになる。きみが記憶をお浚《さら》いすればわかるはずだぜ」

え……え……ええっ。

どう答えたらいいのか、頭が真っ白になった。

「推研部長だろ? できると思うよ」

一兵さん、そこまでいうか。バンザイしかけた両手を、勝利は下ろした。

現場が密室ではなかった……遺体は屋根の穴から滑り落された……即ち被害者は玄関からはいったのではない。

そうか! なるほど、わかったぞ。

勝利はおなかに力をこめ、一言一言区切っていった。

「徳永氏のサンダルが、玄関の三和土《たたき》にあったのは、まやかしだった。そうですね」

うなずく代わりに、一兵は微笑した。

「あるはずのない履物を引っ張りだしたのは、別宮先生でした。ドアを蹴破ったのも先生です。ドアパネルの下敷きになった三和土は、見えなかった。先生がありもしなかったサンダルを出しても、みんなふしぎに思わなかった。それまで先生は、なにかをいれた布袋を提げていました。恩地先生たちを迎えに家の南を回ったとき、その布袋は空っぽに見えました……」

「いいね、風早くん」

一兵が軽く手を叩いた。音こそ立てなかったが、礼子もいっしょになって手を打ってくれていた。

那珂探偵は改めて全員に結論を告げた。

「彼の言葉につけくわえるものはありません。あってはならない履物をあったように見せられたのは、彼女以外の誰にもできなかった……犯人は操さんです」

爪に絵の具がこびりついている。その一兵の指先が空中に固定された。

全員が押し黙ったとき——勝利ははじめて気がついた。窓の外は闇であった。暮れるに早い秋の空、しかも今夜は雲が垂れこめていた。

「……なるほどな」

ぬっと立ち上がったのは、犬飼刑事である。

「別宮操。なにかいうことはあるか」

操はいつもの自然体だが、心持ち首をかしげて一兵を見た。

「いうことはなくても、聞きたいね。いっちゃん、まだ他にわかったことはないの？　私がなぜあいつらを殺したのか、みんな疑問に思っているはずだよ」

第十章　たかが殺人じゃないか

1

一兵は首をふった。

「残念だけど動機を推測するにはデータが足りない」

「だらしない探偵だな」

推理を丸投げした癖に、犬飼が大口を叩いた。

「無理ですよ。確信犯として連続殺人を演じた操さんなんて、俺には理解できっこない。窺い知れない葛藤があったはずだけど、今の俺にわかるのはせいぜい、妹さんの失踪に徳永と郡司が関係してる。その程度なんです」

一兵はなんといった——妹？

みんながみんなキョトンとした。

行方不明になったのは、鏡子の親友のせっちゃんだが。

「……あっ」

鏡子の口から、小さな声が漏れた。

「せっちゃんのお姉さんて……別宮先生でしたの！」

「ほう」

操の声は和んで聞こえた。

「あの子が私の話をしてくれたのか？」

「はい。たった一度だったけど、小学校が国民学校になったころ、会いにきてくれたって」

「どんなことをいったんだい。母親違いの私について」

そうか……操の両親が離婚したことは、勝利も知っている。尾張徳川家に代々仕えた別式女《べっしきめ》と結婚した男は、娘——つまり操だ——の教育について妻と意見があわなかった。やがて父親は女を作り子供を生ませ、妻と別れて女の苗字の野々村を名乗った……慰謝料が寺まるごとで……だから操の二度目の父は僧侶だった……。

せっちゃんは、操の異母妹だったのか！

躊躇《ためら》ってから、鏡子が話した。

「とてもきれいなお姉さん……でもお兄さんみたいなところがあったよって」

操は哄笑した。

「よく見ている。賢い子だったなあ」

「はい。それに大人しいけど強い女の子でした」

「そうなのか?」

「私の父が女郎屋という噂が広がったんです、学校に。噂ではなく本当だったけど、私をいやがる同級生が大勢いて……噂の火元が学校の職員とわかるとせっちゃんは真っ赤になって職員室に乗り込みました。『親の商売が子どもになんの関係がありますか!』……怒鳴ったんだって。担任の先生に聞いた私はせっちゃんが大好きになったんです」

「父親がそういう人だったからね」

操の目は遠いところを見ていた。

「ふだんは優しいのに、こうと思い込んだらテコでも動かない。母は別式女の末代として私に武技を教え込んだ。琴や花を習わせたかった坊さんの父では水と油さ。もっとも父にはすまないが、私はヤットウが嫌いじゃなかったよ……節はどうやら父好みに育てられたらしい」

せつ。節。勝利は〝節操〟の二字熟語を思い出していた。名をつけたのは別宮先生のお父さんに決まってる。

「しかしよくわかったね、いっちゃん。会ってもいない節が私の妹だと」

殺人者と自認した彼女にしては、平静きわまりない語気であり、それをふしぎと思わぬ勝利たちこそ、おかしな生徒だった。

一兵がいった。

「操さん、設楽の病院を訪ねたでしょう。養護施設を」

「ああ訪ねた。そこから想像したんだね」

「……？」

とっさに勝利は、ふたりの会話の意味が掴めなかったが、やがて理解した。ひっそり暮らしていた節の祖母を見舞い、節の日記帳を持ち去った男。正体は別宮先生だったのだ。

麦わら帽にマスクをかけ低い声で話すだけで、青年で通用する挙措の操であった。

「……豊橋の空襲で父たちが爆死したことを、私は長い間知らなかった。迂闊《うかつ》な話だが、なまじ連絡しては迷惑だろう、そう思っていたからね。その間に私の母は再婚し、今年の春に亡くなった。それでやっと父に母の死を知らせようとして——驚いた」

さいわい節は難を逃れ、湯谷で祖母のカヤと暮らしている……そこまでわかってひと安心していたのに。今年になって『旅荘ゆや』に投宿した操は、また愕然《がくぜん》とさせられる。節が失踪していた——それも四年前に。

「警察へ事情を聞くと、失踪の日付が八月一五日と聞いて返答が曖昧になった」

「そうでしたか……」

渥美は顔を曇らせた。カミカゼ要員として知覧《ちらん》で待機したころだから直接関係はないものの、裏の事情を耳にしているからか、操に向けての言葉遣いが丁寧になった。

「先輩に聞いた話ですが。前日に鳳来寺山の奥に米軍のP51が墜落しました。搭乗していた米兵の行方がわからない。警官はむろん警防団あげての山狩りで大騒ぎです。捜索にまる二日かかって、その間に終戦の詔《しょうちょく》勅がくだされたとあってはもう……」

獅子《しし》文六《ぶんろく》の新聞小説ではないが『てんやわんや』だったようだ。

「山狩りに収穫はなく、米兵の死体も見つからない。この状況と野々村節の失踪を重ね合わせて、偶然森の中で遭遇したふたりは、争って川へ落ちて死んだのだろう……警察ではそんな結論を出していました」

「そうではなかったのさ」

操の声は、まるで水だ。淡々と冷えきっている。

「私の妹は殺されていた……あのふたりに」

「なんだって！」

座り込んでいた犬飼が、また立ち上がった。

「ふたりというのは！」

「徳永氏と郡司先生。被害者たちのことでしょうね」

一兵の言葉に全員が茫然《ぼうぜん》とした。

2

「殺された、せっちゃんが！」

鏡子が悲鳴をあげた。

「容易ならんことをいう。本当か」

犬飼が目の色を変えたのは当然だ。郡司は地元の名士だったし、徳永は地元出身で唯ひとり全国的な有名人であった。

「本当だよ」

操の表情にも声音にも変わりはない。

「証拠はあるのか」

「本人から聞いてる。私が」

「デタラメをいうな！」

「いわないよ。……ああ、そうか。妹を殺した奴らはもう死んでいる。今更殺人犯の私を信用しろといっても、警察がするわけはないんだ。話しても無駄だろうね」

投げやりな口をきいた操だったが、

「違う、先生！」

勝利が立ち、

「巴先生！」

大杉まで立つと明らかに犬飼より背が高く、強面《こわもて》の刑事をひるませた。

「それでも話してください！」

大杉の唾が宙に飛ぶ。勝利も負けずに力んだ。

「犯人たちの告白を！」

操は失笑した。

「おいおい。この場で犯人といえば私なんだよ。言葉は正確に使いなさい」

教師然としてそんなことをいい、声を低くした。

「いちばんドス黒い言葉を吐きたい私が、無理に落ち着こうとしているんだ。だからみんな落ち着いてくれ、犬飼さんも」

語尾のかすかな震えを耳にした勝利は、ゴクリと唾を呑み込んだ。

膝に置かれた巴御前の左右の拳は、関節が白くなるまで握りしめられていた。

「わかった……話せ」

それだけいって腰を下ろした犬飼は、黙然として腕を組む。

その様子を見守ってから、操はおもむろに口を開いた。

「話す。私はかねて小木曽さんから、八月一四日の敵機墜落とそれにつづく山狩りの騒ぎを聞いていた。次の日が終戦の詔勅だ。『旅荘ゆや』のラジオは真空管三球のビリケン頭だったが、陛下のお言葉を聞くことはできたそうだ。だが周りの警防団員は、戦争終結を知らずにソ連へ宣戦布告だと思い込んでいる。おどろいた小木曽夫妻が中心になって、地域に放送の真意をひろめようとした……そうはいっても肝心の郡司団長は不在だった。泊まっていた徳永信太郎と郡司が山狩りの不徹底を怒っていたのを、前夜に小木曽さんが聞いている。放送を頭から戦意高揚《こうよう》のお言葉と信じ、早朝にふたりで山狩りに出たらしい。そこで、この日記帳……節の日記だ」

操はバッグから粗末なノートを引き出していた。勝利も見覚えがある。老婆の病室に整然と立てかけられていた日記帳とおなじ体裁だった。

「四年前の八月一四日と日付のあるページだ。その日の夜に書いている」

操は静かに音読していった。

「『どうしよう。どうしたらいいの。お父さん、お母さん、教えて。傷だらけの兵隊さん、まだ若かった。でもあのままではじき死んでしまう。敵だけど可哀相。可哀相だけど敵。お父さんたちを殺した奴の仲間なのに、私が見つけたあの人は、ブナの根っこにうつ伏せで泣いてました。『ママ、ママ』って……振りかざしていた鎌をおろしてしまった。私って、アカですか。私って、非国民ですか。警防団に知らせたら殺されます。だから一晩だけ藤田《ふじた》さんに預けて、明日おまわりさんに相談します。それでも私は国賊ですか。誰か教えてください』

日記はここで終わっている。次の一五日はいつものように女学校へ出かけて、当然終戦の詔勅を聞いたはずだが節は二度と帰ってこなかった。——私にわからないのは、この藤田って人のことだ」

操の顔が鏡子を向いていた。

「小木曽さんに尋ねても、そんな名前の人は知らないという。……咲原さん、思いつくことはないか？」

即座に鏡子の返事はもどってきた。

「わかります！　藤田さんというのは、双美川の潰れたバーベキュー場、その管理小屋です。トイレもあるのに鍵は壊れたままだから、双美川で水浴びするときは、藤田さんちで厠《かわや》を借りることにしていました！」

操はふしぎそうだ。

「管理人の名が藤田なのか？」

「そうじゃありません。小屋の壁に張ってあったんです。東宝映画『姿三四郎』のポスターが」

「あっ」勝利が叫んだ。

「黒澤明監督、藤田進《すすむ》主演！　それならぼくも見ています！」

立ち小便の標的の隣だったとまでは説明しない。大杉も負けずにいった。

「あのポスター、藤田進の顔がデカかったよなあ」

「私、好きです、『わが青春に悔なし』！」

姫がいえば、トーストがさらに調子づく。

「『森の石松』監督吉村公三郎！」

夏木になるとおなじ映画でもジャンルが違った。

「藤田といえば『加藤 隼《はやぶさ》 戦闘隊』だったぞ」

戦中から戦後にかけて男性的ヒーローを演ずる俳優として、彼の右に出る者はいなかったのである。映画に縁が遠そうな犬飼が呆れ顔でテーブルを叩いた。

「いい加減にしろ！」

さすがにみんな口を噤《つぐ》んだ。操がうなずきながら話題をもどす。

「それでよくわかった。節が最後をあの広場で迎えたことが……」

全員がシンと静まり返ると、操も改まった表情になる。

「徳永と郡司、ふたりが警防本部にもどってきたのは、西日が鳳来寺の山に隠れたころだという。不毛の山狩りをつづけたのかと、みんなが同情した」

待ち構えていた小木曽から、陛下のお言葉は宣戦どころかポツダム宣言受諾だったと聞かされても、意外なほど驚かなかったそうだ。

「わかったのはそこまでだ。そのときは節の名前も出なかった。やむなく私は名古屋に帰ろうとした。寺を継父に返した私は、女ひとりで食うための懸命な毎日だったからね。その帰りの電車で、看護婦らしい女性の会話を聞いたんだ。

『病院の裏手に墓地があるでしょう』

『縁起でもないって怒る患者さんがいるわね』

『そこの焼き場へ病院から運ばれたわ、棺桶が』

『当たり前じゃない』

『でもそれ、内々の密葬だったの、終戦の年の八月一六日の朝早く』

昭和二〇年の八月一六日！

私は凄い形相だったと思う……全身を耳にして聞いていた。

『つき添ったのはひとりだけ、恩地院長先生だったのよ』」

だしぬけに飛び出した名前の主なら、この座にいる。

瀟洒《しょうしゃ》な服装に身を整えた恩地に、視線が集中した。インテリめいた風貌の紳士は、そんな場の空気に弱かった。

「なんの話ですか。私はなにも知りませんよ！」

反応がそのまま「知っている」と告げていた。たぶんそれは操が予想していた、彼の反応であったろう。

恩地を無視して操はつづけた。

「東岡崎で下りた私は豊橋へトンボ返りした。湯谷に戻り、市民病院裏手の墓地に急いだ。この間まで尼僧だったせいか墓守と話が合ったよ。四年前のことでもあのお爺さん、鮮明に思い出してくれた」

恩地は黙っている。手入れの行き届いた口髭がしおたれて見えた。

「もしや焼かれたのは節ではないか。最悪を覚悟していたが、そうではなかった。柩の中を見ることもなく焼いたそうだが、亡者は大柄な男というのが彼の見立てだった。その正体も、なぜ院長ひとりが立ち会ったのかも、事情は知らされなかったが……大男というのは外人じゃないかという私の質問に、爺さんは首をかしげた。『外人にしては、折り鶴を持っていたのがおかしい』」

私は息を吞んでいた。

折り鶴！

それも時局に珍しい朱金の色紙で、小さいが上手に折ってあった。大柄な亡者なのでかぶせた布から右手が突き出ていたそうだ。その手が摑んでいたというんだ、金色の折り鶴を。鶴はいっしょに焼かれたが、おかげで確信できたよ。瀕死の米軍兵士を節が看取ったということを」

しばらくの間、みんな黙りこくっていた。

恩地に声をかけそうな大杉を、勝利が止めた。

自分たちより刑事の方が質問役にいいと判断したのだ。その犬飼が口を開いた。

「火葬には院長先生が立ち会った……もちろん事情を思い出してくださるでしょうな?」

強面の刑事に迫られて、それでも恩地はなにかいおうと立ち上がった。とたんに目眩《めまい》を起こしたのか額を押さえて、よろよろともとの椅子に腰を下ろした。

「失礼……血圧のせいで、立ちくらみするんだ」

しばらく肩で息をついてから、やがて諦めたように話しはじめた。

「柩にはまだ若い兵士を納めました。右の肩口から袈裟《けさ》がけに斬られていた。……知らせにきた郡司さんたちは、米兵を発見したのが双美川のバーベキュー場で、抵抗するのを徳永先生が斬ったと仰《おっしゃ》る。私は信じませんでしたよ。逃げる相手を背後から斬ったので、あの傷になったのだから。それに米兵は右の上腕部を複雑骨折していた。抵抗どころか、よく人里までたどり着けたと感心したくらいです」

「試し斬りのつもりだったんでしょう」

夏木の声だ。彼は中国戦線での体験者だ。

「死体は双美川の岸に打ち捨てたと聞いて、私は車で遺体を収容しました。青い顔でしたね、ふたりとも。日本が降伏を受け入れた後だ。徳永氏は敵兵を殺したのではなく、殺人を犯したことになる。アメリカ軍がこの事実を知ったら、問題になる可能性があった」

「だからもみ消したわけですな。兵士の火葬と引き換えに院長がなにか取引をなすった……」

恩地は憤然《ふんぜん》として、口髭を震わせた。

「失敬だね、刑事さん。いっておくが郡司氏は、前後の事情をすべて、当時の署長の耳に入れているはずです」

「わかりましたよ」

犬飼はひらひらと手をふった。

「警察も民主化してましてね。証拠もない過去の事件を、ほじり出す気はない」

「待ってください」鋭い声の主は鏡子であった。

「じゃあせっちゃんは、どうなったんですか！　その兵士といっしょに殺されたんですか！」

「……それをこれから話すんだよ、咲原さん」

沈痛な声音で、操はゆっくり語り始めた。

「あの日——というのは、推研と映研合同の修学旅行の朝早くだ。私はおなじ宿に泊まっていた徳永を、『夢の園』の博物館へ呼び出した。徳永にはこういっておいた……あなたたちが手にかけた女の子について話があるとね。私にできたのは事件の推測だけだ。だから真相を面と向かって糾《ただ》したい……いっておくが、そのときはまだ殺すつもりなぞ少しもなかった」

3

夏空の下、鳥どもがのびやかに歌っていた。

天気予報によればよく晴れて暑いが、午後に薄雲がかかって過ごしやすくなるという。修学旅行にふさわしい一日になるだろう。

民俗博物館の一階で、操は自転車で流れた汗をそのままに、徳永を待った。健脚の彼は徒立《かちだ》ちだと威張っていた。

大声で話せない内容である。廃園に隣り合った人気《ひとけ》のない博物館を選んだのは正解であった。古民家を移築した天井が高く梁《はり》の逞《たくま》しい母屋は、黒っぽくて暑苦しい外観だが、一階正面のガラス戸を開け放しただけで涼風が通る。

もっとも長方形の土間には腰を下ろす場所がない。以前は〝新高ドロップ〟の広告を背凭《せもた》れにした木のベンチがあったようだが、今のこっているのはドロップの横長な広告板と、座面の裏からピョコンと生えた脚が一本、のこりの三本の脚はどこへ行ったものやら。廃材が折り重なっただけでは、座りようもない。

仕方なく操は、展示物がならんだ台の端っこに形のいいお尻を乗せて、壁に飾られた琺瑯《ほうろう》の看板を眺めていた。大楠公学生服……中将湯……痔にボラギノール……藤澤樟脳……メンソレータム……。

徳永は正面のガラス戸から、白髪のしなびた体をズイと押し込んできた。右手に杖を突き、左手に携えたのは見事な拵《こしら》えの日本刀だ。

操は小木曽の苦笑を思い出した。

『美術品だから目零《めこぼ》しさせたと仰って、いつもお預けいただきますが、立派な人斬り包丁ですよ。刀剣法なんかまるで無視です』

『ゆや』に預ける都度、稽古と称して真剣をふるうそうだ。アナクロニズムの塊《かたまり》のようでいて、実際は米軍の上層部と交流があり、今や日本刀の鑑定家として遇されているとまで聞いた。

一応礼儀を尽くそうと立ち上がった操に、徳永は徹底して横柄な態度で接した。

「話は手短にな」

操が座っていた場所にムンズと座り込む。操も鼻白んだ。

老人は苦い薬を舐めたような顔つきを崩さない。少しでも自分を偉く見せたい魂胆なのか。

「早くせい。女……それとも男か、そのいでたちは」

鼻で笑われたが、操は堪《こら》えた。

「この崖の下で、先生はアメリカのパイロットを斬りましたね」

「それがどうした」

蟻を踏みつぶしたのかと、尋ねられたように鈍い反応だ。

「八月一五日の午後です。戦争はもう終わっていました」

「わしの中では終わっておらん」

徳永はうそぶいたが、神経質そうに左右の眉が痙攣《けいれん》した。その程度の人間だと操は見抜いた。

「世の中では、終わっておりましたが?」

「常在戦場。わしの座右の銘だ」

構わず操は話を進めた。

「そのときいた女の子はどうなりましたか」

これは操のハッタリだ。節が残した日記を読んで、彼女は確信していた。米兵を斬った徳永は、絶対に節と接触している!

それにしてもひとまず「知らん」というと思ったのに、老人は他愛もなかった。

「あの小娘とわしに、なんの関わり……」

しまったと思ったに違いないが、操は逃げ道を与えなかった。

「あの子も斬った。そうなんですね」

「馬鹿者」

一喝したつもりだろうが、声がうわずった。

「なにを根拠に!」

「自分の胸に聞きなさい。武士の流れを汲むつもりなら、うら若い女学生を刀にかけて恥ずかしくないのか」

「黙れ」

単純な男で癇癪《かんしゃく》もちだった。立ち上がった徳永は杖を捨て、刀の鯉口《こいくち》を切った。彼としては殺気を演出したつもりだろう。口は達者でもしょせん女だ、強く出れば怯えるはず。そう思い込んでいたとすれば、相手が悪かった。

操はビクともせず、徳永の正面に立ちはだかる。

当てがはずれた老人は、沽券《こけん》に関わるとばかり吠え立てた。

「生意気な小娘めは、戦争が終わったとぬかしておった」

「本当だったじゃないか?」

徳永は恬として恥じない。

「アメリカ兵は敵ではなくなった、だから斬ってはいけない、そういいおる。もう忘れているのだ、おなじ巣穴の鬼畜どもが、同胞の頭上に爆弾の雨を降らせ、機銃掃射の狙い撃ちで楽しんでおったことを!」

一瞬ではあったが、操の視野に爆死した父の姿がよぎった。

口を閉ざした彼女が怯《ひる》んだと思ったらしい。老人はわめいた。

「しかるに小娘はなんといったか。『日本は負けたんです、手当てしてあげなくては』……不忠者、国賊めが!」

ふだん白い操の顔が、みるみる赤くなって、声は地を這うように低くなった。

「だから斬ったのか、その子を」

「いいや、わしは斬らなんだ。斬れば刀が汚れるわ。『日本は負けた』とぬかす娘を、警防団長が押さえてくれた」

「郡司議員のことか」

「そうだ、彼は全力で黙らせようとした。すでに米兵はわしが一刀のもとに倒しておる。だが娘はなおも暴れおった。昼まで鬼畜だった輩《やから》を午後になったら介抱せよと？　さらにいいおった、『負けを認めて潔く散りましょう、桜のように』。負けたとはなにごとだ、神州は不敗なり、非国民！　郡司くんもつい腕に力をこめ過ぎた。……娘はゼンマイの切れた人形となってことされた。米兵はわしが川に蹴落し、郡司くんも娘の死体を始末した。どこへどうしたのか、わしは知らんぞ。……それだけのことだ、腑に落ちたろうが」

「なにをいってるんだ、あんた」

操の顔はもう赤くなかった。青白い炎が全身から燃え上がっていた。

「自分のいったことがわかってるのか、人殺し」

「人殺しだと？　なにをいうか。きゃつらは日本人を殺した！　本所深川《ほんじよふかがわ》一帯で一夜のうちに一〇万の命が奪われたぞ。広島を見よ長崎を見よ、大東亜を軍靴の下に踏みつぶした、それが白人の歴史である！」

徳永は自分の言葉に酔っている。白髯《はくぜん》をそよがせてスラリと一刀を抜き放った。断じてこの女を力で抑えようという意気込みであった。

「殺したのはたったふたりだ、一〇万一〇〇万の命をやりとりする戦争を思えば児戯《じぎ》に等しい。さよう……たかが殺人ではないか、いいか！」

高い天窓から落ちる日の光を吸い込んで、日本刀を振りかざした徳永の姿は狂気に彩られている。さすがに操も後ずさりした。

ベンチの廃材が手に触れ、ものもわからず引っこ抜いた。櫂《かい》ほども細長い〝新高ドロップ〟の広告板だ。不細工な木刀のように構えると、徳永はせせら笑った。

「笑止。わしが携えたこの刀はな。進駐軍の高官閣下も垂涎《すいぜん》の的の絶品だ。広小路本町にそびえる徴兵保険ビル、今や屋上に星条旗が翻《ひるがえ》っておる。あの名古屋総元締めの進駐軍本営にさえ、わしは堂々出入りしておる身だ！」

操は自分の耳が信じられなかった。白人のアジア搾取の歴史を語った舌の根も乾かないのに、進駐軍とのつきあいをステータスにする古武士気取りの男。

その矛盾の塊が操の面前で怒号した。

「女！　思い上がるなよっ」

ブンという刃風の唸りを操は感覚した——反射的に彼女は、〝新高ドロップ〟を徳永の横面に叩きつけていた。

……風が出たらしい。

サワサワと竹藪《たけやぶ》の鳴る音が、操の耳にまで届くようになった。

4

「徳永信太郎の言葉は正しかったよ。『たかが殺人じゃないか』……その通りだ」

一時は感情の波に呑まれようとしたが、操は意志の力で抑えきった。今はもう表情も声も凪《な》いでいる。それだけに深い海の底では、外から窺い知れない狂瀾《きょうらん》が渦巻いているに違いない。

「……ふたつ目の事件を話そう。郡司をここへ誘い出すのは難しくなかった。誰か気がついた者はいるかな。民主1号にやってきたとき、あいつが私にしきりと色目を使っていたのを」

鏡子が小声で答えた。「知っています」

「ああ、きみならそうだろうね。女性に目のない先生と承知しているから……その意味ではわかりやすい男だった。だから遠慮なく利用させてもらった。キティ台風の日の来訪も、私が呼んだ。ルーフウィンドウつきのフォードを南側から乗り入れること、明かりを消した車の中で私を待つこと。素直に従ってくれた。生徒たちの撮影作業の間に、私を抱けると思っていたんだろうね、あいつは」

生徒たちは黙って聞いている。

花びらを使った性教育より役に立つと、勝利は痛感した。

「私が顔を見せると郡司は満面の笑みで迎えたが、私は残骸のパイプから抜いた剣を手にしていた。ひと思いに刺すと彼はびっくりして死んだ」

そんな顔だったと、勝利はあの夜を反芻《はんすう》する。

「生徒たちがいなくなったあと、車を東側に移動した。そのときだな、咲原さんがエンジンの音を聞いたのは。とにかく忙しい二五分だったよ」

操が言葉を休めると、勝利は抑えていた質問を放つことにした。

「……そこまで苦心して不可能犯罪を構成した、先生の意図はなんだったんですか」

「いいところを突く」

操は少しだけ白い歯を見せた。

「密室を作った理由はね。きみたちの一度しかない修学旅行を成就させたかったから」

「ヒャ。あの旅行のため？」

姫がおかしな声を出した。

「密室殺人を私たちに見せたかったのですか」

やや冷たく問いかけたのは級長だ。

「そうじゃない。……さっきも話しただろう。私には前もって徳永を殺すつもりなんかなかった。だから殺したあとでハタと困った。事件が表沙汰になれば、みんなが楽しみにしていた修学旅行はご破算だ。そう考えて死体を民主1号に隠したんだ。恩地先生たちがハウスの検分にくるとは知らず、鍵がかかった家に遺体を転がしておけば、修学旅行の日程を邪魔されることはない。そう考えて即席で密室を考案した……」

「本当にそうでしょうか」

おそるおそる勝利が口をはさむと、操はビクリとした。

「どういうことだい」

「猫の死骸です」

「あのイヤなにおい！」

姫が顔をしかめると、級長はなにか思いついていた。

「猫は腐りかけていました。巴先生が密室を作ったときは、もうにおっていたはずですが」

「……」

「私の記憶では先生でしたわ。おかしなにおいがすると仰ったのは」

「鼻のいい俺より先に気がついたな、先生は」トーストもいいだした。「あのにおいがあったから、俺たちは民主1号に誘われた……そして先生はハエの羽音に気がついた……そのふりをした。そもそも猫をあそこに捨てたのは、先生だったんじゃありませんか」

「ぼくたちを事件の第一発見者にしたかった。それが先生の本音だったと思います。五人が揃っていたから、ドアとサンダルの目くらましが成立したんだ」

勝利は宣告のような口ぶりになっていた。

クスクスという笑い声が操の口から漏れはじめた。

「お見事だよ、諸君。きみたちの推理は正鵠《せいこく》を射た。あの猫の死体は、自転車で博物館へ行く途中で見つけたものだ。正《まさ》しく猫できみたちを釣った……私は疑似密室を構成することで、民主警察の捜査を妨害しようとしていたんだ」

「なんだってそこに、民主警察が出てくるんだ」

若者たちのやりとりを呆れ顔で聞いていた犬飼が、しばらくぶりで口を開くと、それまで傍観していた一兵が、操を援護した。

「犬飼さんだってご存じじゃないか。戦争前には、密室なんて出る幕がなかった。犯人の目星をつけて自白させるだけだ。密室の謎解きが必要なら、そのあとで犯人に吐かせりゃいい。ところが民主警察の今では、謎が解決できなくては犯人を収監できないんだ、順序があべこべになってしまった。解決不能な密室はそれだけで捜査の壁になってしまった」

ひと息ついていい添えた。

「探偵小説が推理小説に脱皮する時代なんだ」

勝利は操に向かった。

「どうして一兵さんを呼んだんです、巴先生は」

目の前で電話をかけた操を見ているだけに、少年の疑念は深い。

「那珂探偵さえ来なければ、別宮犯人は暴露されずにすんだのに！」

「風早くん……」

ひそやかな礼子の声がした。見れば鏡子が肩を震わせている。

——と思ったとき、椅子を滑りおちた少女はその場で両手をついていた。コンクリート剝《む》き出しのザラザラした床だ。肩まであった髪がバサッとその床を掃いた。クーニャンは額をすりつけんばかりに頭《こうべ》を垂れている——操に向かって。

「先生……」

声がわなないていた。

「ごめんなさい！」

「なにを謝っているんだ、咲原さん」

困ったようなとぼけたような操の声。

「誤解しないでくれ。私がいっちゃんを呼んで、わざわざ自分の罪をあばかせたのは……そりゃきみの件がなかったとはいわないよ。でもそれだけが私の本意ではない。……とにかく座って」

「……ハイ」

体をすぼめて鏡子は椅子にもどった。目の周囲が赤くなっている。

「きみに負担をかけまいと、言い訳してるんじゃない。偉そうな口をきいても、私はきみたち生徒を裏切っていたんだから」

「そんな、まさか！」

頓狂《とんきょう》な声の弥生に、操は二度三度と首を縦にふった。

「情けないじゃないか。けっきょく私は、二度の殺人計画のどちらも生徒を利用してしまった。目撃者として、証人として。教師が生徒を盾にしたんだ、自分の保身のためにね。そう考えると私は私を許せなくなった。だからいっちゃんに一肌脱いでもらったんだ。副産物として咲原さんが幸せを摑むことができれば、望外だよ……。だが誤解しないでほしい。私はあいつらを殺したことを、ただの一度も後悔したことは……ない」

ほうという吐息が耳についた。存在感の乏しかった用宗校長の、声にならない意思表示であった。

操は校長をふり向きもせずつづけた。

「今でも殺してよかった、そう考えている。すまないな、きみたち。……私に教育者の資格なんかない……お詫びする」

操は五人の生徒に、深々と頭を垂れた。やがて顔をあげた彼女は、

「用宗のおじさん」

体をひねって校長を見ていた。その呼びかけに勝利以外の者がざわめいた。しおらしく肩をすぼめて彼女は告げた。

「ごめんなさい。やはりこうなったわ」

〝用宗のおじさん〟は彼女には顔を向けないまま、ボソボソと説明した。

「別宮先生のお父上と私は、八高の先輩後輩の仲だった。咲原さんの父親も仲間だった。三人そろって弁論部でね、大層な夢を語り合った仲なのだよ。別宮先生はご承知のような家柄で本人も不羈奔放《ふきほんぽう》。だが刑事さんに申し上げるが、たとえ法に触れても別宮操は心のきれいな人間です。それだけは東名学園の用宗が保証しますぞ」

「ありがとう、おじさん。私は、でも私は東名学園ともう縁が切れてるの。書き留めで辞表を

送ってありますわ。新聞に出たとき、現在の東名学園教師と書かれるより、元がついた方がショックが少ないでしょう?」

用宗は苦笑していた。

「それでも次年度の入学希望は半減するだろう。教師も何人か辞めるかな」

「すみません……」

「いいさ。あんたを教師に選んだのは私だ。責任はいくらでも負う」

「校長先生!」

びっくりするような夏木の大声だった。

「私は絶対にこの学園を離れませんぞ!」

ああこの先生は、短絡的な感激屋なんだ……勝利はそう思ったが、それでも学園祭でのこだわりが、いくらかほぐれた気分にはなった。

「行くか」

犬飼が声をかけると、渥美は猟犬の敏速さで操に近づいた。

うなずいた操が椅子を立ち、あっと思う間もなく金属音が鳴った。

弥生が鼻を鳴らした。

甲階段に足を踏み出した操に、鏡子が呼ばわった。

「まだわからないことが残っています! せっちゃんは今、どこにいるんでしょうか!」

ああ、それがあった。彼女の遺体を始末した郡司は、なにもいわずに死んでしまった。

いったい、彼女はどこに葬られているのだろう。

両の手首を手錠で飾った姿で、操が答えた。

「いっちゃんに聞いてごらん。私とおなじ答えだよ、きっと」

一兵はさりげなかった。

「井戸だと思うな」

「そう。同意見だね」

井戸！　勝利が、丸さんと肩を並べて立ちションした、その標的。さいわい黄色い二条《ふたすじ》の滝はまるっきり届かなかったけれど。

（ごめん、せっちゃん！）

やっとわかった。郡司がなぜあんな案内しにくい土地に、見本の住宅を建てたのか。少女の、い、い、い、い、い、い、い、い、い、死体を遺棄した井戸を埋めるためだった！

「風早」

階段から頭だけ出した操が、手すりの間から呼んでいる。

「ハイ！」

駆け寄ろうとしたら、操は苦笑してかぶりをふった。

「そこで聞きなさい」

手錠姿を晒《さら》したくないのだと気づいて足を止めると、巴先生はやわらかく微笑んだ。

「書くんだよ」

「……」小説のことだとわかった。

「こんなエンドマークになったけど、きみは遠慮せずに書きなさい。自分の恥も他人の恥もひっくるめて書くといい。……それからお姉さんに、また今度ゆっくり飲もう、そう伝えてくれ」

「わかりました……」

だらしなくも涙が溢れ、視界がぼやけた。こすった目を開けたとき、もう操の顔は消えていた。それが勝利の見た最後の巴先生であった。

終章　推理小説を書きおえた

操の死は呆気なかった。

ハヤトの軍務の都合で鏡子の渡米が遅れた、その三日の間の出来事であった。

再検証のため別宮容疑者は、民主1号の現場に連行されていた。参考人として恩地院長も同席した。

霖雨《りんう》の長引く悪天候であった。双美川は濁流が溢れ水位が高まっていた。検証の帰り道で、恩地が持病の目眩《めまい》を起こし、その背中を突風が押した。

院長は落水した。

とっさのことで、みんな棒立ちになっていた。

操だけが腰縄をふりきって川へ飛び込み、意識を失った恩地を岸に押し上げた。そこへ流木が突進して操を濁流に沈めた。

手錠姿の彼女は、流木をかわすことができなかった。

用宗が部室を訪ねて事情を告げた。

全員が泣いた。

鏡子は泣き崩れ、あの弥生がおうおうと獣のように咆哮した。その体を抱き寄せながら、大杉は涙で顔をぐちゃぐちゃにした。メガネに大粒の涙をあふれさせた礼子は、鏡子の背中をいつまでも撫でてやっていた。

もっとも早く我に返ったのは、勝利である。

彼は次の日に鑢盤《やすりばん》と鉄筆を家から持ってきていた。それから連日、部室に居残って原稿を書きつづけた。誰にもいわなかったが、勝利は操との約束を果たしたかったのだ。

やがて勝風荘は一〇〇メートル道路計画に土地を譲り、更地にされた。勝利の部屋があった離れも運命を共にした。だからもう彼が鉄筆を握れるスペースは、夏暑くて冬寒い推理部と映画部兼用の部室しかなくなっていた。

引退した両親に代わって、撫子が女将《おかみ》を務め梅子が片腕となり、御園座近くの横丁にこぢんまりしたテーブル割烹《かっぽう》『ニュー勝風』の暖簾《のれん》をかけた。勝利はまだ姉に操の死を知らせていない。新聞もろくに読まない撫子は、操が顔を見せるのを今も待ちわびている。

ぶじに渡米した鏡子から最初の便りが届いたのは、東名学園の校庭がうっすら雪化粧した日のことであった。日本では望めない美麗な印刷のクリスマスカードだ。

その日はちょうど、東名学園冬休みの初日なのだが、勝利は登校した。営々と書き続けてきた推理小説、それも七〇〇枚をこえる超大作を書き終えようという、記念すべき日であった。宣伝した覚えもないのに、部室には大杉・弥生・礼子の三人が顔を揃えた。顧問は空席のままなので、今はこの顔ぶれが推理小説研究部・映画研究部のすべてである。

ラストスパートに精出す勝利を邪魔しないよう、離れたソファーに三人が集まり、せっせと手をこすっていた。窓をガタガタと寒風がゆする。

「トーストだったわね。本格ミステリはどうでもいい話が長々つづいて、終わりになるまで犯人がわからない、民主的じゃないといったのは。だから意地になって書いたんですって」

「へえ。どんな具合に書いたんだ」

「最初の一ページで、すぐ犯人を紹介する！」

級長の宣言に、トーストと姫が吹き出し白い息を吐いた。

「事件もはじまらないのに、犯人が出せるかよ」

「うまくいったらお慰みですわね」

テーブルの上でカリカリと音をたてていた勝利が、その手を止めて声をかけた。

「お待たせ！　最後まで書いたから、もういいぞ。こいつを印刷する間に、きみたちは一ページから読んでくれ！」

いわれるまで律儀に待っていた三人が額を寄せてきた。

そして読みはじめた。


「犯人はお前だ！」

鉄筆の先端で、廊下に面した戸を指したとたん。

タイミングよくその戸が開いたから、驚いた。部室にはいろうとした別宮操先生も、目をまるくして立っている。

「ヘエ、私が犯人？」

参考文献

『名古屋の電車』白井良和（保育社）
『名古屋鉄道 今昔』徳田耕一（交通新聞社）
『名古屋市電が走った街今昔』徳田耕一（JTB）
『時刻表でたどる鉄道史』宮脇俊三・原口隆行（JTB）
『鉄道ピクトリアル　特集・名古屋鉄道』（電気車研究会鉄道図書刊行会）
『駅舎再発見』杉崎行恭（JTB）
『国鉄全線　全駅』（主婦と生活社）
『ライフスタイルを変えた名列車たち』原口隆行（交通新聞社）
『戦中戦後の暮しの記録』（暮しの手帖社）
『皇戦』高嶋辰彦（世界創造社）
『次の世界大戦』辻政信（河出書房）
『進駐軍がいた頃』長谷川卓也（彩流社）
『進駐軍の命により』長谷川卓也（胡蝶の会）
『秘聞１９４９年秋』長谷川卓也（胡蝶の会）
『〈ヤミ市〉文化論』石川巧ほか編（ひつじ書房）

『昭和少年少女ときめき図鑑』市橋芳則・伊藤明良（河出書房新社）
『ちゃぶ台の昭和』小泉和子（河出書房新社）
『戦中派不戦日記』山田風太郎（講談社）
『戦中用語集』三国一朗（岩波書店）
『敗戦前後の日本人』保阪正康（朝日新聞社）
『戦後値段史年表』週刊朝日編（朝日新聞社）
『MPのジープから見た占領下の東京』原田弘（草思社）
『敗戦と暮らし』山本武利監修・永井良和編（新曜社）
『敗戦　占領軍への50万通の手紙』川島高峰（読売新聞社）
『終戦直後の日本』歴史ミステリー研究会編（彩図社）
『天皇と接吻』平野共余子（草思社）
『終戦前後の一証言』兼松学（交通協力会）
『広告批評　とにかく死ぬのヤだもんね。』（マドラ出版）
『話の泉』和田信賢編（青山書店）
『国家売春命令物語』小林大治郎・村瀬明（雄山閣出版）
『街娼』M・モラスキー編（皓星社）
『ボクラ少国民』山中恒（辺境社）
『われら新制高校生』教育の明日を考える会（かもがわ出版）

『映画手帖』京大映画部編　（創元社）
『映画鑑賞手帖』京大映画部編　（創元社）
『シネマ・よるひる　改稿名古屋映画史』伊藤紫英　（伊藤紫英発行）
『ニッポン映画戦後50年』森卓也ほか著　（朝日ソノラマ）
『映画芸術』昭和二十四年五月号　（星林社）
『日本のポスター　明治・大正・昭和』三好一　（紫紅社）
『欲しがらないで生きてきた』木乃美光　（光文社）
『昭和漫画雑記帖』うしおそうじ　（同文書院）
『名古屋大空襲展』　（朝日新聞社）
『図説民俗探訪事典』大島暁雄ほか編　（山川出版社）
『SP原盤復刻による戦前・戦後歌謡大全集』南葉二解説　（日本コロムビア株式会社）
『日本春歌考』添田知道　（光文社）
『ヤミ市模型の調査と展示　第二集』ヤミ市調査団他　（東京都江戸東京博物館）
『ヤミ市跡を歩く』藤木TDC　（実業之日本社）
『写真でわかる事典　日本占領史』平塚柾緒　（PHP研究所）
『戦争が立っていた　戦中・戦後の暮しの記録拾遺集　戦中編』　（暮しの手帖社）
『戦線銃後　慰問おもしろ帖　昭和十五年キング新年号付録』　（講談社）
『着物のきもの』望月笙子　（京都修学社）

『推理小説作法』江戸川乱歩・松本清張共編（光文社）
週刊「日録20世紀」昭和二十四年（講談社）

ほか、インターネット、新聞雑誌から情報を集めています。

なお昭和二〇年一月、実際に三河地震に遭われた方から頂戴したお手紙（無記名でした）を参考にさせていただきました。

湯谷温泉取材については、当地の旅館〝はづグループ〟の加藤浩章さんご夫妻にお世話になりました。紙上を借りて厚くお礼申し上げます。

解説

杉江松恋

『たかが殺人じゃないか　昭和24年の推理小説』の単行本は東京創元社から刊行された。奥付には二〇二〇年五月二十九日初版とある。本が世に出るや話題となり、年末恒例のベストテン企画では『ハヤカワ・ミステリマガジン』の「ミステリが読みたい！」、『このミステリーがすごい！』、『週刊文春』の「週刊文春ミステリーベスト10」で一位に選出されている。『本格ミステリ・ベスト10』でも四位であった。

物語の舞台は一九四九年の名古屋だ。敗戦後の日本を統治するGHQは、民主化のために学校教育にも手をつける。その中には男女共学の方針も織り込まれていた。主人公の風早勝利は旧制中学を五年で卒業していたが、六三三の新しい学制だと高校教育は三年になるため一年不足する。私立の興亜中学と貞淑女学院が合併してできた東名学園に三年次の一年間だけ通うことになったのである。この出来事は事実に基づいており、愛知県立第一中学校に通っていた作者の辻真先も、同校と名古屋市立第三高等女学校から作られた愛知県立旭丘《あさひがおか》高等学校に一年だけ籍を置いたという。

　男女七歳にして席を同じくせず、の戦前教育を叩きこまれてきただけに男女の間はぎくしゃくし、教室の居心地も良くない。勝利の居場所は推理小説研究部と映画研究部の合同部室にならざるを得ないのである。両方合わせて五名という小世帯の文化部は、顧問を務める別宮操助教諭の提案で夏休みに合宿を行うことになった。若い男女が一緒に外泊などけしからん、という者が学校側にいて修学旅行が中止に追い込まれたので、その代わりというわけだ。

　旅先となった奥三《おくみ》河《かわ》の湯谷温泉で一行は変死体を発見する。現場は密室状態の一軒家だった。この事件ともう一つ、勝利たちが映画を撮影している最中に遭遇した、犠牲者の遺体がばらばらにされた殺人とが本書のミステリとしての核になる。探偵役を引き受けるのは二〇一八年刊の『深夜の博覧会　昭和12年の探偵小説』（東京創元社→創元推理文庫）に続き那珂一兵である。戦前からの親交がある別宮操に招かれたのだ。一兵のプロフィールについては『深夜の博覧会』大矢博子解説に詳しいのでここでは省略する。初登場は一九七八年の『ＴＶアニメ殺人事件　キリコの中冒険』（カイガイ出版部、後に『ＴＶアニメ殺人事件』と改題してソノラマ文庫）、以来息長く活躍している辻作品ではおなじみのキャラクターだ。

　本書の二つの事件については、情景や登場人物の会話内に伏線を仕込むやり方が実に巧みなので、解決篇を読んだ後にぜひもう一度目を通してみていただきたい。特に第一の事件で弄《ろう》された仕掛けを示唆《しさ》する手がかりの置き方などはお手本としたいような鮮やかさである。事件後に登場人物たちが交わす会話の中にも真相すれすれのところにまで迫るヒントが隠されていて、再読すると驚かされる。視点人物の勝利はミステリ作家志望だから、自分でもぜひ実作を書いてみたいと構想を練っている。このことも後に効いてくるのである。

青春ミステリとして書かれた作品なので、思春期ならではの感情の揺れが物語中に起伏を作り出している。勝利は同じ三年生の咲原鏡子に思いを寄せる。上海からの引き揚げ組ということから、あだ名は『クーニャン』だ。彼女の秘密に気づいたことで、勝利は大人への階梯《かいてい》を一つ上るのである。本書が青春小説として素晴らしいのは、性の問題を正面から取り扱っている点で、うぶな勝利が大人の男女のありようを知る形でそれが描かれていく。

このことは、実は戦争批判にもつながるのである。先の戦争において犠牲を強いられたのは弱い立場の者であり、特に女性であった。女性性がさまざまな形で蹂躙《じゅうりん》されたことは事実だが、国はこのことを隠蔽《いんぺい》し続けた。戦争行為を正当化する者はいつの時代にも存在するが、彼らが美辞麗句で糊塗《こと》しようとするものがいかに醜い事実であるかをこの小説は暴き立てる。すぐれた戦争小説の側面も持つ一作なのだ。ゆえに本書は、ミステリにさほど関心がない方にもぜひお読みいただきたい。特に自身が戦争に巻き込まれたらどうなるか想像してもらいたい、若い読者に。

ここからは作品の背景について書く。辻真先は一九三二年の生まれだが、二〇二〇年代に入っても毎年新作を発表し、しかもすべてが話題作となるなど、九十代の今もなお最前線で活躍中の作家である。本格ミステリ作家クラブ会員の投票によって選出される第九回本格ミステリ大賞小説部門を牧薩次《まきさつじ》名義の『完全恋愛』（二〇〇八年。マガジンハウス→現・小学館文庫）で受賞したのが二〇〇九年、七十七歳のときであった。そこから十年以上無双の活躍が続いており、二〇一九年には第二十三回日本ミステリー文学大賞も授与された。

　二〇一〇年代に入ってからは、二〇一一年に『日本・マラソン列車殺人号』（光文社文庫）でトラベルライター瓜生慎《うりゅうしん》シリーズを、二〇一三年の『戯作・誕生殺人事件』（東京創元社）で後述するポテト&スーパーシリーズをそれぞれ完結させるなど、長年付き合ったキャラクターたちに最後の花道を下がらせる作品を相次いで発表している。二〇一六年に発表した『残照 アリスの国の墓誌』（東京創元社）もその一冊だ。新宿・ゴールデン街のバー〈蟻巣《ありす》〉が同作で閉店する。この店が初めて描かれたのは一九八一年の『アリスの国の殺人』（大和書房→現・徳間文庫）で、以降三十五年にわたって辻作品のファンにとってはおなじみの場所であり続けた。すでに一九九二年の『白雪姫の殺人』（徳間書店→徳間文庫）において那珂一兵の死は描かれていたが、この作品では彼が生前に遭遇した事件について常連客が推理をするというのが物語の骨子《こっし》になっている。二〇〇〇年の『デッド・ディテクティブ』（講談社ノベルス）であの世にいながら探偵役を務めるなど、何度かお座敷がかかっていた一兵だが、この作品をもって読者の前からは本当に退場したはずであった。

　作者自身も、彼に再び登場の機会を与えることになるとは思っていなかったようである。それがまたしてもカーテンコールに応える羽目になったのは、『深夜の博覧会』の探偵役として白羽の矢を立てられたからだ。一九三七年、漫画家の夢を追いながら銀座で似顔絵描きとして働いていた一兵が、名古屋で開催中の博覧会に行くことになる。これは一兵ありきではなく、辻が自身の知る昭和の名古屋を小説として書いておきたいと考えたことから始まった作品だった。副題を「昭和12年の探偵小説」としたことから、自身が高校生であった昭和二十四年、NHKに入社して草創期のテレビ番組の制作現場にいた昭和三十六年を描こうという三部作の構想が生まれた。それぞれ『たかが殺人じゃないか　昭和24年の推理小説』『馬鹿みたいな話！　昭和36年のミステリ』（二〇二二年。東京創元社）として世に出たわけである。

書き残しておかなければ、自分の見聞してきた歴史は、いずれ忘れ去られてしまう。その思いが三部作、特に『たかが殺人じゃないか』の根底にはある。二〇二一年版『このミステリーがすごい！』（宝島社）に掲載された辻のインタビューでは、自身が実際に体験してきた事実とそれを他者が文章で記録した文献との間に、すでに乖離《かいり》が生まれていることに対する危惧の念が語られた。

名古屋は三月だけでも十二日、十九日、二十五日と三べん大空襲がありました。最初は焼夷《しょうい》弾だけだったんですが、軍需工場は破壊できないと思ったのか、十九日に少し、二十五日には本格的に爆弾を落としたんです。その日に限って私はおふくろの疎開の手伝いで、今の豊田あたりにいました。すると、村のおじいさんたちが「地震だ」って夜中に騒ぎだしたんです。名古屋とは三十キロぐらい離れているのに、爆弾の地響きで雨戸やふすまが全部外れてゆくんですよ。十二日には我が家のそばにかかっていた橋の花崗岩の欄干が削ぎおとされて川に落下した。でも資料にあたると、「その日は爆弾はない」なんて書いてある。知らない人間が後で書いているからしょうがない。「こりゃ自分で書くしかねえな」と思いますよね。

このとき聞き手を務めたのは私だが、実は辻には二〇一一年から二〇一四年にかけて、イベント形式で計十四回の公開インタビューを行ったことがある。創作者としての辻の豊かな体験を記録することが目的だ。その中では生々しい戦争体験や、敗戦と同時にてのひらがえしをした大人たちの醜い態度の見聞記がたびたび語られた。前述のインタビューに出てきたのはそのごく一部にすぎない。

敗戦時、辻は十三歳だった。純真な少年の眼に、世界がどのように映ったかは想像するに余りある。フィクションというもう一つの世界を創出することに辻が熱意を燃やし続けたのは、現実の醜悪さをとことん思い知らされたからだろう。少年の心を持ち続けている、という決まり文句は、成長を拒んでいるようで今日では必ずしも誉め言葉ではない。だが辻の場合、十三歳で思い知らされた大人の醜さと自分との間に一線を画すことが絶対に必要だったのである。歪んだ世界を虚構の力によって修復したいという願いは辻の背中を押し続けた原動力の一つであり、『たかが殺人じゃないか』はその特徴が顕著《けんちょ》に表れた作品だ。

本書の主人公である風早勝利は、勝風荘という料亭の息子である。名古屋の中心は広小路と大津通りが交差する栄町一帯、その東端にあるという。栄町の東南には栄小路という名の路地があり「おでんの『辻かん』や小間物屋の老舗『針亀』、甘味処の『津くば祢《ね》や』などが軒を連ねていたが」と本文にある。ここでさらりと書かれている辻かんこそ、作者・辻真先の生家であった。経営者は名古屋市会議員から出発して後に自由民主党の衆議院議員になった父・辻寛一《かんいち》だ。おでんやと料亭で少し異なるが、似たような家業を持つ勝利は辻の分身と見ていいだろう。実は、もっと直接的に辻が名古屋の記憶を書いた作品が本書以前にある。『急行エトロフ殺人事件』（一九八二年。講談社ノベルス→講談社文庫）がそれだ。

同作はスーパーこと可能キリコとポテトこと牧薩次が活躍するシリーズの第八弾にあたる。この連作は二人が年齢を重ねていく成長物語になっているのだが、『急行エトロフ殺人事件』は状況設定が特殊だ。スーパーとポテトが生きているのは現代ではなく一九四四年なのである。タイムスリップのような設定があるようには書かれておらず、当然のように話が進んでいくので当時の読者は面食らったはずだ。ノベルス版の「著者のことば」には「ミステリーがつくりごとの楽しさなら、いっそ徹底して遊んでやれとばかり」とある。これは虚構です、と初めから作者が断っているのである。

作中、キリコの叔父が経営する店として辻かんが出てくる。その家の「トンボみたいに丸い眼鏡を光らせた、神経質そうな子ども」はもちろん辻真先だ。可能キリコと辻真先はいとこ同士なのである。この辻かんが殺人事件の舞台となる。そこにも特殊な状況設定が施されており、明日は店が取り壊されるという最後の夜に事件が起きるのだ。店が撤去されるのは空爆を想定した火除け地に一帯が指定されたためだ。そうした対策も虚しく栄町一帯が名古屋空襲によって呆気なく灰燼《かいじん》に帰したことは『たかが殺人じゃないか』で書かれたとおり。

東南海地震の激甚な被害に関する言及があるという点でも貴重な作品だ。地震が発生したのは一九四四年十二月七日であったが、戦時下のため報道管制が行われ新聞は一切このことを書かなかった。翌一九四五年一月十三日にも大規模な三河地震が起きたが、これも同様である。前述のイベントで辻はこう語った。

　昭和十九年十二月七日、それから昭和二十年の一月、それから昭和二十一年（十二月二十一日。昭和南海地震）と、僕は合わせてマグニチュード二十二もらってます（笑）。特に昭和二十年のあれは、直下型の震災だったので、一説によると、名古屋から疎開して飛行機の工場を豊川《とよかわ》に造ってた女学生たちが五百人いっぺんに潰れたという。地震の噂は流れたけど、調べようがない。津波が来たから三重県知事が愛知県に調査を出したんですけど、その人たちは憲兵に捕まっちゃったですから。だから調べようがない。当時の情報を持っているのはアメリカさんだけです。地震計がありますから、関東大震災よりすごいのがきた、カミカゼが日本に吹いたってわかっていた（笑）。このことは〈ニューヨークタイムズ〉とか〈シカゴトリビューン〉には出てるんです。でも日本、東京の人も大阪の人も知らない。

　この東南海地震にまつわる一連の出来事から辻の社会に対する不信は始まる。

『急行エトロフ殺人事件』は『寝台超特急ひかり殺人事件』（一九八四年。講談社ノベルス→講談社文庫）、『幻の流氷特急殺人事件』（一九八六年。講談社ノベルス→講談社文庫）と続く架空の鉄道を舞台にした三部作の第一作でもある。トラベルミステリとして書かれた作品なのだが、もう一つある奇手が用いられており、時刻表トリックだけではない魅力がある。『急行エトロフ殺人事件』が真価を発揮するのは真犯人が明かされる謎解きだ。『たかが殺人じゃないか』を読んでから同作に目を通すと、そこに共通項があることに気づき、だからこの時代を選んだのか、と納得する。機会があれば、ぜひ読み比べていただきたい。

さらに遡《さかのぼ》る。実を言えば辻が自作に『たかが殺人じゃないか』という題名をつけたのは本書が初めてではない。長篇デビュー作であり、ポテト&スーパーシリーズの第一作となった『仮題・中学殺人事件』（現・創元推理文庫）が朝日ソノラマの〈サンヤング〉叢書《そうしょ》の一冊として刊行されたのは一九七二年一月のことであった。その二年後、辻は第二十一回江戸川乱歩賞に初挑戦するが、最終候補には残れなかった。その応募作につけられた題名が『たかが殺人じゃないか』だったのだ。ちなみにこの回の受賞作は日下圭介『蝶たちは今…』（一九七五年。講談社→講談社文庫）であった。

応募作は原型そのままではないが、読むことができる。一九七九年に刊行された『離島ツアー殺人事件』（双葉社。後に『紺碧《スカイブルー》は殺しの色』と改題して徳間文庫）がそれだ。同作は秘祭で有名な八重山《やえやま》諸島の黒島《くろしま》を舞台とした観光ミステリである。その中である登場人物がこんなことを言うのである。

「おれの大先輩にね、永島慎二という青春劇画を描きつづけてる人がいる（中略）（永島の描いた作品の主人公が：引用者注）こういうんだ。『たかがマンガじゃありませんか。ねえ？』（後略）」

永島慎二は、辻とも親交があって那珂一兵のモデルになった漫画家だ。この台詞は『たかが殺人じゃないか』という原題の痕跡でもある。辻によれば、元の応募作にも「たかが殺人じゃないか」という台詞はあり、この言葉から物語構造の皮肉さと悲劇性が立ち上る仕掛けになっていたという。同作執筆のため辻は、一九七二年五月に日本に返還される前の八重山諸島を訪れ取材を行っている。それだけ新人作家としての意気込みがあったのだろう。ゆえに題名にも愛着があり、以降も何度か自作で使おうとしたが果たせなかった。四十年以上かかってようやく陽の目を見たことになる。

『たかが殺人じゃないか』は、本来であれば、『仮題・中学殺人事件』というジュヴナイルで長篇デビューを果たした辻が初めて放つ一般向け作品の題名になるはずだった。そのことを知ってから本書を読むとまた違った感慨があるはずだ。『仮題・中学殺人事件』の序にあたる「眉につばをつけま章」に「この推理小説中に伏在する真犯人は、きみなんです」という作者による宣言一文が含まれることはあまりにも有名である。『たかが殺人じゃないか』の序章「推理小説を書きだした」は主人公が「犯人はお前だ！」と高らかに言い放つ場面で始まる。ミステリが推理の「小説」であることを前提とし、文章という手段を使わなければ表現できない驚きの演出に誰よりも執着したのが辻真先という作家だ。またその驚きを生むために、小説には誠意をもってミステリの技巧を詰め込んだ。そうした意味でも本書は、ミステリ作家辻真先の集大成と言うべき一作なのである。

　さらにさらに遡れば、作家・辻真先の出発点にたどり着く。辻は愛知県立第一中学校の二年次在学中に敗戦の日を迎えている。そのころ、映画評論家の北川冬彦《きたがわふゆひこ》を中心に、飯島正《いいじまただし》、伊丹《いたみ》万作《まんさく》、滋野《しげの》辰彦《たつひこ》らがシナリオ研究十人会を結成していた。この会が戦後、脚本家育成のための通信教室を開始したのである。一九四七年、中学四年の辻は教室の存在を知って参加する。同期に佐藤《さとう》忠男《ただお》、二年上には橋本忍《はしもとしのぶ》がいた。

　生徒の書いたものがいいと教室から映画撮影所に紹介してもらえた。辻もそれで奮起し、続けざまに課題を提出したのである。意外性の効果を狙ってか、最初は自伝風のもの、次にミステリを出して、三本目はまた元に戻して、と交互に作風を変えての挑戦であった。最初の脚本「新しいものへ」は共学化のために愛知一中の学級が解体されるという出来事を描いたもので、『たかが殺人じゃないか』と同じ出来事が題材であった。ラストシーンは、解体される学級の男子生徒が石を蹴ると、それが愛知一中の校章に当たるというものだった。三本目も共学化に伴うドタバタを描いたものであったそうで、これは推測になってしまうが本書で綴られた物語の原型はそのあたりにあったのではないだろうか。

　ちなみに二本目は「炎」という題で、犯人の女性がピアノを演奏しながら全身が燃え上がって死ぬという壮絶な結末を迎える。この脚本は滋野によって新東宝に紹介されたが、辻に採用の連絡は来なかった。四本目もミステリで「犯罪のある風景」という。復員してきた男が、新しい日本になったはずなのに郷里の人間は戦争前のままだ、と絶望することから話が動く物語である。民主主義化という建前と旧弊な価値観を温存しようとする本音とを使い分ける者の小狡い姿もやはり『たかが殺人じゃないか』で描かれている。同脚本の執筆は辻の名古屋大学在学時である。若者ならではの純粋な気持ちがそこには表現されていた。驚嘆するのは、それから六十年以上も辻が同じ怒りを燃やし続けていたということだ。

大人は保身のために嘘を吐く。それをまともに受け取ってはいけない。現実は歪んでいる。虚構の力はそれに対抗できる唯一の武器である。そうした思いが作家・辻真先の原動力となってきた。脚本まで含めれば創作生活が七十年に達しようとした時期に本書は構想、執筆された。物語を作るために注ぎこんできたすべての情熱、技術が結集した畢生《ひっせい》の一作である。『たかが殺人じゃないか』を読むたびに私は、辻真先という人の大きさを感じ、嘆息する。

本書は二〇二〇年、小社より刊行された作品の文庫化です。

著者紹介　1932年愛知県生まれ。名古屋大学卒業後、NHKを経て、テレビアニメの脚本家として活躍。72年『仮題・中学殺人事件』を刊行。82年『アリスの国の殺人』で第35回日本推理作家協会賞を、2009年に牧薩次名義で刊行した『完全恋愛』が第9回本格ミステリ大賞を受賞。19年に第23回日本ミステリー文学大賞を受賞。

検印
廃止

たかが殺人じゃないか
昭和24年の推理小説

2023年3月17日　初版

著者　辻《つじ》　真《ま》先《さき》

発行所（株）東京創元社
代表者　渋谷健太郎

162-0814/東京都新宿区新小川町1-5
電話　03・3268・8231-営業部
　　　03・3268・8204-編集部
URL　http://www.tsogen.co.jp
DTP　フォレスト
暁印刷・本間製本

ISBN978-4-488-40518-2　C0193